メモリークエスト

高野秀行

幻冬舎文庫

メモリークエスト

はじめに

これは全く新しいノンフィクションである。意味があるかどうかと訊《き》かれると困るのだが、今まで世界の誰も書いたことのないノンフィクションであることは確かだ。

私はこれまで世界中の辺境を旅したり未知の動物や土地や民族を探索したりしてきた。その動機は、「新しい世界」が見たいということに尽きる。日本や先進国の常識をひっくり返すモノや人、自分の価値観をぶち壊すドラマに出会いたいのだ。そしてそれはこの二十年でかなり叶《かな》えられたと言える。

「でも」と最近思う。「もっと他にもいろいろあるんじゃないか」

私がいくら珍しいものを探して人の行かない土地を歩き回っているとしても、また、いくら旅先で変な人や奇妙な事件に巻き込まれやすい体質で一般の人の百倍くらい特殊な経験をしているとしても、所詮《しょせん》は一個人である。体も時間も一つしか持ち合わせていない。

翻って周りを見れば、日本だけでも私のほかに一億三千万もの人間がいる。そのほんの一部の人でも膨大な数だ。彼らはきっと私の知らない変な人や奇妙なモノを見ているにちがいない。例えばパキスタンの奥地の村でなぜか日本の戦前の切手を見たとか、昔、お世話になった中国の村ですごい天才少年と友だちになったとか、そういう経験のある人はけっこういるような気がする。

たいていの場合、それは行きずりの話であり、見聞した当人もただぼんやりと覚えているだけだが、実はその切手は世界に二つとない貴重なものでオークションにかけたら百万円もするとか、中国の天才少年はいまや上海のＩＴ長者になっているなんてこともあるかもしれない。その正体が何だったか、その後どうなったかがわからないから誰も何とも言わないだけで、もし再発見したら、すごいことになるのではないか。

多くの人からそんな情報を募集したら、そうとう貴重なものが集まり、それを探したら何か大発見につながるのではないか——。

これだ。早く探しに行かねば。他の人にとられる前に早く確保しなければ！

……と、つい、俗な欲望をぎらつかせてしまったが、実をいえば私の探したいものは必ずしも世間的な価値などなくてもいいのである。例えば、「昔、タイで出会って恋に落ちた学生の彼と文通を続けていたが、いつの間にか返事が来なくなってしまった。今彼はどうしてるんだろう」なんてことでもいい。

私が惹《ひ》かれるのは物語なのである。探す対象はあくまで手で触れられるモノか人。形あるモノや人にこそ、物語が宿る。さきほどの例でいえば、パキスタンの切手は実は偽物だった、でもいいのだ。パキスタンの奥地にそんな偽物があったこと自体が不思議ではないか。日本人女性と恋に落ちたタイ人の学生にしても、その後どういう人生をたどったのか気になる。なぜ文通は途切れたのかという理由も。親に反対されたのか、それとも単なる郵便のアクシデントで彼のほうも失意の日々を送っていたのか、あるいはもっと想像もつかない意外な理由があったのか。

私たちはみな、人生をいきるうえで、そういう小骨が喉《のど》に引《ひ》っかかったような「記憶」を持っているのだ。それは日常生活を送るうえでは差し支《つか》えないので忘れているが、ふとしたとき、例えば雨上がりの路上に青い草がつやつやと光っているのを見たときになぜか思い出したりする。

あれは何だったんだろう？　あの人はどうしているんだろう？

私はそんな「記憶」を探したい。そこにある物語を知りたい。そこにこそ私にとっての「新しい世界」が広がっているような気がするのだ。そしてあくまでその結果、現世利益というか、私の生活向上につながる大発見などがあれば、なおよい。

かくして私は人の「記憶」を探しに行くことを決意した。

名付けて『メモリークエスト』である。

突拍子もない私の提案は幻冬舎の二人の編集者に受け入れられた。

まず「Ｗｅｂ Ｍａｇａｚｉｎｅ 幻冬舎」という同社のWebマガジンで二〇〇七年四月から二〇〇八年三月までの一年間、読者から「これを探してほしい」という依頼を一般公募した。

集まった依頼は全部で二十六件。国内・海外という条件をつけなかったが、依頼者の多くが私の読者であったせいだろう、私の主戦場である海外、それもアジア、アフリカでの「記憶」が多数派を占めた。読んでみると、どの依頼も個性的かつ魅力に富み、「全部探したい！」という気にさせられた。だが残念ながら資金的にも時間的にもそれは無理。結局、そのうち、特に心に響いた依頼を選び、依頼者の方と直接お会いして詳しく話をうかがった。依頼者の方が海外在住の場合はメールで同じことを行った。

あくまで自分が「新しい世界を見たい」という意図で始めた自分本位満点のプロジェクトだが、直接会った依頼者の方々から「よろしくお願いします」と言われると、「期待に応《こた》えなければ」という責任感やら、「二十年、探索を続けてきたプロ（なんてこともこのとき急に思ったのだが）として見つけずには済まさん！」という意地やら、今まで私の心中にはっいぞ見られなかった稀少な感情が雨後のタケノコのように生えてきた。

依頼者のみなさんのおかげで、私の個人的欲求が「ミッション」へとステップアップしたのは喜ばしい誤算である。

さて、最終選考に残ったのは六件。しかしこれも全部探せるとはかぎらない。なにしろ、一件の依頼されたモノ・人を探すのに一体どのくらい時間がかかるか見当もつかないのだ。もしかしたら、一件しか探せないかもしれない。

今までさんざん風変わりなことをやってきたが、これほど先が読めない計画は珍しい。でも「先が読めない」ということは「新しい世界が見えやすい」ということでもある。

二〇〇八年五月。私はバンコク行きの航空券を手にして東京を出発した。まず最初はタイでの探索から始める。だがそのあとはわからない。世界のどこに行くのか、いつ帰国できるのかもわからない。出版界は不況にあえぎ、私は売れっ子作家ではない。当然資金は潤沢とは言えないので、なるべく早く見つけないと、プロジェクト自体が潰《つぶ》れてしまう可能性すらある。なにより依頼者の期待を裏切ってしまう。

そんなプレッシャーを両肩にずしりと抱えながら、胸にはかつて感じたことのない高揚感をおぼえていた。

何が見つかるのか。どんな物語が見えるのか。
未曾有《みぞう》の行先不明プロジェクト『メモリークエスト』は、今こうして幕を開けた。

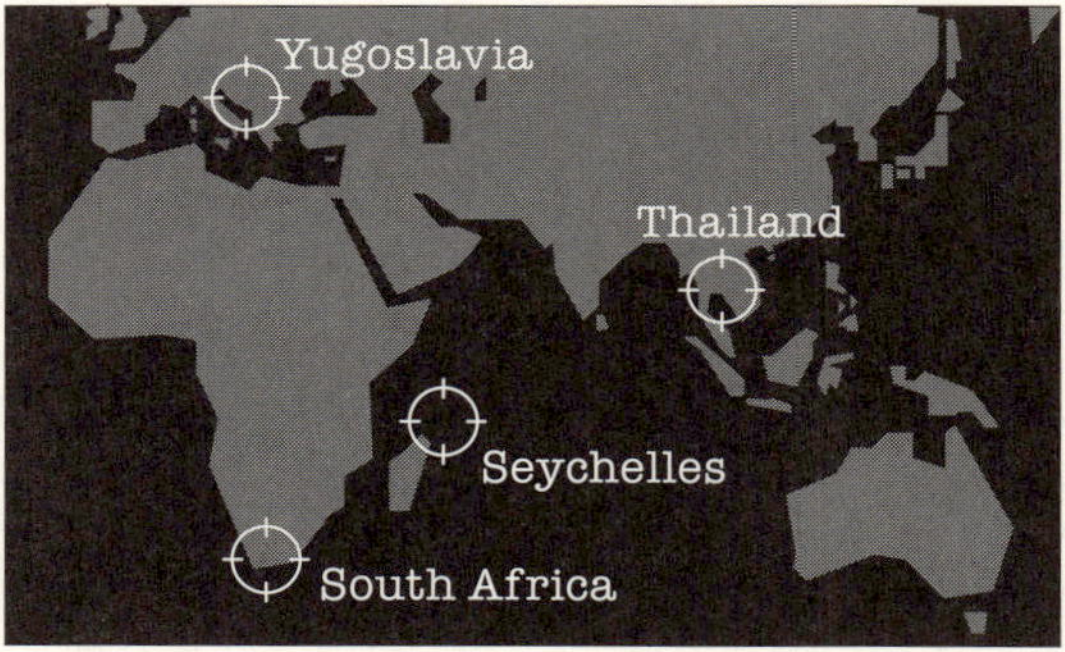

メモリークエスト　目次

…1989……2000……1992……1995……2003…

スーパー小学生《しょうがくせい》を探《さが》し出《だ》せ

メモリークエスト 第1話

FILE:001

Title.	タイで出会ったスーパー小学生
Client.	西田純子さん
Date.	2003年9月
Place.	タイ　バンコクから2時間の山奥
Item.	小学生五、六年の男の子
hint.	一緒に写した写真

依頼人からの手紙

大学二年生の夏休みに、だらだらと過ごすのはダメだと思って、親友と二人でなぜかタイに行きました。

バンコクで放浪していると、友人の母親の知り合いで日本の仏教関係の宗教団体のおじさんと会うことになり、怪しみながらもタダというところに惹かれ、彼の団体のスタディーツアーに参加することになりました。

行ったところはタイ西南部の山奥の学校でした。そこで、その宗教団体の儀式やなんかをやっていましたが、わけがわからず私たち二人はそこを抜け出して村の子供たちと遊んでいました。

で、ここからが本題なのですが、そのときに小学校五、六年生くらいの男の子が話しかけてきて、絵を描いてくれたり、村を案内してくれたりしました。

その子には小学生のはしゃぎぶりがみじんも感じられず、落ち着ききった男の子でした。そばで住民が（たぶん私たちの滞在のことで）もめていると、間に入って仲裁までしていたスーパー人徳小学生でした。

「Ｖｏｄａｆｏｎｅ」とかかれたＴシャツを着ていたので、携帯の会社なんだよと説明しようとしましたが、顔に「？」を浮かべにっこりとほほえみ返され、こちらが恥ずかしくなった覚えがあります。

夕方になって宴会が始まると、人がぞろぞろと集まり、風通しのよい建物の周りは見物客でいっぱいになりました。

日本から来ている人たちは年配の人ばかりなので、若い女性の私と友人はとても目立っていました（私の方は色黒で顔が濃いので、タイ人の通訳だと間違われるばかりでしたが）。村の若人《わこうど》？（男性）も集まりはじめ、盛んに私たちに声をかけようとします。

初めは私も年頃の女性だったので注目されるのはうれしかったのですが、あまりのうるささにだんだんと嫌気がさしてくるようになりました。

その後若人たちは、私の隣にいた例のスーパー小学生を何度となく呼び寄せ、何か取り計らいをするように命令（？）しているようでした。

その小学生はスーパー落ち着いているので、難なく対処していたのですが、さすがに四度目くらいになるとうざかったらしく、「もうやめて」というようなことを落ち着きながらかつビシッと言ったようで、その後若人たちはあきらめたのか帰ってしまいました。

私は、「おお！」と思い、小学生にもかかわらず惚《ほ》れてしまいそうなくらいにかっこいいなぁと思いました。

ということで、このかっこいいスーパー小学生を探して欲しいです（願わくは私も行きたい）。

どうぞよろしくお願いします。

1——「白紙」の船出

バンコクのスワンナプーム国際空港から一歩外に出てもわっとした熱気に包まれたとき、私が感じたのは凄《すさ》まじいまでの解放感だった。こんなにまっさらな気持ちで旅を始めたことはない。自分が完全な「白紙」になっている。

いつも私は何かはっきりした目的を持って旅行をしているから、ある程度は旅程が予想できる。でも今回はちがう。とりあえず、一ヶ月、依頼された探し物を探そうとは思っているが、それ以外は全部未定だ。一つの探し物にどれくらいかかるのかまるで見当がつかないのだ。あっさり見つかってしまうかもしれないし、箸《はし》にも棒にもかからないかもしれない。見つからない場合、どこまで情報を追いかければいいかも不明だ。だいたい、手がかりのある場所にその人物なりモノなりがいる（ある）かどうかもわからない。とりあえず土地勘のあるタイを手始めにしてみたが、「あー、彼なら去年ニューヨークへ行ったよ」とか言われたらどうするのか。アメリカに行かねばならないのか。

もう全く予想がつかない。テレビではないからヤラセも仕込みも作りも一切ない。「白紙」となった自分にはどんな書き込みもできるのだ。これ以上のバカ、いや自由があるだろうか。

「よっしゃ、やったるで！」インチキくさい関西弁が口をついたのはやる気満々の証拠だ。とにかく探して探して探しまくってやる。他のことはともかく、探し物について私の右に出る者はそういないはずだ。プロの腕を見せてやろう。

とりあえず市内に出ようとタクシー乗り場を探した。だがなかなか見つからない。二〇〇六年にできたこの空港を利用するのは二回目で、何がどこにあるのかよくわからないのだ。こういうときは人に訊くべしと思い、近くにいる人に訊《たず》ねると親切に案内してくれたものの、タクシーではなくリムジンサービスだった。タクシーの二倍の料金を取られてしまう。

慌てて断り、今度は気をつけて身分証明証を首から下げている空港職員に声をかけ、明確な発音のタイ語で「タクシーに乗りたいんですが」と告げると、その人がまた親切に案内してくれた。ところが、そこに行ってみたら、今度は白タクではないか。三倍くらい金を取られてしまう。よく見ればその人物は空港職員でもなんでもなく、ただ旅行会社のカードをぶら下げた客引きだった。

今回の旅は世界のあちこちを回ることを想定しているため、辞書や資料、ガイドブックの類《たぐい》を相当量、用意しているし、ノートパソコンやカメラなども装備している。ザックが重い。汗びっしょりになり、空港を右往左往する。

どうしてだ。世界の果てまで探索するプロのハンターの私がなぜ、タクシー乗り場を見つけられないのだ。焦れば焦るほど視界が狭まっていくようだ。私は気持ちを落ち着け、いったん到着ロビーに戻った。そして旅なれていそうな日本人の女の子二人組のあとをさりげなくついていったら、やっと本物のタクシー乗り場にたどり着いた。

荷物をトランクに載せ、エアコンの効いた車内に身を沈めたとき、「白紙」の自分に記されたのは「前途多難」という言葉だった。

タクシーで乗りつけたのは、世に聞こえた風俗街パッポン＝タニヤ・エリアである。さして意味はない。この辺は市内の中心部で交通の便が良いわりには周囲の環境が悪いため、ホテル代が安いのだ。実際、私が泊まった宿は不良ガイジンの巣窟《そうくつ》みたいなところだった。

さて、これから探索開始である。

記念すべき初回の探索対象は「スーパー小学生」。この依頼をトップバッターに持ってきたのは一つには場所がいいからである。依頼者である西田純子さんにメールで詳しい事情を訊いたところ（西田さんは現在ハワイ在住なので直接会えなかった）、どうやらそこはバンコクから車で西か南へ二時間ほど行ったミャンマー（ビルマ）との国境に近いところのようだった。おそらく少数民族の村なのだろう。タイ・ミャンマー国境地帯の少数民族は私の得意とする分野だし、ふつうの旅行者が行けないところでもある。まずホームグラウンドでアドバンテージを生かそうと思ったのだ。

そしてもう一つ、ひじょうに興味を惹かれることがあったのだがそれは後で話そう。

唯一の問題は、西田さんの行った村が具体的にどこなのかはっきりしないことだった。彼女はその仏教団体にただ便乗しただけで、地名の類を全然覚えていない。現地では別行動をとっていたとはいえ、その団体の人たちが何をしに行ったのかもわからないという。

手がかりは「学校の横に川が流れていてそこで水浴びをした」こと、「学校の近くにある、村で唯一自家発電のある広場に寝泊まりしていた」ことくらいだ。近代化著しいタイではかなりの僻地《へきち》だということしかわからない（おそらく貧しい地域だから何か援助しに行ったのだと想像される）。そして私はその地方へは行ったことがなく、土地勘もなかった。

西田さんに再度問い合わせると、その団体のホームページを閲覧し、「私が参加したのは時期的にこれではないかと思う」という活動の名前を教えてくれた。

「ラップリー県スワンプーム郡プーラカム地区で老朽化した小学校の校舎の改築作業を行い、子供たちに学用品を渡した」

だがこれもあくまでホームページに掲載されていたたくさんの活動の中で、時期的に近いというだけ、つまり彼女の推測でしかない（「ラップリー」は「ラチャブリー」とも呼ばれるが、ここでは前者に統一しておく）。

もっともこれは大した問題じゃないと私は思っていた。その仏教団体に問い合わせればいい。ただ、日本で問い合わせをするのは躊躇《ちゅうちょ》した。国内でもけっこう大手の組織なのだ。もし問い合わせると、たぶん警戒される。「あなたは何者なのか？」「何しに行くのか？」などと根掘り葉掘り訊ねられるだろう。

今回のプロジェクトは、親しい友人や編集者に話してもなかなか理解されないのだ。こんな面白いことはないと私は思っているのに「どうしてそんなことするの？」という無理解な質問があとを絶たない。ましてや私は世間では一介のフリーライターというどうにも怪しい存在だ。信用を得られるかどうか疑問だった。

また団体側が意外に協力的であっても、組織が大きいだけに、外部への情報提供については時間がかかると思われた。組織は宗教団体だろうが会社だろうがＮＧＯだろうが、大きければ大きいほど面倒くさい。

結局日本でコンタクトをとるのはやめて、現地で訊くことにした。ホームページにバンコク支部の住所と電話番号が載っていたのだ。私の経験から言って、現地にいる人のほうが親切で、かつ話が早い。

ホテルから電話をしてみたところ誰も応答しない。土曜日だからだろうか。でも「教会」というのだから土日が休みというわけでもあるまい。時計を見ると午後三時半。住所はわかるので、直接行ってみることにした。アソークという、日本大使館や日本企業のオフィスが多い地域にあるようだ。

四年前にできた地下鉄に乗り、途中でBTSという高架鉄道に乗り換え、さらにそこからタクシーに乗る。だが、ここでひどい渋滞に巻き込まれた。

「どうして土曜の夕方にこんなに渋滞するのかな？」私は運転手のおじさんに訊いた。

「土曜でも日曜でも月曜でもおんなじさ」運転手はのんびりと言った。

「BTSも地下鉄も今はある。渋滞解消のために作ったんでしょ、あれは」

「そんなもん、みんな乗らないよ。乗っても、電車を降りてから家や仕事場に行く足がないじゃないか」

運転手のおじさんの言うことはいちいちもっともだったが、それ以上に感心したのは、彼がクラクションを全然鳴らさないことだった。彼だけでない。誰も彼も、実におとなしい。前の車がもたもたしていても黙って待つし、横の路地から車が強引に突っ込んできても何も言わず道を譲る。

「タイだなあ」とつくづく思う。

これが仮に中東やアフリカなどだと、めったやたらにクラクションを鳴らしまくる。日本だってイライラしてもう少しクラクションを鳴らすだろう。

タイ人はそういう無駄なことをしない。鳴らして渋滞が緩和されるなら鳴らすだろうが、そうでなければやらない。怒ってもいいことがないから怒らない。路地から強引に車が出ても怒らないのは、自分も立場がちがえば同じことをするとわかりきっているからだ。

クラクションを鳴らす頻度でその土地の「民度」がわかるという俗説がある。もちろん鳴らさないほうが民度が高い。ならば、タイは世界でいちばん民度が高いだろう。

タイの民度に感心しているのはいいが、渋滞は予想以上にひどく、目的地に着いたのは五時過ぎだった。すでに日本人のスタッフは誰もいなかった。応対したのは若い門番とかなり年配の庭師だった。

日本語でも説明するのが困難なこのプロジェクトをタイ語で伝えるのは至難の業《わざ》だ。しかたなく、「僕は旅行してるんだけど、せっかくだから友だちが昔行ったことのある村に行きたいんだ。その村がとてもよかったって聞いてるんでね……」と話した。

門番はなるほどという調子でうなずいたが、なにしろ門番なので何もわからないと言った。日本人スタッフの連絡先を訊くと、親切に教えてくれたが、困ったことに私は携帯電話を持っていない。

「ケイタイを持ってない？　どうして？」門番は信じられないように言う。ないものはないのだ。それよりあんたのケイタイを貸してくれよと言うが、

「ケイタイのプリペイドカードが切れているからかけられない」と答える。私は門番に五〇バーツ札（約二百円／二〇〇九年当時）を渡し、彼はカードを買いに行った。私はその間、年配の庭師と話をしてみたが、どうやらここの教会からはかなりあちこちの村へ出かけているようだ。何か物資を援助したり、布教的な活動もしているらしい。となると、村の割り出しはそう簡単ではないかもしれない。嫌な予感がした。

三十分もして、やっと門番が帰ってきた。携帯を借りて日本人スタッフに電話をしてみる。落ち着いた声の女性が出た。年は四十代だろうか。ここでも私は門番にしたのと同じ説明をした。女性は「あら、そうなんですか」と深く詮索《せんさく》もせず親切な調子だったが、「五年前ですか……。私が来たのは三年前なんです」と困ったように言う。

「記録が残ってませんか？」

「前任者の方が個人的に管理しているからわかりませんねえ」

大きな組織だからガチガチの運営をしているのかと思いきや、意外におおらかである。公式活動の記録が残っていないというのだ。

「ラップリー県のスワンプーム郡プーラカム地区じゃないかって友だちは言うんですが……」と言ってみたが、

「なにしろ、あっちこっち行くもので、そこかどうかわからないんですよ。同じラップリー県のミャンマー国境付近でもいろいろやってますから。それで、そのときうちのメンバーは何をしに行ったんですか？」

「いえ、それが……よくわからないらしいんです。念仏を唱えていたということしか……」

「それもわからないの？」女性はくすっと笑った。

四日間も寝食を共にして、その団体が何をしていたのかわからないなんて、間抜けにもほどがある。間抜けなのは依頼者である西田さんだが、私はその間抜けな友人の話を聞いて、わけもわからずそこへ行ってみたいという、輪をかけて間抜けな日本人旅行者になってしまった。

「誰かそこに一緒に行かれた方はいませんか？　タイ人の信者の方とか？」私は食い下がった。

「そうですねえ、いるかもしれないけど……、私たち、明日から（タイ北部の町）ナーンに一週間行くんですよ。だから誰か知っている人を探すにしても、そのあとになってしまいますね」

一週間後？　冗談じゃない。そんなに待てない。どんどん探していかねばならないのだ。

しばらく女性と堂々めぐりの会話をしていたが、結局どうにもならなかった。

しかたない。私は決心した。「ラッブリー県スワンプーム郡プーラカム地区」で決め打ちするしかない。ダメなら戻ってきて、あらためてこの教会で聞き取り調査をしよう。

女性にお礼を述べて電話を切った。門番に携帯を返し、「わからなかった」と言うと、気のいい彼は「大丈夫だよ。きっと見つかるよ」と慰《なぐさ》めてくれた。

私は車がゴーゴーと行きかい排気ガスでむせかえるような大通りをトボトボと歩きはじめた。

——甘かった……。

私は下唇を噛《か》んだ。いったい何年、外国の旅や探索にたずさわっているのだろう。外国、特にアジア、アフリカの諸国では日本のように物事がさくさくと進まない。一つの情報が入るまで、一週間、二週間待たされるなど日常茶飯事なのだ。わかりきったことなのに、日本に長くいると、それをつい忘れてしまう。

しかしこんな調子では最初の依頼だけで一ヶ月も二ヶ月もかかってしまいそうだ。

「どうなるか全く予想できない」と得意気に思っていたのも、今となってはバカもいいところだった。私はいつも計画段階では「なんとかなる」と妙に勇ましいのだが、実際に現地に行ってから「え、こんなはずじゃ……」とあわてふためくのだ。こんなはずも何も、「予想ができない」状況を求めていたのではないのか。何度同じ失敗を繰り返すのか。

あー、私はいったい何をしているんだろう。これからどうなってしまうんだろう。

空のタクシーが数台、続けて走ってきたのでバタバタと手を振ったが、みんな、見事に無視して行ってしまった。なんでだろう。ここはタクシーが止まってはいけないエリアなんだろうか。それとも私を乗せたくないのか。

はあ、とため息をつくと、また重い足取りで歩き出した。

その晩、私はホテルのすぐそばの、ほとんど日本人通りとも言えるタニヤ通りの日本居酒屋にいた。私は物事に一喜一憂しすぎる癖がある。何か一つうまく行くと「万事オーケー！」と急に気が大きくなるが、一つうまく行かないことがあると「あー、こりゃダメだ……」と全てに悲観してしまったりする。今回にしても、まだ探索はスタートしたばかりなのだ。例によって、一人でマイナスに考えすぎているだけなのだ。

そう思って、気分転換に古い仲間と飲むことにした。

仲間は三人。みな、バンコクに長く住む日本人である。

まず、風俗情報と硬派なルポの二本立てで異彩を放つ日本語月刊誌「Gダイアリー」の杉山博昭編集長。「Gダイアリー」には私もときどき書かせてもらっているからライターと編集者の関係でもある。二人目は杉山さんの親友、天野暁彦氏。やはりバンコクの日本語経済紙「ニュースクリップ」の編集長で、偶然だが慶應大学探検部の出身だ。そして最後は天野さんの奥さんの泉さん。同じく慶大探検部出身で、現在日本政府観光局に勤めているが、かつては日本語情報誌「DACO」の編集長をやっていた。以上の三つの媒体は日本でも購入でき、愛読者も多い。当然、この三人はタイの事情通であり、彼らに会って一杯やれば、今タイがどうなっているのかたいていのことはわかってしまうくらいだ。

もっとも今日はタイの事情を特に知りたいわけではない。気心の知れた友人たちと楽しく酒を飲んで、根拠のない憂鬱《ゆううつ》感を一掃したいだけだった。

「で、今回は何が目的なんです？」

生ビールでとりあえず乾杯すると当然のようにそう訊かれたので、冷奴《ひややっこ》をつつきながら私が今回のプロジェクトの趣旨を説明し、タイではスーパー小学生なる者を探すとつとめてさりげない口調で言った。すると天野さんが即座に、

「そんなの無理！　見つかりっこないよ、ははは」と大笑いした。

「タイの人はすぐどこかに行っちゃいますしね……」奥さんの泉さんは優しい人だから笑いはせず、同情的である。無口な杉山さんは気の毒そうな顔で黙っている。

え、客観的に見てもそうなのか？　私の根拠のない思い込みじゃないのか？

そういえばタイ人という人たちはほんとうに居場所をいとも簡単に変えるのだった。仕事も変える。連絡先も変える。親しい友だちや家族にすら告げずにふらりと消えることがよく

ある。タイで人探しをする難しさはなによりもそこにある——と自分でどこかで書いた憶《おぼ》えさえある。自分に都合の悪いことばかり考えていたのでなく、さらに都合の悪いことを忘れていたのだった。

それにしても、タイの事情通三人にそろって否定されたのはショックだ。全然気分転換にならない、というより気分が果てしなく重くなった。

「それでこれからどうするんですか？」杉山さんがボソッと訊くので、

「明日、その可能性のある場所へ行ってみますよ」私もボソボソと答えた。

「どこですか？」

「ラップリーです」

「え、ラップリー⁉」杉山さんが珍しく大声を出した。「妻の実家がラップリーなんですよ！」

「え、奥さんの実家？」

杉山さんの奥さんはタイ人だ。日本に来たとき、一緒に食事をしたことがある。しっかり者の美人だ。

「明日はちょうど日曜だから、妻を連れて一緒に行きましょう。車ならすぐですよ」

「おお、それは素晴らしい！」

捨てる神あれば拾う神あり、とはまさにこのことだ。やっぱり私はついている。前々から思っていたが、他力本願のパワーで私に勝る者はいないんじゃないか。さらに杉山夫人の親戚はラップリーに広く住んでいるとも聞き、すっかり大船に乗った気分になった。

なんだか、もうスーパー小学生は見つかったも同然のような気がして、酒豪の杉山さんとやはり酒飲みの天野さんとその他よくわからないバンコクの変わった住人たちと杯を重ねていった。

やっぱり自分の一喜一憂癖を気にしていたらいけない。万事うまく行くと信じることが大切なのだ。

2――ゴルゴ杉山一家、西へ

大船が「泥舟」だと知ったのは翌朝のことだった。「早めに出たほうがいい」と繰り返していた杉山さんが来ない。朝八時に私のホテルへ迎えに来ると言っていたのに、朦朧《もうろう》とした声で電話がかかってきたのは十一時だった。約束したときにはすでに泥酔状態だったらしい。

……と、さも迷惑そうな口ぶりだが、そういう私も目覚めたのは十時過ぎだった。アルコールが血管の隅々までめぐっているのがありありとわかる状態で、えらく気持ちがわるい。昨日はよせばいいのに四時近くまで飲んでいたのだ。八時なんかに来てもらわなくてほんとうによかった。

それでも律儀な杉山さんは二日酔いを押して、十二時ごろ、奥さんのウィさんと長男のリュウ君を伴ってホンダ・シビックで現れた。杉山家にはもう一人、次男がいるが、まだ赤ちゃんなので親戚の家に預けてきたという。

ウィさんはショッキングピンクのシャツと同じ色のハーフパンツというド派手な格好をしていたが、切れ長の大きな目とハスキーボイスが特徴的な美人なのでよく似合う。近くのコンビニで飲み物を買い込み、なんだか私が杉山家の日曜ドライブに便乗した形だ。

運転席に杉山さん、助手席に私という二日酔いコンビ、後ろの座席に楽しげなウィさんとリュウ君が乗り込み、車は発進した。

スタートしてすぐ、行く手に暗雲が立ち込めてきた。

「雨が降りそう。いい天気だわ」とウィさんが嬉《うれ》しそうに言った。なかなか、タイな気分だ。タイでは晴れをいい天気と言わない。暑いのは嫌だからだ。曇ったり雨が降ったり、ともかく涼しくなることを「いい天気」と言うのだ。久しぶりにそれを思い出した。ちなみにウィさんは日本語を話さない。リュウ君は日本語がかなりわかるらしいが、私の前で恥ずかしいのか、やっぱりタイ語しか話さない。

高速道路に乗ってしばらくすると、案の定、雨が降ってきた。杉山さんはブレーキを踏んで徐行する。大粒の雨がフロントガラスをたたき、前が全く見えない。台風並みだ。やっぱりこっちのスコールは桁《けた》がちがう。今から十数年前、チェンマイに住んでいたとき、ヘルメットなしでバイクに乗り、スコールに降られて目を開けることができずに往生したことを懐かしく思い出す。

雨は降ったり止《や》んだりする。というより、あるところでは嵐のように激しいが別のところでは路面がカラカラに乾き、一滴も降っていない。まだらな雨雲の下を車がアリのように進んでいる。

タイでは私はいつもバスか列車で旅している。自家用車での移動は初めてで、景色を見る目線が低いだけでも新鮮な気分だ。車窓の景色がタイなのに、カーステレオからは日本のアイドル歌謡曲が流れるのも新鮮だったが、それが近藤真彦のシングルベスト集と気づくと新鮮さを通り越して不審だった。

「これ、なんですか？　買ったんですか？」杉山さんに訊くと、彼は前方をまっすぐ見据えながら「これはもらったんです……」と淡々と語った。

バンコク在住のある作家がちょっと前にタイ北部と国境を接するミャンマー側の町タチレ

ックへ行ってきた。そこで中国製のコピーCDが二枚で五〇バーツで売っていて、大量に買ってきたうちの一枚をもらったのだという。今なぜ近藤真彦をコピーするのかわからないが、もっとわからないのは「倖田來未」と二枚セットだったということだ。さらにその二枚組CDのジャケットは谷村新司だったそうで、どうかしているにもほどがある。

「開けてみるまで何が入ってるか全くわからないんですよ」と杉山さんはうっそりと笑うのだが、なんだか私の今回のトンチキな探索行を言われているようでもあり、一緒に楽しく笑い飛ばせなかったのが残念である。

かくして「スニーカーぶる～す」や「ハイティーン☆ブギ」「ギンギラギンにさりげなく」など、職人芸のように確実に音程をはずすマッチの歌声を聴きつつ、車は西へ西へと進んでいった。

それにしても驚かされるのは杉山さんの無口さだ。ふだんでも雑誌の編集長とは思えないほど喋《しゃべ》らない人で、私と二人で飲んでいても沈黙の時間のほうが多いくらいなのだが、家族相手にはなお無口。朗らかなウィさんとリュウ君が「何か食べるもの、買おうよ」とか「運転、気をつけて」とか「あ、あれ、何かしら？」などとさかんに話しかけるのに、ほとんど「……」で、うなずきもしない。ゴルゴ13並みだ。色黒で目つきが鋭く、東南アジアのヤクザみたいな風貌《ふうぼう》だから黙っているとなおさら怖い。

息子のリュウ君は窓から手を出したり、運転席を後ろから足で蹴《け》ったりとやんちゃをするが、そういうときでもゴルゴ杉山は「リュウ……」と低い呟《つぶや》きを発するのみだ。「やめなさい」というのは言葉として長すぎるらしい。

しかしウィさんは頓着《とんちゃく》せず、「ほら」と途中で買い求めた鶏肉の串焼きや皮を剝《む》いたランブータンの白い実を後ろから白い手を伸ばして、ハンドルを握っている杉山さんの顔の前に差し出す。杉山さんはゴルゴ13の顔のまま、パカッと口を開けてそれを食べている。

「おいしいでしょ？」ウィさんがやや首を傾けて言うと、

「…………」

ゴルゴ13がスナイパーを引退し、ごく普通の結婚生活に入ったら、こんな感じになるのかもしれない。途中のサービスエリアのようなところで杉山さんがトイレに行ったときウィさんは私に言った。

「あの人、ほんっとうに無口なの。いっつも何にも喋らない。でもね、すっごくやさしいのよ」

タイの人は日本人とちがい、自分のパートナーを堂々とほめる。それは聞いていて気持ちのいいものだが、同時に杉山さんがかつて語った「タイの夫＝天皇」説を思い出していた。

「タイでは夫はうちで何もしなくていいんですよ」と杉山さんは言う。外で仕事をしていいようが無職でゴロゴロしていようが、家事なんか一切やらない。上げ膳据え膳である。屋根の一部が壊れたとか別の家に引っ越すとかいう場合でも、妻が自分の親戚の若い者を呼んでやらせる。とにかく何もしなくていい。

「その代わり実権は何もないんです」

これがタイの夫＝天皇説の全貌というか、まあ、それだけなのだが、日本の夫もたいていは実権など持っていないのだからタイ人のように天皇になったほうがいいのではないか。俺も美人の奥さんに口パカをやってほしいぞと、私は思いつつ、二日酔いの気持ち悪さをおさえていたのだった。

一時半ごろ、つまり出発して一時間半くらいしたとき、「ラッブリー県に入りました」と杉山さんが短く告げた。ほぼ同時に辺りの風景が一変した。バンコク市を出てから、サムット・プラカーン県、サムット・サコン県、サムット・ソンクラーム県を通過していたが、いずれもバンコクの郊外という雰囲気で住宅や工場が多かった。ここから急に青々とした水田が広がり出し、その中にボコン、ボコンと石灰岩質とおぼしき岩山がそびえている。

「いよいよ迫ってきたな」私は気を引き締めた。これからいよいよ探索が始まるのだ。クリアファイルから資料を出して、もう一度読み直す。

依頼者である西田さんからのメールには追加情報が記されていた。「（スーパー小学生は）

将来の夢は農家になって家族を養うとかかっこいいことをまじめに言っていた気がします」「日本に遊びに来てね、とつい社交辞令じみたことを言ったら、日本に行くお金がないので、もう一度こっちにあなたが来て下さいと言われたのも記憶に残っています」など、スーパー小学生のスーパー利発ぶりが書かれ、「あなたがもう少し大人だったら、好きになっていたかもしれないなあー、と今言うのも恥ずかしいですが、そう思った記憶があります」と、西田さんはメロメロである。

しかしそれも無理ないなあとメールに添付されていた写真を見て思う。西田さんと友だちの日本人の女の子をそこの村の子供たちが十数人くらいで取り囲んでいるが、スーパー小学生のキリッとした顔立ちと世間を見通すような目は小学生離れしている。顔も体も小さいから子供だとやっとわかるくらいだ。

——それにしても不思議だ……。

依頼文を読み直しながら私はあらためて思った。

スーパー君が賢い子供だったのは間違いないだろうが、まあ、たまにはそんな子もいるだろう。別に驚くようなことではない。どうにも理解に苦しむのは、スーパー君が西田さんに声をかけようとする村の若者たちを手際よくさばき、最後は「もうやめて」とビシッと言ったという部分である。

西田さんは写真で見るかぎりすごくかわいい。黒い髪を長く伸ばし、ちょっとタイ人っぽい顔つきの美人だ。年も二十歳くらいで初々しく、明らかに「独身の娘」というイメージである。

ただでさえ、タイではどこの村でも、女子は若くして出稼ぎに出てしまい、嫁不足が深刻な問題となっている。村の若者たちがざわめくのは当然であり、日本の若者がきれいな女の子を見てはしゃぐのとはちがった切実さや飢餓《きが》感があるはずだ。

それをスーパー君が仕切ったという。私の経験では、タイにしてもその周辺の諸国でも、村では年功序列がしっかりしているから、子供が若者を仕切るなんて普通はありえない。他のエピソードはともかく、これだけは並はずれている。私がわざわざこの依頼を選んでトップバッターに据えた理由もそこにある。

いったいスーパー君はどういう子なんだろうか。村長の息子か何かなのだろうか。でもそんな寒村の村長なんて大して偉くないはずだし、たとえ村長が偉くても小学生の息子までが威張っているということはない。やっぱりわからない……。

そして、今彼はどこで何をしているんだろうか。当時十一～十二歳とすると、五年後の現在は十六～十七歳。タイは日本と学校制度が同じなので、高校生だ。一般の村の子なら小卒か中卒で働いていても不思議はないが、なにしろ彼はスーパー利発なんだから高校に進んでいるはずだ。ならば、村にはいないだろう。少なくとも都市に出ているだろう。もしかすると、スーパーに優秀で奨学金を得て外国に留学していたり……なんて可能性もある。

タイ人の留学先としてはやはりアメリカが一般的だ。もし彼がアメリカに留学していたら面白いだろうなあ。なんせ依頼者の西田さんもハワイ留学中なのだ。スーパー君は十六〜十七歳で、西田さんは二十五歳。無理な年の差ではない。いやいや、アメリカ留学していなくてもいい。彼は俗世を超越した賢い少年だから、あえて進学せず、田畑を耕して家族を養っているかもしれない。それはそれで魅力的じゃないか。

実際に西田さんは追加メールで「ついでに彼に恋人がいるか訊いておいてください。彼のところにお嫁に行くのもありかもしれません（笑）」と書いている。もちろん冗談ではあるが、「もしかしたらすごい恋に出会えるかも……」という西田さんの乙女心が感じられ、私は妙に興奮してしまう。

いや、私が興奮しても仕方ないのだが、タイの奥地の村出身の青年と日本のインテリ美人との奇跡の恋愛なんていいじゃないか。これ以上の物語はない。『メモリークエスト』はキワモノ・ノンフィクションから純愛大河ドラマに出世し、本はベストセラーになり、映画化され、そして私がその製作総指揮……と筋書きを考えれば考えるほど盛り上がってしまう。

うーん、なんとしてもスーパー君の居場所を摑《つか》まねば。

彼が今どこで何をしているにしても、実家は村にあるはずだ。あるいは両親は村にいないかもしれないが、村に行けば彼らの居場所もわかるだろう。肝心《かんじん》の村がほんとうにラップリー県にあるのかどうか。見つかるのかどうか。それだけが問題だ。あとはウィさんの手腕にかかっている――と、どこまでも他力本願に夢を見ていたら、車は急に速度を落とし徐行しだした。ウィさんは鋭く辺りを見渡しながら、ゴルゴ杉山にテキパキ指示を出している。

いよいよ近づいてきたかと気を引き締めたら、シビックは一軒の大きな建物の前で止まった。

「昼飯です」ゴルゴ杉山が短く告げた。

飯だったのか。もう午後二時だから昼飯でも不思議じゃないのだが、この店選びの慎重さはどうだろう。だいたい「時間がない」という理由でウィさんの実家にも寄らなかったのだが、店に入ってからものんびり食べるのがいかにもタイ人らしい。ここの人たちはどんなに時間がなくても食事を犠牲にすることはないのだ。私はまだ胃が気持ち悪くて少ししか食べられなかったが、少しだけ食べたガイヤーン（タイ風焼き鳥）は素晴らしく美味《うま》かった。

ラップリーは特に有名なお寺や観光地はないし、特徴のある料理も特産品も聞かないが、漠然と「美人が多く、食べ物がおいしい」と言われているという。ウィさんとここの料理を眺めると、その言葉に説得力があるように感じる。

さて昼食を終え、「スワンプーム郡」に着いたのは三時であった。ここまでは問題ない。最後の「プーラカム地区」が懸案だ。

今度こそウィさんの手腕が問われるところ……なのだが、彼女が杉山さんに「ここからどこ行くの？」「この人（私のこと）は遊びに来てるの？　仕事なの？」と訊いているので、私はずっこけた。

杉山さん、何も奥さんに説明してなかったのか。無口にもほどがある。あとで訊いたら、「面倒なのでドライブに行くとだけ言って妻と子供を連れてきた」と杉山さんは平然と言っていた。

私は急いで写真を取り出した。スーパー君の写真のほか、村の風景が写っているものもある。それをウィさんにわたした。スーパー君探しの話は面倒だし私のタイ語力ではキツいので省略し、「とにかくプーラカム地区へ行きたいんです」と言った。

だがウィさんもプーラカムという地名を知らなかった。それに「プーラカム」とカタカナで書いてあるだけで、タイ語の正確な発音がわからない。lとr、pとph、kとkhの区別、母音の「ウー」も三種類あり、さらに五つの声調があるから、プーラカムだけで理論上は百以上の単語ができる。

日本語でも「おじさん」と「おじいさん」、あるいは「病院」と「美容院」は決定的にちがい、混同する可能性もないのに、外国人には往々にしてojisanやbyoinで同じだったりする。「早く病院に行きたい」というからあわてて手助けしようとしたら美容院だったなんて類の話はよく聞く。

ウィさんは、「この人は知っていそう」という人を見かけるたびに車を止めるがその都度、私に「あれ、なんていう名前だっけ?」と訊くのが閉口だった。私だって日本語カタカナの「プーラカム」しかわからないのだ。可能性が高いとおぼしき、二つ三つのタイ語風「プーラカム」を曖昧《あいまい》に発音するしかない。

それでもウィさんは毎回、「あっちだ」「そっちだ」という反応を引き出してくる。〝答え〟でなく〝反応〟だから、おぼつかないことこのうえなく、何度も繰り返し訊ねる。そして、「右」「左」「ゆっくり」と指示を出し、ゴルゴ杉山が黙ってハンドルを動かす。

白いセンターラインが引かれた街道をはずれ、車が二台やっとすれちがえるくらいの横道に入っていった。「こんな道でいいんだろうか」と思ったら、だんだん家や畑はまばらになり、道はアップダウンを増して激しくうねる。はるか西に見えた山並みが急速に接近してきた。ミャンマーが近い。

少し高い丘を登りきると、そこから見渡すかぎりのジャングルが広がっていた。ミャンマーでは珍しくないが、現在のタイではめったにお目にかかれない。

「タマチャート！　タマチャート！（すごい自然よ！）」とウィさんが興奮して叫ぶ。

「リュウ、ミャンマーに行けるぞ」ゴルゴ杉山も珍しくセンテンスで話しかけたら、

「ミャンマー、嫌だ。こわい」とリュウ君は激しく拒絶する。

「こわい？　何が？」

「誘拐される」

わりと正しい理解だ。何もしなくても軍や公安に連れ去られる人は多いし、数日前に起きた死者八万～十万人という未曾有の大災害（二〇〇八年五月に起きたサイクロン被害）にも平然として、外国からの援助を拒み、政府お手盛り憲法制定の国民投票を強行している国である。

リュウ君ほどではないが、慣れ親しんだ私ですら「ミャンマー」と聞けば、「何が起こるかわからない」という緊張感を覚える。

それから三十分ほど走ったろうか。突然舗装路が終わり、土の道になった。一般の乗用車が走る道ではない。杉山さんは慎重に進む。バンコクに住んでいる彼はたぶん、土の道をドライブした経験はないだろう。ウィさんが路面の状態を見ながら「右」「左」「もっとゆっくり」「ここは一気に！」など指示を飛ばす。

周囲は車にかぶさってくるようなジャングル、その合間に小さいバナナ畑が点在し、村が

ある。もうタイではほとんど目にしない、高床式、草葺《ぶ》き、竹の壁の家が多い。村人の顔もタイ人とは明らかにちがう。頬骨《ほおぼね》が高く、目は細くてちょっと吊《つ》り上がり気味だ。北方の中国人に少し似ている。たぶんミャンマーとの間にまたがって住む少数民族のカレン人だろう。服は汚れたり、縫い目がほつれたりしている。髪の毛もぼさぼさだ。あまり水浴びはしていないらしい。

こちらを見る彼らの顔は強張《こわば》っている。道を訊ねても警戒心がありありだ。それはそうだろう。ここにタイ人が、それも都会の車が入ってくることなどまずないにちがいない。

「最近、少数民族の村に外国人が少年少女を買いつけに行って逮捕されるという事件がよくある。やっとタイ政府も人身売買問題に本腰を入れ出したんだ。高野さんも間違われないように気をつけたほうがいいですよ」という天野さんの言葉を思い出した。

しかし杉山さんは、アメリカ侵攻直後のアフガニスタンへ自ら取材に乗り込んだほどの強者である。タリバン系の男たちに取り囲まれ、蹴りをくらったりしながらも写真を撮り、インタビューをしたという。この程度ではビビったりしない。

本格的な山道になり、私は車を降りて前を走り出した。どこまで車が進めるかわからないので、路面をチェックしていくのだ。森の重く蒼《あお》い匂《にお》いと焼畑の焦げ臭い匂いが鼻をつく。なつかしいミャンマー辺境の匂いだ。

車はウィさんの運転に代わっていた。助手席にはリュウ君。「なるほど」と私はうなずいた。私が昨年アフガニスタンの山岳地帯に行ったときも、途中から不穏な空気を感じて、同行のカメラマンが助手席から後ろに移ったことを思い出す。なるべく地元の人たちを刺激しないようにという配慮だ。

ここでも現地の人にとってゴルゴ杉山がハンドルを握って入ってくるのと、美人の女性とかわいい子供が目に入ってくるのではまるで印象がちがう。実際、リュウ君を見ると、顔をほころばせる村の女性もいる。

薄暗くなってきたころ、突然視界が開けた。川だ。川床はコンクリートで固められており、バイクに乗った兄ちゃんが川をバシャバシャ横断してくる。よかったと思った。これを見なかったらとてもこの川を車で渡るという発想は出てこなかったろう。

彼らに訊ねると、「プーラカムはもうすぐ」とのことだ。プーラカムは地区でなく村の名だということもわかった。

川を強引に渡ると太陽光発電のパネルが並んでいた。この辺に何か政府かNGOのプロジェクトの手が入っているらしい。

「これは……」と私は生唾《なまつば》をごくっと飲み込んだ。「それっぽいぞ」

ボランティア団体が援助の対象を選ぶとき、「偶然」や「てきとう」ということはない。

何かの要因がある。そして複数の団体が入っているという村もよくあるのだ。村にやり手の村長がいるとか、その村が地区の「モデルケース」として国や自治体の支援を受けているなどの場合が多い。西田さんがツアーに参加した仏教団体も、地元の役所の紹介や誘致を受けて援助を行っている可能性がある。

あと一歩のところに来ていると思うのだが、それを遮《さえぎ》るようにまた川が出現した。私たちは全員、車から降りた。前の川より狭いが、もっと深い。底には恐竜の卵のような石がゴロゴロしている。とてもシビックでは行けそうにない。

杉山さんが時計に目をやり、難しい顔をした。

「早く帰らないとまずいですね」と言う。

ここではもう携帯電話が通じない。杉山さんたちは赤ちゃんを預けてきている。連絡なくここに一泊するわけにはいかない。そして、今来た悪路を暗くなってから走るのはかなり危険だ。時刻はもう五時半である。

またバイクに乗った別の若者が来たので、ウィさんが彼と話をつけ、ここから先は私が一人、バイクの後ろに乗せてもらって行くことにした。ザックをトランクから取り出し、背負うと、杉山さん一家にあわただしくお礼を言った。三人は車に乗りこみ、切り返しで向きを変えると去っていった。

3——スーパー君の謎が解ける！

気づけば私は一人になっていた。杉山さんの好意に甘えまくっていたので、束《つか》の間、「取り残された」という不安感とも孤独感ともつかないものに襲われ、ぼうっとしてしまったが、バイクの兄ちゃんが「早くここに乗れ」とシートをバンバン叩《たた》くので我に返った。

急いでバイクの後ろにまたがると、兄ちゃんの背中からムンときつい匂いがした。土と植物と雨水と汗と垢《あか》が入り交じったような独特の匂い。アフリカ・コンゴの村人も、アマゾンの先住民も、ミャンマー奥地のケシ畑でアヘンを作っていた村人も、水浴びの習慣がない熱帯雨林の人はみんな同じ匂いを発していた。

「辺境の匂いだ」そう思った瞬間、私の中でガキッとギアが入った。街のモードから辺境モードに切り替わった。不安や孤独感はすっ飛び、猛烈にテンションが上がった。

「やったるで！　見つけたるで！」と心の中で叫んだ。

私の気合いに応えるようにバイクはザバザバと川を渡り、対岸の斜面をぐいーんと苦しそうに登った。登り切ったら、村があった。

「ここがプーラカム村だ」と若者が言う。

「へ？」

なんだ、実はもう村に着いていたのか。バイクを雇うまでもなかった。だが、村はそれなりに奥行きがある。草葺きの家がポツ、ポツと一本道の両側に点在している。全部で五十軒ほどもあるのだろうか。電線は見当たらないから電気は普及していないようだ。バイクは集落を通り抜け、学校らしきところに着いた。木造平屋の校舎の前には仏像が何体も重なるように並んでいた。タイでは外に仏像を置かないし、寺の中でもこんな並べ方はしない。

——間違いない！

ここが西田さんの来た村だ。

たった一日で村を見つけられるとは思っていなかったので、ジーンときたが、感慨にふけっている暇はない。さあ、これからあの子、スーパー君を探さねば。村に来てしまえば、もうこっちのものだ。

「村長の家に行ってくれ」バイク兄ちゃんに頼んだ。

世の東西を問わず、村に着いたらいちばん偉い人、つまり村長宅に挨拶《あいさつ》に行くのが流儀だ。そこで滞在の許可も、必要な情報も得られる。

村長宅は川の近くにあった。他と変わらない、質素な草葺きの家だ。ただ家の前に屋根のついた休憩小屋があり、六、七人の人がくつろいでいた。私を見て、みんな、ざわめいた。

訊くと、やっぱりカレン人の村だった。

　家の中から村長が出てきた。老眼鏡を鼻にひっかけた桃屋のおじさんみたいな人だ。

「あんた、どこから来た？」村長は聞き取りやすい発音のタイ語で訊いた。

「日本です」

「一人で？」

「ええ」

「今日はどこに泊まるんだ？」

「ここに泊めてください」

「毛布か何か持ってきているのか？」

「いえ、何もないです」

「……あんた、大したもんだな」村長は半ば呆《あき》れた声で言った。

　やっと気づいたのだが、ここにはタイ人だって泊まりに来ないだろう。よそ者がひとりで来るような場所じゃないのだ。私はこういう山奥の村を渡り歩く旅を繰り返してきたので、なんとも思わなかった。よく言えば度胸がよく、悪く言えばすごく図々しい。

　しかしそんなことに構っている暇はない。

「ここに日本の仏教団体が来たことがありますよね？」私が訊くと、

「そうだ」と村長はうなずいた。

ふーっと私は息をついた。よし、ここまではバッチリだ。

私は西田さんのこと、西田さんと仲良くなった少年がいるという話を簡単にしてから、スーパー君の写真を見せた。

村長は眼鏡を直し、角度をあれこれ変えながら、穴の開くほど写真を見つめた。私も、そして周りに集まってきた二十人以上の村の人たちも固唾《かたず》を呑《の》んだ。村長はまたずり落ちた眼鏡ごしに私を見上げた。

「知らんな」

「知らない？」私はゾッとした。

そんなバカな……。村人が同じ村人の顔を知らないはずがない。いくら五年前の写真とはいえ、面影が残っていないわけがない。では、いったいこの子はどこの子なんだ？　それとも何か根本的な間違いがあるのか？

村長は野次馬の人だかりに写真を渡した。はじから順番に写真を見ていくが、みんな、一緒に写っている他の子は知っていても、スーパー君については首を振る。

どういうことなんだ。スーパー君だけ知らないとは。この子は座敷童《ざしきわらし》か何かの霊だったのか？

私が呆然《ぼうぜん》としていると、あとから来た若者の一人が写真をひったくってじっと眺めたあと、

「あー、こいつ知ってる！」と調子はずれの声をあげた。

「誰だ!?」私がぐっと身を乗り出して訊くと、そいつは言った。

「忘れた」

おい、俺をなめてんのか！　どうして忘れるのだ。嫌がらせとしか思えない。

「ちょっと、他に誰かこの子を知ってる人は……」と呼びかけたが、人々は私を無視して、カレン語とおぼしき言葉でわいわいと喋り出した。

「どうなってるんですか？」私は桃屋の村長に訴えた。村長は片手を挙げて私を制し、何人かの男たちと二言、三言、言葉を交わした。

しばらくして村長は私に向き直り、タイ語に切り替えて言った。

「この子はホワイ・ムオン村にいる。カレン人じゃない。タイ人だ」

「タイ人！」

私は目を見開いた。

そういうことだったのか。もっと早く気づくべきだった。スーパー小学生の顔はここの村の人の顔と全然ちがう。タイ人の顔じゃないか。

スーパー君が若者まで仕切れたのも合点がいった。世慣れた里の子だから、世間を知ら

ない山の男たちを軽くいなすことができたのだ。タイ人は少数民族に優越感を持ち、強く出るのがふつうで、子供も例外ではない。スーパー君が賢い子なのは確かなんだろうが、彼をほんとうにスーパーと西田さんに感じさせたのは「人徳」ではなく「民族の事情」だった。

最大の謎が解けた。あとは本人を探すのみだ。

訊いてみるとホワイ・ムオンという村は遠くない。私が杉山シビックで通り過ぎた村だ。ここからバイクで三十分ほどだという。

「今すぐ連れて行ってくれないか？」川から五十メートルしか走らないで二〇バーツをゲットしたバイクの若者に呼びかけた。「いいよ」若者が答えた。

時計を見ると六時。山あいなので太陽は隠れていたが、まだ十分に明るい。私はまたしてもあわただしく村長と村の人たちにお礼を言い、ザックを背負ってバイクの後ろにまたがった。

バイクは早い。あっという間に二つの川を突破し、石だらけの山道を巧みに上り下りする。五分でプーラカムの隣村に着いた。若者はバイクを止め、どんどん集落に入っていく。

「ここに〝彼〟がいるのか？」相変わらず、スーパー君の名前がわからないので私はそう訊いた。だが、若者が私に指差したのは十五歳くらいの女の子だった。

「彼女だ」と若者は写真を指差した。スーパー君と一緒に写っている幼い女の子がいる。それが目の前の少女らしい。西田さんはその子について、「スーパー小学生の妹らしい」と言っていたが、実は関係なくてこの子はカレン人だった。

「ほんと？」私は何度も繰り返し訊いた。写真の面影が全くない。別人のようだ。たった五年でこんなにも顔が変わるものか。だいたい、五年前のほうがずっと賢そうだ。

でもその子は西田さんの話をすると、思い出したらしく、嬉し恥ずかしという具合に笑っていたので私は彼女の写真を撮った。西田さんに見せるためだが、その義務感とは別に、私は不思議な快感を味わっていた。

完成図を知らないパズルのピースが一つ一つはまって、絵が立ち上がっていく感覚とでもいうのだろうか。土を掘り返していくと、古代の遺跡が次々と姿を現す感覚とでもいうのだろうか。

赤の他人のぼんやりとした記憶が私の中でゴンゴンと立ち上がってくる。記憶の裏に隠れていた真実も、記憶と二重写しに浮かび上がってくる。私が一度も見たことのないものが、私の記憶のように、水の膜《まく》を一枚隔てたような微妙な親しさで鮮やかに甦《よみがえ》っていく。

遺跡の発見や事件の取材などとちがって、その記憶が社会的な意味を何も持たないだけに、なおさら個人の魂の裏側に入っていき、内側の窓から世界をのぞき見るような奇妙な興奮がある。こんな気持ちになったのは初めてだ。

またすぐバイクに乗ってスタート。猛スピードのバイクは早々と土の道を終え、アスファルト路を走っていく。

もう辺りは山ではない。タイのふつうの田舎である。ここがホワイ・ムオン村だという。バイクは一軒の大きな家の前に止まった。

家の横で、三十代から四十代とみえる二人の男女が巨大なパラボラアンテナを動かしていた。ドライバーの若者はそちらにずんずん歩いていく。私は急いであとを追った。ドライバーは何やら私の説明をしている。私は話を遮り、その男女に写真を見せた。

「サットだ」と女性のほうが言った。「うん、ずいぶん幼いけど、サットだ」男性も同調した。

やっとスーパー君の名前がわかった。サットというのだ。またカチッとパズルのピースがはまった。

「彼はここにはいない。ラッブリーにいるよ」と女性は言った。

ラッブリーか。しかし、この人たちはいったい誰だろう。

「あなたがたはこれを修理しに来たんですか？」パラボラを指差して私が言うと、女性は少しムッとした。

「ちがうわよ。私は先生。学校の先生」

女性のタイ語は早いうえ状況も込み入っていたので、最初は混乱したが、質疑応答を繰り返しているうちにだんだんわかってきた。女性は名前をヌーといいこの村に教師として赴任した。この家はサットの両親の家で、今日まで彼女が借りて住んでいたが、やっと学校の教職員住宅に空きができたので、今日そちらに移ることになった。それでいつもはラップブリーの町に住んでいる夫が手伝いに来て、今引っ越しの最中なのだ。パラボラ修理の業者ではなかった。

ヌー先生によれば、サットがラップブリーにいるかどうかはわからない。でもサットの両親はラップブリーで商売をしているから、彼らに訊けば確実にわかるはずだという。

大家であるサットの両親の電話番号を知っているかと思ったが、ヌー先生は「さあ。知らない」とあっさり。

そこへ隣家からばあさんがひょこひょこやってきた。ヌー先生はばあさんに写真を見せた。ちょっと耳が遠いらしいばあさんはびっくりするような大声で「あー、サットだ。サッダムだ」と言った。色黒（ダム）なので、「サッ（ト）・ダム（黒いサット）」という渾名《あだな》で呼ばれているらしい。

サットの家の電話番号を訊くと、ばあさんは「サットんとこの電話番号？　あるよ！」と怒鳴った。

「何番？　教えて」私が言うとばあさんはまた怒鳴った。

「電話があれば、電話番号は必ずある。ただあたしは知らないけどね」

これにはヌー先生もダンナも私も大爆笑してしまった。それまで互いに相手が何者かよくつかめていないのでぎこちなかったが、このばあさんのボケ発言で私とヌー先生夫婦は硬さがほぐれた。

「あなた、今日どこに泊まるの？　ラップリー？」ヌー先生が言う。

私がうなずくと、先生は「私たちも今日ラップリーに帰るの。だから一緒に車に乗せて行ってあげるわ。今日はうちに泊まりなさい」といかにも先生らしい教育的な口調で言った。村のバイクをラップリーの町まで引っ張るわけにいかなかったので、私は喜んで受けることにした。

背景の絵はもう見えている。あとは中心にいる謎めいた少年の顔だけだ。それはどんな顔をしているのだろう。いまや彼が常識を超越したスーパーな少年ではなさそうだと判明しているが、賢いのは間違いないし、美少年なのも確かだ。すごい美青年に成長していれば、西田さんとの奇跡の恋愛に至る可能性はある。

どんな顔をしているんだろう、ほんとに。

4――学校の先生一家の一員になる

二人はタイ人としてはとても気さくで、「タカノ、ちょっと手伝って」と言い、私はヌー先生のダンナ、パデットさんと一緒に大きな木のテーブルやらパラボラやらを彼のピックアップトラックに積み込んだ。つい先ほどまでカレンの村に泊まるかどうかという話をしていたのに、いつの間にか引っ越しの手伝いになっている。自分の意思とは関係なく体が動いているようなこの感じが、巻き込まれ型の旅や人生を好む私にはグッとくる。

すべての荷物を積み込み、軽く掃除をすると、家の鍵《かぎ》を閉めて出発。行き先の学校は同じ村の中だからすぐだ。また、荷物を荷台から下ろし、宿舎の中に運び込む。宿舎は決して大きくないし新しくもないが、小ぎれいな木造のアパートで、私がチェンマイ時代に暮らしていた大学の教職員住宅と同じ匂いがした。

そちらには目のくりくりした愛らしい小さな娘が待っていた。七歳だというその子を両親が「リュウ」と呼ぶので驚いた。よく聞けば、彼女の名前は「デュー」だったが、デュがリュに近いため、リュウと聞こえるのだった。実際に私はずっと「リュウ」と呼んでいたが、ふつうに会話は通じていた。

片付けが終わってヌー先生がシャワーを浴びている間、私は「リュウちゃん」と一緒にお弁当を食べた。パデットさんが横で着替えているが、シャツを脱いだとき、背中から腕にかけて刺青《いれずみ》がびっしりと入っているので驚いた。日本の刺青によく似ているが、彼のはモノクロだった。

「日本のヤクザみたいだろ？」パデットさんはにこっと笑った。タイでもこれだけの刺青を入れている人は堅気でないと思うが、パデットさんは彫りの深い美男子で、なにより口調が穏やかで育ちのよさを感じさせる。いいとこの坊ちゃんが若いころ、遊んだときに彫ったという感じか。

その証拠にパデットさんは今、商売をやるかたわら、「自治議会議員」も務めているという。タイ独特の議会なので日本語で説明しにくいが、格としては市会議員と県会議員の中間くらいのようだ。

ヌー先生が四十二歳、パデットさんはまだ三十六歳で、年下のパデットさんが先生に頭が上がらないという話も聞いた。

先生が水浴びを終えて、さあ出発かと思いきや、ピックアップトラックを素通りしてそのまま歩いていく。

「どこへ行くんですか？」

「お葬式よ」

「え？　お葬式？」

「そうよ。言ったでしょ」ヌー先生は何を今さらという感じですたすた歩いていく。

いや、驚いた。ここまでさも私が彼らと余裕で喋っているように思えたかもしれないが、実際は言うことの半分くらいしかわかっていなかった。スーパー君に関係するところだけ集中し、あとはてきとうに「あー、そうですか」と相槌《あいづち》をうっていた。ラップリーの家に帰る前に何か用事があるというのはわかっていたが、何か学校の試験の関係だと思っていた。「試験」と「葬式」はタイ語ではちょっと似た単語でもあった。

よく問いただすと、学校の年取った用務員さんが一昨日亡くなったから学校関係者は全員出席なのだという。

「じゃあ、行くわよ」と先生はあらためて号令をかけ、パデットさん、リュウちゃん、私がそれに続いた。なぜか、今度はヌー先生一家の一員になっている。

葬式は宿舎のすぐそばにあるお寺で執り行われた。私は通算二年くらいタイに住んでいたが、不思議と葬式に行く機会がなかったのでこれが初めてだ。てっきり昼間にやるものだと思っていたが、夜の八時からだった。タイ全国的にそうなのか、ここだけなのかわからない。

タイの寺は日本とちがい、本堂と礼拝堂がある。本堂は坊さんしか入れず、一般人は礼拝堂に行くのがしきたりだ。ここにも大きな礼拝堂があり、入口には大小さまざまのサンダルが露店の売り場のように並んでいた。中ではござをしいた上に、人がぎっしり座り込み、うちわでバタバタ扇《あお》いでいる。その合間をなぜか犬がうろついている。葬儀を行う礼拝堂を犬がうろついていいのだろうか？……そんな私の疑問を察したように、一人のおばさんが犬の首根っこをつかまえた。そして力ずくで自分の横に座らせた。

うろつくのはよくないが、座ればいいらしい。

私たちは礼拝堂の入口付近に並べられたパイプ椅子《いす》に腰を下ろした。ヌー先生一家と一緒だし、顔もさして変わらないせいか、誰も私に注目する人はいない。村人になったような気分だ。椅子席の前では大鍋に肉や野菜がぐつぐつと煮込まれ、ふわーんといい匂いをさせている。葬儀のあとに振舞われるのだろう。

お金の入った箱が回ってきたので、他の人と同じように小銭を入れて、その代わり赤い糸を受け取った。そしてやはり他の人を真似して、左の手首に巻きつけた。どうやらお守りみたいなものらしい。私にはずばり「赤い糸」に見えた。何かわからないが、縁結びに思えた。だってそうだろう。よほど縁でもなければ、こんなところで葬式に参列したりしない。

八時きっかりに数名の坊さんがやってきた。坊さんの読経《どきょう》が始まるが、その間も鍋は煮え続け、年寄りはうとうとし、犬はまた立ち上がって歩き出すしで、ゆるやかな空気が流れている。ときどき坊さんのあとにしたがい、何か経典の文句を唱えるだけであとはぼんやりしていると、いつの間にか葬儀は終わっていた。

人々の関心はもう大鍋に集まっていた。私たちもここでご飯を食べるのかと思ったが、ヌー先生はさっさと車のほうに歩き出したのでホッとした。時間的に探索はもう進まないかもしれないが、やはり一刻でも早くラップブリーの町に出たかった。

スーパー君の両親の住むラップブリーの町に。

5――そして元スーパー小学生は……

ピックアップトラックの運転席にパデットさん、助手席にヌー先生とリュウちゃん、後部座席に私。またもやタイ人家族と一緒。両親と七歳の子で名前もリュウ。そして真っ暗な夜道を奥さんが鋭く見定め、「右」「左」「ちょっとゆっくり」と指示を出し、夫がそれに従うという構図も全く同じだ。

「サットの両親に会うのは明日でいいね？　今日は遅いから」後ろを振り向き、ヌー先生が言う。もちろん、と私は答えた。ここまで来たら焦ることはない。

退屈したリュウちゃんが「うきゃあ！」と鼓膜《こまく》にこたえる奇声を発すると、先生は彼女をあやすように「ほら、あのおじさんは日本から来たんだよ。日本って知ってる？」と話しかける。

「知ってる！　ドラえもんの国！」とリュウちゃんはやっぱり鼓膜を刺激する声で答えた。

それにしても、と思う。タイ人はほんとうに子供を叱《しか》らない。リュウちゃんは奇声を発するほか、窓ガラスをガンガンたたいたり、車内灯をつけたり消したりとやりたい放題だが、一見厳しそうなヌー先生は「やめなさい」とも言わない。なだめたり、「ほら、ウサギ」とぬいぐるみを差し出して注意をそらせたり、誠に気が長い。

私がチェンマイ大学で教えていたころ、少しばかり、大学職員の家に下宿していたことがある。そこでもリュウちゃんによく似た一人娘がいたが、やはり何をしても叱るということがなかった。

杉山さんの車に乗っていたときも、杉山さんはもちろん、ウィさんも全然叱らなかった。あとで杉山さんに訊けば「ふだん彼女はタイ人にしては例外的に厳しくてよくひっぱたくけど、今日はお客さんの前だから叱らなかった」とのことだが、日本では逆だろう。ふだん甘やかしているが、人前では叱り飛ばすという人は多い。要するに、タイでは子供を叱らないのが基本原則なのだ。

バンコクのドライバーが誰もクラクションを鳴らさないのにそれは似ているように思えた。

多少前の車がもたもたしても黙って待つ。怒っても怒らなくても結果は同じなら、怒らないほうがお互い嫌な思いをせずに済むという究極の事なかれ志向だ。実際、タイの子供は甘やかされて育つかわりに、親への反抗期があまりないらしい。大人になっても不思議なほど親を敬い、また甘える。

そんな社会もあるんだなあと今更のように感心していると、道路がどんどん広くなり、景色は町になった。「ラップブリーだ。中心地まであと五キロくらいあるけど」とパデットさんが言った。

ラップブリーはたかだか六、七時間前に通ってきているが、全くちがう町に見えた。昼と夜のちがいだけではなく、私の中での意味合いが変わってきているのだ。行きに通ったときは単なる経由地だったが、今はスーパー君か、少なくともその両親が住む町なのだ。

車はスピードを落とすと、屋台やそれに準じる小さな店が数軒ならぶ歩道脇に停まった。パデットさんは降りて、黄色い看板がてかてかと光るアヒル肉の定食屋に立ち寄り、白髪まじりのおじさんとやや斜視のおばさんを相手に何か喋っている。夜食でも買うのかな、タイ人はほんとに飯にはこだわるなと思って見ていると、パデットさんは私を手招きした。降りていくと、「サットの写真を見せて」という。あ、なんだ、聞き込みをしてくれていたのか。

今日、もう何度目かわからないが、写真を出してアヒル屋のおじさんに見せた。

「サットだ」おじさんがうなずいた。知っているらしい。そこに一人、安物のサンダルを履いた若い男の子がぶらぶらとやってきた。おじさんはその子を指差し、「サットだ」とボソッと言った。

「えー!! これが!?」私は絶句してしまった。これが元スーパー小学生?

あまりにも突然の出来事で、私は意味もなく、へらへらと笑ってしまった。何もおかしくないのに口が緩《ゆる》んでしまう。どう反応したらいいのか、自分でもわからないのだ。

締まらない顔をしながら、私はその子を上から下まで何度も目で確かめた。

白地になんだかわからない緑の丸がかいてあるダサさ極まるシャツにだぶだぶのハーフパンツ。髪は長めだが、髪形と呼ぶほどのものではなく、ただできとうに伸びているだけ。写真のぱっちりした瞳とは対照的な細くて凡庸《ぼんよう》な目。

垢抜けないし、賢そうでもない。なにより間抜けなのは、左右のサンダルが別々なことだ。右が青、左が赤。どうしてそうなるんだ。頭が痛くなりそうだ。

これが幻の元スーパー小学生か。西田さんと奇跡の純愛物語をつむぐことになっていた美青年か。

「ウソだろ」と思わず呟いてしまった。

私は二十年間、探索を続けてきた「プロ」ではあるが、肝心の探し物はめったに見つかったことがない。だから見つかっただけでも「ウソだろ」と思ってしまう。しかも彼を探すのは明日だと聞いていた。そして見つかったものがあまりに予想外の見てくれなもんだから、三重に「ウソだろ」という感じだ。

それでもとにかく見つかってしまった。私は幻の元スーパー小学生に話しかけた。

「君がサットか」

「うん」不審そうな顔で元スーパー君はうなずいた。

「僕は日本人だ。僕の友だちが五年前、プーラカム村で君に会ったと言っているんだけど、憶えてるかな？」

「五年前？　ふっりーなあー。そんな昔のこと、憶えてねーよぉ」と元スーパー君は頭をぼりぼりかいた。タイでも日本でもどこにでもいるバカな十代男子そのものの反応に私はまた頭が痛くなった。人間、ここまで変わるものだろうか。

それでも西田さんが一緒に写っている写真を見せ、当時の状況を詳しく話すと、「あー、あー……」とうなずいた。

「思い出した。日本人がたくさん来たっけ。俺さ、あのとき、父ちゃんと母ちゃんにくっついて行ったんだよ」

「何しに？」

「手伝いだよ」

この小さなアヒル屋をやっているさっきの年配の夫婦が彼の両親だった。日本の仏教団体が村を訪問したとき、当時まだ近くのホワイ・ムオン村で店をやっていた両親が食事作りのために呼ばれた。サットはその手伝いで一緒にプーラカム村に行ったのだ。そして、結局は手伝いもせず、西田さんたちと遊んでいた。彼が「将来農業で家族を養いたいと言った」というのは西田さんの勘違いか通訳の間違いだろう。

これがスーパー小学生の「真実」であった。

サットは今、高校二年生。今は夏休み（タイは三月から六月初めまで夏休み）なので、両親の店を手伝っているという。

西田さんの名前はもう忘れていたが、彼女が美人だったことはちゃっかり憶えていて——というより写真を見ればわかるのだが——、「彼女は今、アメリカの大学院で勉強している。君に会いたがっているよ」と言うと、もじもじと体を揺らして照れていた。

もはや奇跡の純愛物語が誕生する余地もなかったが、いちおう訊いてみると、「カノジョなんかいねえ」と今度は何か期待するようににやにやした。ここから何か生まれたらそれこそ奇跡だと思ったが、どこか憎めない奴でもある。

彼の本名、住所、電話、メールアドレスなどをメモ帳に書いてもらいながら話をすると、

「将来は設計をやりたい」と言うし、「メールは英語でも全然ＯＫ！」と胸を張るし、スーパー小学生の面影ゼロでも、それほどバカではないようだ。

タイの若い子で（日本でもそうかもしれないが）、将来何かをやりたいとはっきり言うのは大学生でも珍しい。それだけでも評価できる。英語だってふつうのタイ人は日本人と同じくらい苦手だ。だからここでも評価できる。

と、私は彼のことを最大限に評価しようとひとしきり熱意を傾けた。まるで自分の息子か甥《おい》っ子みたいな気がするのはなぜだろう。

それから記念撮影。まずはサット単独。次に両親と一緒に。デジタルカメラなのでその場で確認して少し驚く。

サット、かっこいいのだ。写真にすると顔に締まりが出て、先ほどまで空っぽに見えた瞳に深みがうかがえる。単にアイドルを気取ってポーズをつけただけかもしれないが、私は「何か対象があればそこに集中して能力を発揮するタイプだ」と最大限に評価することにした。

実際のところ、五年前の写真をよく見ると、サットだけでなく、サットの妹と勘違いされた女の子も他の子供たちも、みんな、かわいい。美しい。目が輝いている。西田さんたちの訪問は村にとってすごいイベントだったのだ。ボルテージが上がり、そのとき誰もがふだんの何倍も賢く、かっこよく、魅力的になったのだ。

五年前のあの日、西田さんを取り囲む子供たちの様子が、今はじめて目に浮かんだ。「スーパー小学生」が、今目の前にいるサットとはまるで別な存在として、生き生きと喋り動くのが見えるような気がした。

「うきゃあー！」ピックアップトラックから奇声が聞こえ、私は我に返った。リュウちゃんがまた退屈して怒っているようだ。いかん、戻らねば。

「じゃあ、ジュンコ（西田さん）からメールが来たらちゃんと返事を書くんだよ」とサットに言う。

「オーケー、ドント・ウォーリー！」とサットはタイ語訛《なま》りの英語で言ってにやっとした。やっぱりどこかピントはずれだが、私は彼の英語力の一端を確認したことにして手を振った。両親にタイ式に両手を合わせて挨拶すると、ピックアップトラックに乗り込んだ。

元スーパー小学生はたちまち小さくなり、見えなくなった。あとは、他の屋台の灯《あか》りと涼しげな夜風のみが流れていく。

かくして私の最初のミッションは完了した。探し物が見つかる。それはとても気持ちがいいものだ。たとえ、それが期待とは全然ちがうものであっても。

そして私は、自分の中に他人の記憶が鮮やかな絵のように立ち上がるという新しい快感を発見した。この旅は私が想像していたよりはるかに面白い。
次は何が見つかるのか。どんな絵が立ち上がるのか。
私の心はすでに次のミッションへ向かっていた。

"元"スーパー小学生のサット

根《ね》無《な》し草《ぐさ》の男《おとこ》
捕獲《ほかく》作戦《さくせん》

メモリークエスト 第2話

FILE : 002

Title.	日本へ行ったときの身元保証人を必死で探していたアナン
Client.	名須川さん
Date.	1995年2月
Place.	タイ　ドイ・メーサロン（サンティキリー村）
Item.	ミャンマー人ガイドの男性
hint.	証言のみ

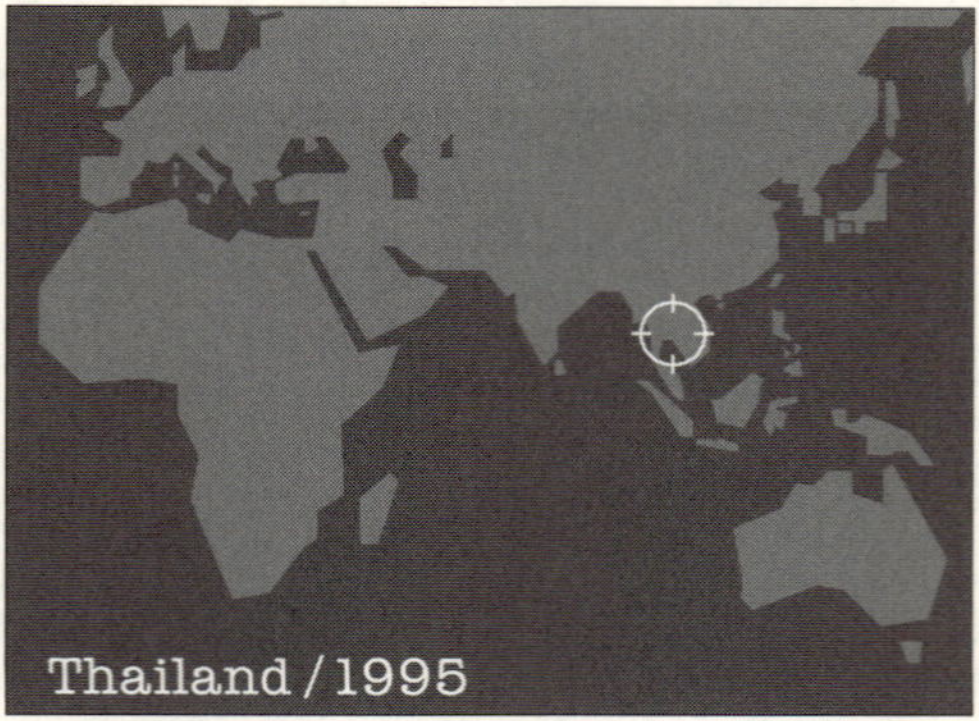

依頼人からの手紙

一九九五年二月のこと。舞台はタイとミャンマーの国境沿いの小さな町。そこは少数民族が住み、アヘン栽培が盛んな地でもある。

そんな場所のあるロッジで、私は女大好きエロ警官につきまとわれた。警官は、「今夜、一緒にカラオケへ行こう」とかなりしつこく誘ってきた。「カラオケは大キライだ‼」と拒否し続けていた私だったが、あまりにしつこいため、断りきれずになくなく行く羽目に。

夜、警官と一緒に、町にある体育館のような大きなカラオケバーへ。到着後、警官は一人で何曲も歌いまくり、ノリノリだ。最後の最後まで歌うのをゴネていた私だが、「おまえも歌え」と何度も言われ、しかたなくステージ上で歌うことに。

いやいや歌いはじめた私だが、思い起こせば合唱部出身。歌いはじめると止まらず、何曲も気持ちよく熱唱‼　カラオケバーにいた大勢の客から大喝采《だいかっさい》を浴び、〝おひねり〟までちやっかりもらうありさま。

警官からは、なんと、お札をつなぎ合わせて作った首飾りのおひねりを頂戴した。これで一週間分の宿泊代はチャラだ。もうそうなるとやる気満々。マイク片手に、店内の客と握手しながら下町の玉三郎になりきる私。

そんなとき、重大ニュースが飛び込んできた。

警官はカラオケバーへ女を連れて行ったあと、「マッサージをしてあげる」と言葉巧みに女を誘い、女の部屋で体を触りまくる、というのだ。

教えてくれたのは、その町でガイドをしているアナンという青年。私は警官から逃げるべく、アナン青年とともにとんずら大作戦を企て、どうにか逃げきることができたのだった。

そんなわけで高野さんに探して欲しいのは、このエロ警官。ではなく、助けてくれたガイドのアナンのほう。

このアナン、それからというもの、頼んでもいないのに私にずーっとつきまとってきたのだ。アナンは私を少数民族の村へ連れて行ってくれたり、食事をごちそうしてくれたりと、とにかく至れり尽くせり。

それにはワケがあった。

アナンはミャンマー出身のミャンマー人。国境を越えたタイで、ガイドの仕事をしている。

アナンによると、ミャンマーでは、日本へ行って三年仕事をすると、ミャンマーに豪邸を建てることができ、そのうえ一生遊んで暮らせるという一攫千金《いっかくせんきん》話でもちきりだという。

「オレの友人もみんな日本に行ってる。だからオレもそうする」とアナンは言う。ミャンマー国内ではパスポートを取得するのも難しい現状。そこで彼らがしているのは、密入国だという。現に、アナンだってパスポートを持っていないのにタイで働いていた。

「村で数年働いた後、バンコクで仕事をして資金を貯め、南下してマレーシアのクアラルンプールで二年働く。そうするとマレーシア人のパスポートもらえる、ビザ取れる。日本へ行く」という。

アナンに言わせると、マレーシアは多民族国家だから、二年働いたらマレーシア人になれるというのだ。ホンマかいな。

アナンは、日本へ行ったときの身元保証人を探していて、私にその白羽の矢が立ったというわけだった。どうせ密入国なんだから必要ないじゃん、と思うのだけれど。

なにしろ、日本人女性が村へやってきたのは三年ぶりのことなのだとか。私の顔が、カモネギに見えたに違いない。

女性だけを狙《ねら》っているのは、自分が男前（CHAGE and ASKAのASKAにちょこっと似ている）だと思っているかららしい。女を落とすのなんてわけないし、そうなりゃ身元保証人になってもらうことなんて簡単だと思っているのだ。

私が滞在していた一週間の間、無料奉仕でガイドし続けたアナン。ついに私が村を出る最後の夜、彼は身元保証人をかけて、私を精力絶倫ディナーへ誘った。

ニンニクがゴンゴン効いた心臓、肝臓、小腸の肝づくし焼き肉ディナー。食後の口直しは、なんと栄養スタミナドリンクであった。危険を察した私は、地面にうずくまり、「グゥエエエエエー！！！」と激しい嘔吐《おうと》のフリをし続けること数十分。なんとか逃げきることができた。

日本へ帰国後、アナンから二通の手紙が届いた。一通目、「いよいよバンコク。日本は近い」。二通目、「クアラルンプールに到着。Tシャツと一〇〇ドルを至急送れ」（なんで、私が！）。

あれから十数年経《た》つが、マレーシア人になったという連絡はまだ入っていない。日本へ密入国を企てていたアナン。今ごろどうしているか？

高野さん、よろしくお願いします。

1――早く来い来いメーサロン！

「どうかしてるよ！」私はクスクス笑いながら名須川さんの依頼文を読んでいた。

この文章を読むのは何度目かわからないが、何度読んでも面白い。

だって、セクハラ警官に無理やりカラオケに連れて行かれたものの、被害者になるはずの名須川さんが実は合唱部出身、ノリノリで歌いまくって、当の警官からおひねりまでもらってしまい、一週間分の宿泊費を稼いでしまったというのだ。ありえないだろう、ふつう。いや、ふつうどころか、小説で作ろうとしても作れない。

しかも助けてくれた青年がこれまた危ない奴で、今度は地面にうずくまってゲロをはく真似を（しかも数十分も）やって危機を脱出するという二段オチ。

おかしい。おかしすぎる。私は今度はテーブルの端を手でバンバン叩いて笑った。ガランとした部屋に私の笑い声が響く。

ふと、コピーの束から目をあげ、窓から外を見た。先ほどまで轟音《ごうおん》とともに降り続いた豪雨は小雨に変わり、屋台の白い蛍光灯や深夜バーの赤やピンクのネオンが水滴の向こうにけぶっていた。ここはタイ北部の町チェンライである。

時計を見れば三時半。もちろん午前だ。昨夜という言い方が正しいかどうかわからないが、十一時にベッドに入ったのだが、あれだけ疲れていたのに四時間足らずで目が覚めてしまった。しかも頭は冴え渡り、キーンという耳鳴りがする。まるで脳のエンジンが無意味に回転数を上げているようだ。

「どうかしている」のは名須川さんだけじゃない。今の私もどうかしている。ナチュラルハイの状態がもう三日も続いているのだ。

おかしくなったのはラップリーで元スーパー小学生を発見した晩からだ。以来、毎晩長くても四、五時間しか眠れない。それも半分覚醒しているような、いたって浅い眠りだ。私は昔から寝なければダメな性質《たち》で、一日七時間はしっかりと寝る。しかもぐっすり眠る。それが今、眠れない。テンションが上がりすぎて、寝ていられないのだ。早く次の場所に行って次の探し物をしたい……。頭にあるのはそればかりだ。一人で喋ったり笑ったりもして、すっかりヤバイ人と化している。

そもそも私はタイ北部なんかに来るつもりはなかったのだ。当初の予定では西田さんの最初のミッションが終われば、すぐにタイを離れ、インド洋とアフリカの間にあるセーシェルに飛ぼうと思っていた。一つのミッションを達成するのにすごく時間がかかるだろう、タイだけでそんなに時間を費やせない……と腰が引けていたからだ。ところが、「元スーパー小学生」を見事に探し当てて、ヌー先生のお宅で成功の余韻《よいん》に浸っているとき、完全に気が変わってしまった。

バンコク在住者からも「無理だろう」と言われていた人間を見つけ、すっかり自信がついてしまったのだ。難しそうでもやれば案外できる、この勢いを駆って、タイでもう一つ依頼を片付けてやろうという野望がむくむくと生まれてしまった。

名須川さんの依頼は話も面白いが、場所もいい。メーサロンはタイ北部とミャンマー・シャン州との国境にある。私はタイ北部の中心地チェンマイに約二年住んでいて、北部の県はくまなく訪れている。それればかりか、私はミャンマー・シャン州からやってきたシャンという民族のコミュニティと親しくしていたうえ、シャン州の山奥の村で半年以上も暮らしていたこともある。

タイ北部とシャン州の国境付近はまさに私の「ホームグラウンド」なのだ。自分が生まれ育った東京八王子市よりこの界隈《かいわい》のほうがよほど詳しい。

このメーサロン村も、一九九四年の二月に、探検部の後輩であるイシカワという男と一緒にバイクを走らせて行ったことがある。名須川さんが訪れたのは一九九五年二月だそうだから、ちょうどその一年前だ。

私はメーサロンでは昼飯を食っただけで通り過ぎてしまったから、名須川さんが探してほしいという「アナン君」なんて知るよしもないが、もしかしたら道ですれちがっていたかもしれない。だいたい、アナン君はミャンマー人だという。あの辺ならやっぱりミャンマー国籍のシャン人である可能性が高い。

さらに、彼はまずマレーシアに行ったという。マレーシアは華人（中国系）が多い国だ。マレーシアに出るという発想は、タイ人にしてもミャンマー人にしても中国系によくある発想なのだ。縁者がいるからだろう。

シャン人には中国系が多い。例えば一世を風靡《ふうび》した「麻薬王」のクンサーもメーサロンのすぐそばに拠点を構えていたが、父親が中国系で母親がシャン人だった。中国系は教育水準が高く、野心も大きいから、外の世界に出て表の世界でも裏の世界でもなんでもやって成功しようという人が多い。英語が話せるというから、かなりの教育を受けているとおぼしきアナン君も、中国系シャン人の可能性が高い。メーサロンは特に中国系が多いところだから、その予想はかなりの確率で当たっているはずだ。

ほら、こういうふうに事情が行く前からぐいぐい「見える」のだ。

しかもしかも、ヌー先生宅でも眠れなくなった私が懐中電灯の明かりで『地球の歩き方タイ』をよく読めば、「メーサロン」のページにちゃんと「シンセン・ゲストハウス」が紹介されているじゃないか。アナン君が勤め、名須川さんと出会ったゲストハウスだ。

タイは安宿も移り変わりが激しいが、ちゃんと宿が残っているということはオーナーも変わっておらず、昔からの従業員もいるにちがいない。地元の人はぶっつけで知らない土地に行くことはない。アナン君もそのゲストハウスにコネがあって、ミャンマーの国境を越えたと考えるのが自然だ。

「よっしゃあ、いただき！」と叫んで私は右の拳《こぶし》をぐっと握った。今の勢いと地の利を得て星を一つ稼いでおこう。別に今回の探索行では勝敗を競っているわけではないが、それでもプロのハンターとして、成績はよいに越したことはない。

そうと決めたら、早かった。バスの路線もターミナルの場所もタイはけっこう複雑だが私は把握している。ラップリーからバンコクに戻り、そこからチェンマイに一気に七百キロ北上し、さらに三時間かけて北東のチェンライまで最短の時間で到着した。チェンマイでもここチェンライでも定宿があり、行きつけの飯屋もあるから何も迷うことがない。

ここからメーサロンまでバスで行くのは初めてだが（前回はバイクで行ったから）、先ほどちゃんとバスターミナルの係員に訊いておいた。言葉がわかり土地勘があるからほんとうに楽だ。

いくらなんでも午前三時半ではいかがわしいバーくらいしか開いていない。起きていてもすることがないし、疲れているから少しでも眠るべきなんだろうが、もうアイドリングの段階でエンジンの回転数がギュイーンと上がってしまっている。眠るなんて到底無理だ。

じっとしていられずに、木の床をギシギシ言わせながら、私は部屋を動物園の熊のように歩き回った。雨がまた激しくなってきた。

「メーサロンでは宿行って、アナン君を探しましょ、早く来い来い、メーサロン！」と調子ハズレな替え歌を雨音に負けない大声で歌っていた。

2――タイ・ミャンマー国境へ

イライラするほど長い時間の末、やっと夜が明けた。雨はもう上がっている。絶好の探索日和《びより》だ。

早めに朝飯の麵《めん》を食い、宿の勘定を済ませてバスターミナルへ向かった。ここからまずミャンマーとの国境の町メーサイ行きのバスに乗る。途中で降りて、そこからは乗り合いの車だと昨日聞いている。

メーサイ行きのバスは素晴らしかった。小さな扇風機がうんうん唸《うな》り、運転席の後ろ、つまり乗客の正面にはボロボロになった、巨大な坊さんのポスターが睨《にら》みをきかせている。タイでは「名僧ポスター」がまだ人気だが、バス車中で見たのは久しぶりだ。

食べ物売りはバスの中や窓の近くに来る。私は麦わら帽子をかぶったおばさんからカオラームという竹筒ご飯と、ゆでたトウモロコシを一束買った。乗客もいかにもローカルな感じで、タイの標準語（タイ語）でなく、北タイ語を話している。

北タイ語はちょうど標準語とシャン語の中間くらいの方言だ。その中から、「早く！　バス、もう出ちゃうよ」「まだ出ないよ」というビルマ語も聞こえてきた。ミャンマー国境へ向かう雰囲気がありありである。この辺ではミャンマーとゆるやかに混ざっているのだ。まさに古き良き北タイだ。

走り出してもエアコンなしのおんぼろバスは朝の冷たい風がビュウビュウ吹き込み、ガタガタの激しい振動で弁当用のカオラームとトウモロコシがポコポコと座席の上で跳ねる。跳ねる弁当を見ていると腹が減ってきた。どこかへ飛んでいかないうちに食べよう。カオラームは五十センチほどの細い竹筒の中にもち米を入れ、蒸したものだ。竹をはがしてかじると、ほんのりと甘い。かろやかにもっちりしている。

トウモロコシは馬の尻尾のようなヒゲ（？）を取り除き、ところどころ黒い粒が混じる実をかじると、これまたもちもちする。

「この辺には米だけじゃなくてトウモロコシも粘性のものがあるのよ」と、昔憧《あこが》れていた東大の女性研究者の人が言っていたのを思い出す。これと同じバスで彼女がフィールドワークに行くのにあとをくっついていったという、こっ恥ずかしくも甘酸っぱい記憶が甦る。あの人は今どこで何をしているんだろうか。そんな感傷めいた気分も悪くない。

一時間ほど乗ると、車掌の若者が私に呼びかけて、「ここだ」と言った。荷物を持って降りる。ここから先はソンテオという乗り合いのピックアップトラックしかないという。トラックはちゃんとあったが、「客が十人集まらないと出発しない」とドライバーは言う。私の前には村人らしき人が二人いるのみ。私の記憶ではメーサロンはすでに立派な観光地のはずだったが、この不便さはなんだろう。

近くの店でインスタントコーヒーをゆっくり飲んで待つ。意外にこの時間がわるくない。チェンライを発《た》ってからいかにも「旅をしている」という気分だ。相変わらずナチュラルハイだが、なんだか余裕綽々《しゃくしゃく》な、いい感じの状態になっている。

一時間後、日本人のカップルがやってきたので、「十人集まるまで待ってたら日が暮れちゃいますよ」と言葉巧みに説得し、みんなが少し多めに払うことで出発してもらうことにした。

車は霧がうすく流れる山を蛇行しながらひたすら登っていく。どんどん気温が下がり、私をふくめ、乗客はみな上着を取り出した。それにしても十四年前、後輩とバイクで来たとき、こんな山だったろうか。さっぱり憶えていない。だいたい、何をしにメーサロンに行ったのだろう。それさえ定かでない。

緑がきつく匂う。相当深い山だ。腕時計についている高度計が一一〇〇メートルを表示したとき、車はいったん停止した。軍のチェックポイントがあり、兵士が形だけながら、車をチェックする。

タイでは基本的に国内にチェックポイントなどない。しかもここは警察でなく軍が管理している。「やっぱり普通の場所じゃないんだな」私は納得顔でうなずいた。

メーサロンは「村」と呼ばれることもあるが、実際には五キロ以上にも広がる「町」だ。店の看板や壁の張り紙などはまず中国語、次にタイ語の順番である。

とりあえず、ドライバーに「シンセン・ゲストハウスで降ろしてくれ」と頼んだらちゃんとそこで止まった。というより、特に希望しなくても自動的にそこに止まるようだ。シンセン・ゲストハウスはそのくらい存在感のある、大きいゲストハウスだった。入口には「新生旅館」とある。ここではなんでも中国語である。

「ふう……」と息をついた。ここがアナン君の仕事場だったところだ。

オーナーらしき人が客を出迎えに来た。

「ここに泊まります？」色白で背の高いオーナーは流暢《りゅうちょう》な英語でにこやかに訊く。

いきなり最大のキーパーソンの登場だ。ここで一気に片がつくかもしれない。

「いえ……、場合によるんですよ」私は興奮をおさえながら、同じようににこやかな口調で言った。

「今から十三年前なんですが、私の友だちがこのゲストハウスに泊まりました。そのときアナンという名前のガイドと仲良くなったらしいんです。彼女はアナン君を懐かしがっていて、『もしメーサロンに行くことがあれば消息を訊いてきて』と私に頼んだんです。あなたはアナン君のことを何かご存じないですか？」

我ながらずいぶんすらすらと質問の言葉が出てきた。同時に名須川さんから預かった写真もファイルから取り出して、オーナーに差し出した。するとオーナーは写真を受け取りながらも見ようとせずに言った。

「ああ、私は何も知らないんです」

何も知らない？　何かの間違いじゃないか？　それともこの人はオーナーじゃないのか？

「私は三十年、台湾に行っていて、四年前に帰ってきたばかりなんですよ」

「元のオーナーは？」動揺を押し隠して訊く。

「私の母ですが……、四年前に亡くなりましてね。まあ、それで息子の私があとを継ぐために帰ってきたわけですが」

「従業員で誰か知っている人はいないですかね？」

「昔の人は誰もいませんね。私が帰ってから雇った人ばかりで」

「え……、誰も……いない……？」

ざあっと頭から冷水をかぶせられたような気がした。

なんてこった。私にこの依頼を「いただき！」と思わせたゲストハウスが完全な空振りとは。一瞬で最大の手がかりが消えてしまったというのか。

しかし幸いにもオーナーは親切な人で、「ちょっと訊いてみましょう」と言い、そのまま歩き出した。そうか、他にももちろん、アナン君を知っている人はいるよな。焦るな、まだ大丈夫だと自分に言い聞かせてあとをついていった。

五十メートルと離れていない小さなお茶屋だった。シャン人が伝統的に穿《は》く「シャンパンツ」と英語で呼ばれる股引《ももひき》みたいなズボンを穿いた年配のおじさんがよっこらしょと出てきた。

「この人を知らないかな」オーナーは中国語の雲南方言で訊ねた。

お茶屋のおじさんはアナン君の写真を見るなり、「あー、彼か」と言った。「英語が上手な男だったな。彼はバンコクに行ったよ。もうずいぶん前のことだ。十年くらい経つかな。バンコクで結婚したって言ってたよ。今どこにいるか全然知らないけどね」

「ほんとにこの人ですか？」私は食い下がったが、おじさんは私の必死さをあざ笑うような平然とした口調で「ああ、間違いない」

十年前にバンコクへ行った。それっきり音信不通……。

いきなり結論が出てしまった。おりしも細かい雨がさあーっと音声を吸収するように降り出した。幕が下りるようでもある。寒くもないのに耳の先が冷たい。頭の回転音はいつの間にか消え去っていた。

「こんなはずじゃ……」

特に予想外のケースでもないのに呆然としてしまった。

「これからどうします？」人のよいオーナーが訊く。

これからどうするって？　こっちが聞きたいよ。いったいどうしたらいいんだろう。

呆然としながらも「先吃飯吧《シエン・チー・ファン・バ》（まずご飯にします）……」となぜか中国語で答えた。中国語圏に来たことを理屈より先に体が受け止めているようである。

「好吧《ハオ・バ》（いいですよ）」オーナーもにっこりした。

タイや中国で途方に暮れたときは飯を食って間をとるという習性が私にはあり、頭が突然回転をやめてしまった今も、自動操縦機能がはたらいたようだ。で、メニューを見ると私はまた迷い、迷ったときの常で、カオパット（タイ風焼き飯）を頼んだ。すると、魚醤（ナンプラー）と香草（パクチー）の代わりに、胡椒《こしょう》が強烈に効いた中国のチャーハンが出てきた。

とことん中華圏だ。食後には、これまた中国式に熱いジャスミン茶が供され、それを飲むと少し動揺がおさまってきた。

「おい、落ち着けよ」私は自分に言い聞かせた。

考えてみれば、この程度のことは当然予想の範囲内じゃないか。それに彼がほんとうにバンコクに移住したかどうかはわからない。名須川さん宛の手紙には、バンコクに行き、クアラルンプールまで行ったとあった。あちこち行ったり来たりしている可能性もある。名須川さんの写真では、ロンジーを穿いたアナン君が他の男二人と木のテーブルを囲んで座っている。アナン君は横顔だけで、ＣＨＡＧＥ ａｎｄ ＡＳＫＡのＡＳＫＡに似ているかどうか判断がつかない。しかも十三年前の写真だ。

「こんな写真で誰だかわかるなんてはずはない」と私は思った。「ここに泊まってもう少し聞き込みをしてみよう」と決めた。よく考えれば、というか考えなくても、この写真が唯一最大の手がかりなのだからその写真を信用しないというのは矛盾もいいところなのだが、今の自分はなんせついている。勢いがある。

私はあらためてアナン君の気持ちになって考えてみた。故郷からこのメーサロンに出るとき、当てずっぽうで来たわけがない。きっと誰か親戚か友だちがいたはずだ。それにどのくらいかわからないが、ある一定期間ここに住んでいたのだ。町の部分は狭いし、いろんな人と知り合いになったはずだ。ターゲットは同業のゲストハウスだ。そこに彼を知っている誰かがいるはずだ。

「やったるで！」と低く唸ると、私はテーブルの下で拳を握り締めた。

3——国民党残党の村

新生旅館のバンガローに荷をほどき、車が二台すれちがえるほどのメインストリートに出た。山が連なり、急斜面に畑や家が見える。山奥のように見せかけ、巨大な仏教寺院の黄金の屋根も遠くに光っている。

メーサロンは世界でも類例を見ない独特の場所である。

第二次大戦が終わり、日本軍が撤退したあと、中国大陸では蒋介石率いる国民党軍と毛沢東の共産党軍が内戦を始めた。結局一九四九年、国民党は敗れ、大陸を放棄し、蒋介石らは台湾に逃亡した。だが雲南方面にいた軍の一部はそのまま国境を越え、ビルマ（ミャンマー）のシャン州に突入し、居座ってしまった。そこで態勢を立て直し、共産党軍と再び戦おうという算段だった。彼らによれば「大陸反攻」の準備だが、世界的にはただの不法占拠だ。

今でもそうだが、当時はもっとすごい山奥の僻地だったため、ビルマ政府の手も容易に及ばない。ここで国民党の残党たちは自分たちの軍と生活を維持するための商売を始めた。アヘンの生産だ。昔からこの辺りでは行われてきたが、それを大規模な産業にしたのが国民党軍なのだ。地元の農民に作らせ、それをタイやラオスに運んで売る。

一九五四年には国連の裁定で国民党軍はビルマから出たが、国境を越えたところでまた居座った。それがメーサロンだ。そしてアヘンビジネスを続けた。

そのうちアヘンを精製加工して「ヘロイン」という新商品が開発されるとビジネスの規模は飛躍的に拡大し、ビルマ、タイ、ラオスの国境地帯は大アヘン地帯となった。人呼んで「ゴールデントライアングル（黄金の三角地帯）」の誕生だ。最盛期にはアメリカＣＩＡの飛行機がここまで飛んで武器や物資を落とし、帰りにはヘロインを積んで持ち帰ったと言われている。

タイ政府はこれを黙認した。タイには伝統的にマフィアと呼べるほどの犯罪組織はなく、最強のマフィアは今に至るまで「軍」と「警察」だという。全部がグルになっていたわけだ。

しかし「反共」最大のシンパだったアメリカが中国と国交を回復すると、国民党の残党は大義名分を失った。八〇年代になると、国際世論が強くなりタイも近代化を進め、国民党の人たちも麻薬ビジネスをやっていられなくなった。

次々とお茶など、他の作物の栽培に転換したり、金持ちや軍の幹部は台湾や香港に逃げてしまい、メーサロンはタイ政府の特別な許可で中国系の元兵士やその眷属《けんぞく》が住む、ちょっと風変わりではあるが人畜無害の町となった。

十四年前、私が訪れたときはすでに怪しげな雰囲気は皆無で、台湾人の観光客が物見遊山にやってくるようなところだった。てっきり観光地化されていると思ったが、翌年訪れた名須川さんは「日本人女性が来たのは三年ぶり」と言われたそうだから、まだまだ「観光地化」というほどではなかったようだ。後から聞いたところでは、一般の住民は貧しく、元兵士たちは台湾から恩給をもらい細々と暮らしているという話だった。

あれから十四年。立派なタイ風のお寺が建てられ、ゲストハウスにはインターネットも設備されている。それでも外国人旅行者は思ったよりずっと少なく、「観光地」にはほど遠い。

まず、新生旅館の近くにあるゲストハウスを四軒ばかり行って訊いてみた。ゲストハウスの人たちは基本的に外国人相手の商売をしているので、英語も話すし、愛想もいい。なんとか役に立ちたいという好意的な対応である。

しかしいくら向こうが親切でも「二年前にできたばっかりなんですよ」だったり、「私たちは四年前にここを買い取りましたから」だったり、「オーナーがバンコクや台湾に住んでいてあまり帰ってこないんです」では話にならない。そして従業員は誰も彼も五年以上勤めている人がいない。

「この人を知っているか」という質問にもたどり着けないのだ。

うーん、これほど人の入れ替わりが激しいとは思わなかった。

三十分もしないうちに、新たな「切り札」が撃沈し、私は再びめげそうになったが、ぐっとこらえてまた新生旅館に戻った。そして台湾帰りのオーナーに相談してみた。困ったら他力本願。頼るのは地元の人だ。

「お茶の店で聞いてみるといい。あそこの人たちはここに長いはずだから」オーナーはにこやかにアドバイスをくれた。そうか、老舗《しにせ》のお茶屋か。気合いを入れ直した私はまた旅館から坂を下り、山をうねうねと走るメインストリートを歩いていった。さっきから降ったり止んだりしている雨のせいだろう、道には誰もいない。車もほとんど走っていない。ひたすら静かである。

道路脇に並ぶお茶の店は構えも大きく、巨大なガラス壺が並び、北京や台北の繁華街にあっても遜色《そんしょく》ないほどだ。その分、ゲストハウスのような気軽でフレンドリーな雰囲気は皆無である。私は圧倒されながらもいちばん貫禄がありそうな、つまり古そうな店に狙いを定め、意を決して飛び込んだ。

「すみません、人を探しているんですが……」

「は？　何？」

店は外もそうだが中も漢字だらけ、テレビを見ていた店主らしきおばさんの顔つきや服装、喋り方もまるっきり中国人である。何よりもこっちが礼儀正しく喋っているのに、客じゃないとわかった瞬間からカウンターに頬杖《ほおづえ》をついてピーナッツをかじりだし「あんた、何者よ？」という不機嫌な表情を隠そうとしない。

私はいっそう気後れがした。額に汗がにじむ。なんだか飛び込み営業の営業マンになった気分だ。それでも頑張ってアナン君の写真を見せる。「これはちょっと古い写真なんですけどもね……」とへらへらとした営業スマイルを浮かべながら。

「古いっていつよ？　五年くらい前？」

「いえ、あの、十年前です」私は汗をだらだら流しながら、小声で答えた。

本当は十三年なのに、なぜかサバを読んでしまった。まるで古い商品を売りつけようとしているみたいだ。なんだろう、この後ろめたさは。

おばさんは写真にちらっと目をやると、再びこっちを胡散臭《うさん》そうな顔で見て、「知らないね」と首を振った。

無理もない。いきなり、変な日本人が現れ、十年前（ほんとは十三年前）に友だちが会ったガイドを探しているとかわけのわからないことを言って、横顔がちょこっと写っている写真を見せられるんだから。

「どうもありがとうございました！」と頭を下げたときには、おばさんはもうテレビドラマを見ていた。

一軒の店だけでどっと疲れてしまった。

「でも別に俺は商売やってるわけでもないし」と気を強く持って、二番目、三番目とお茶屋に突撃するが、結果はみんな同じだ。汗だくになり、サバを読んで「十年前」の写真を見せ、不審そうな顔をされて、ほうほうの体《てい》で退散する。やがてお茶屋通りは終わってしまった。しかたないので、その並びにある店を順番にあたった。雑貨屋、お菓子屋、金物屋……。お茶屋ほど態度は悪くなかったが、そっけない返事と首を振る仕草は同じだ。

金物屋の隣に、陰陽の印と中国語の文句が入口に書きつらねられた木造のしょぼい家があった。占い師の家らしい。もしここの人が直接アナン君を知らなくてもいいから、占いでアナン君の場所を教えてもらえないだろうか。プロの探し物ハンターの知恵より中国四千年の知恵だ。

もうワラをもつかむ思いで「こんにちは」と声をかけて中に入った。筮竹《ぜいちく》や方角を記した図面など、占いグッズが散乱している。ずいぶん年季が入った占い師がいるんだろうなと思って部屋の奥を覗《のぞ》くと、白髪に白ヒゲの、仙人みたいなじいさんが籐《とう》の椅子に深々と腰掛けていた。なんだか雰囲気はある。「よし！」と思って、「すいませんが」とタイ語で話しかけた。

でも全くわからないようなので、今度は中国語で訊いてみたら「ああ……」と反応した。武術の達人みたいに目は半眼に閉じたままだ。

「あんた、何の用だね？」

「あの、この写真を……」と取り出して見せようとしたが、じいさんは興味を示さず言った。

「まあ、お茶を飲みなさい」

「ありがとうございます、でもお茶はいいです。……ええと、占い、やってるんですよね？」

「まあ、お茶を飲みなさい」

「お茶はあとでいただきます。その前に、この写真をちょっと見ていただきたいんですが……」

「まあ、お茶を飲みなさい」

じいさんは完全に向こう側に行ってしまっていた。もう理屈も占いも超えた遠い世界に。

今回ばかりは、私のほうが首を振って店を出た。

また霧のような雨がうっすらと降ってきた。また耳がひんやりした。相変わらず人気《ひとけ》はなく、さきほどお茶屋でかいた汗がTシャツを濡らしたまま冷えきっていた。

――あー、俺、こんなとこで何してるんだろう……。

頭のエンジン回転音はいつの間にかすっかり消え、ガス欠のようなプス、プスというくすぶった音が聞こえそうだった。

十三年という、現代においては大昔と言える過去、しかも他人の頼りない記憶をたどって、アナンとかいうどこの馬の骨かわからん奴を探すなんて無理がある。なにしろ、ここに昔から住んでいる人たちも、新生旅館のすぐ近くで観光客相手に商売している人たちも、アナン君のことを知らないのだ。他に誰が知っているというのだ。

私は途方に暮れた。探し物を見つけることしか考えていなかったが、もし見つからない場合はどうするのだろうか。私のふだんの探し物も、いちばん難しいのは「どこまで探すか」、言い換えれば「どこで諦《あきら》めるか」ということだ。結局、「もう時間がない」「もう金がない」という理由で打ち切ることがいちばん多い。その他、一ヶ月以上も探すとか、近隣の村を全部回るとか「もうやることはやった」という一種の達成感を得てやめることもある。

だが今回はどうか。いつものように「謎の怪獣」とか「未知のシルクロード」といった一つの大きな目標ではなく、いくつかある探し物の一つなのだ。やろうと思えば、何日も何週間もここにいて手がかりを探すというのも不可能ではないが、そうすると次のモノが探せなくなってしまう。探したいものはあと最低でも二つか三つはあるのだ。

いったいどうすればいいのだろう？　おめでたいことに今日に至るまでこういう状況になったときのことを深く考えていなかった。

探し物を見つける方策もなく、探し物のやめ方もわからない。何もかもわからない。

自分の馬鹿さ加減にぐったりしながら、私は体を重力にまかせ、お茶屋通りとは反対側の方向へ坂をトボトボと下っていった。

「おい、あんた！」と手をバタバタ振る男の姿が目に入ったのはそのときである。ライフジャケットに似た蛍光オレンジのベストを着用した五十年配のおやじだった。ライフジャケットにはナンバーがふってある。バイクタクシーだ。おやじは止めてあるバイクのシートを叩き、「これ、乗らないか」と言った。

あっ、これだ！

ハッと目が覚める思いがした。

バイクタクシーだ。アジアの辺境地では必須の交通手段だ。バイタクの運転手なら村のことをいちばん広く知っているはずだ。あの年齢なら相当なベテランだろう。十三年前にガイドをやっていたアナン君を直接知っている可能性も高い。

そうだよ、バイタクだよ、どうして今まで思いつかなかったんだろう。

私は小走りに向かっていった。

「よう、どこに行く？」色黒で無精ヒゲを生やしたおやじがとってつけたような営業スマイルを浮かべた。さっきまで私が浮かべていたような笑顔だ。

「それよりこの人を探してるんだ。知らない？　十年前の写真なんだけど……」

お茶屋よりずっと強気で、でもなぜかやはり撮影年代はサバを読んで私は訊いた。

「ん、なんだ……」

おやじは老眼らしく、ちょっと写真を遠ざけて、目を細めてじっと見つめると「おっ」と声を出した。

「知ってるの？」私は竿《さお》の先にアタリを感じた釣り師のような素早さで訊いた。

「これは……」おやじは言った。「メーサロンみたいだな」

私はため息をついた。だから言ってんだろうが、ここにいた人間だって。

「このミャンマーの腰巻をした人を探してるんだよ」私はイラッとした口調で言うが、おやじは意に介した様子もなく、「知らん」とあっさり言い、写真をポイッと投げるように返した。

チッ、やっぱりダメか……とガックリすると、おやじはふっと思い出したような顔で、

「ちょっともう一度それを見せろ」と写真をひったくって再度のぞき込んだ。いや、写真を遠ざけて目を細めた。そして、うなずきながら大声を出した。

「知ってる！」

「え、ほんと？」

「この男は知らんが、こっちの二人はどこかで見たことがあるぞ！」

おやじはアナン君とテーブルを囲んでいる二人の男を指差した。一人はカメラの正面に座っている黒い革ジャンを着た目つきの鋭い初老の男、もう一人は左、つまりアナン君の対面に座っている迷彩色の帽子をかぶった三十代とおぼしき男だ。

あ、なるほど！

そうか、そういう手があったか。この写真はおやじが最初に指摘したようにメーサロンのどこかで撮影されたものなのだ。家は明らかに村の民家だ。木と竹でできた素朴な壁や、下が床でなく土間であることからもそれがわかる。アナン君はどこかに行ってしまっていても、この家に暮らしている人たちはまだいるはずだ。そして、アナン君がなぜそんなところに名須川さんを連れて行ったかというと、友だちか親戚だったからにちがいない。無関係の村の民家に連れて行くわけはない。

うーん、私はなんて頭が悪いんだろう。アナン君を誰か知っている人はいないかと訊きながら、この写真を見せていたのだ。アナン君を知っている誰かとは、まさにこの写真の二人じゃないか。

ちょっとでもマトモな脳みそがある人なら、最初に名須川さんにこの写真を見せてもらったときに、そのことに思い至ったはずだ。そして「この二人はどこの誰ですか」と訊いたはずだ。名須川さん自身、その二人が手がかりだと気づかなかった(もしくは忘れていた)のだろうが、日記か何か調べれば、二人の名前や居場所が判明していたかもしれない。最初から彼らを訪ねればもっと話は早かったろう。

「ほんとに俺はバカだ」と繰り返した。だが顔はほころんでいた。だって、これからこの二人を探せばいいのだから。

「このバイク、今日一日借りきっていくら？」私が訊くと、

「五〇〇バーツだ」おやじは喜びをおさえきれないという顔つきで言った。

「よし、頼むよ。この二人を探してくれ」

「わかった」おやじはにっと笑った。

交渉成立。「よっしゃあ！」私は拳を握った。探索がやっと始まったのだ。

バイクの後ろにまたがった。ホンダ・ドリームというタイで最もポピュラーにして強力な一一〇ccのバイクは唸り声を上げてスタートした。

探索方法も撤退方法もわからないという煉獄《れんごく》からついに脱出した。とにかくその二人を草の根わけても探してやる。バイクのエンジン音と共鳴するように私の頭のエンジン音もギュ

イーンと回転数を上げた。

4――謎の男の謎の知り合いを探せ！

バイクは相当の年代モノらしく、唸り声のわりにはのろい。スプリングが利きすぎてポッコンポッコンと弾む。持ち主のおやじにどこか似た垢抜けなさと愛嬌《あいきょう》があった。

おやじの名前はサム。三男を表す「三郎」みたいなもので、シャン人によくある名だ。

「サム兄さん、シャン人か？」私が訊くと、

「親父が半分シャン、半分中国人だ。母親はシャン人だ」と答えてから中国語で「漢泰人《ハンタイレン》」と言い添えた。典型的な「国民党の残党」系の人だ。

国民党の残党などというと、あたかも彼らが遠く南京や上海辺りから逃げてきたみたいだが、実際にはほとんどが地元の雲南人である。もともと雲南にはタイ族（シャン人）が多いし、シャン州に行ったらなお多い。中国・ミャンマー・タイの国境地帯にはこういう「漢泰人」がたくさんいる。メーサロンの中国人もおそらく半分以上は純粋な漢人でなく漢泰人だろう。

彼のタイ語はシャン訛りが強くて聞き取るのに骨が折れたが、用を足すには十分だ。いっ

ぼう、彼の中国語は豆腐が崩れたようなぐずぐずの雲南訛りで手に負えなかった。

おやじはところどころでバイクを止め、知り合いを見つけては「よっ！」と挨拶して写真を見せる。なにやらうなずいているところを見ると自信を深めている様子だ。
三、四人に訊いたあと、おやじは私を振り向いた。写真の革ジャンの男を指して、「彼はトンチャーチャイ村にいる」と重々しく言った。
「え、もうわかったの？」

「ああ」

すごいぞ、おやじ！　いったんは霧雨の中に完全に消えたアナン君のおぼろげなシルエットが、再びうっすらと浮かび上がってくるようだ。ここでも「捨てる神あれば拾う神あり」だ。

メーサロンは広いので、その中に小さな村がいくつもある。トンチャーチャイ村は私のゲストハウスからさほど遠くないところだった。

メインの舗装路からはずれ、でこぼこの土の道をポコポコ下っていくと、集落に着いた。入口の両側に赤い対聯《ついれん》を張り付けた、いかにも中国人という家の前に、いかにも中国人というじいさんばあさんが杖を手にして椅子に腰掛けていた。

「この男、この村のモンだろう？」おやじが勢い込んで訊くと、年寄りたちは写真をのぞき込み、首を振った。「知らんな」「あー、見たことない」

なんだ、ガセネタか……。地元の人間がどうして口をそろえて間違えるのだろう。サムおやじが自信にあふれていただけに、私はがっかりした。やっぱりこれも難しいのか。なにしろ、この革ジャン男だって十三年前の写真だもんな……。

根性のない私は早くも落胆したが、サムおやじは「大丈夫だ。オレにまかせろ」とでかい声で言い放ち、エンジンのスターターを強く踏み込んだ。思いがけない臨時収入に気合い満点のようだ。

気合い満点に今度は坂をぐんぐん上がり、お寺に着いた。年寄りの坊さんが僧坊から姿を現した。黄色の僧衣から出た部分は肩と言わず手と言わずお経の文句を刺青に彫り込んだ老僧とおやじは早口で喋り出した。

なるほど。そうくるか。おやじ、やるなあ。

私は感心した。坊さんも村では顔の広い人だ。しかもこれだけの老僧なら十三年前のことだって憶えているにちがいない。私は探索のプロなどと自称しておいて、坊さんに訊くという発想を持たなかった。サムおやじのほうが一枚も二枚も上だ。やっぱり地元の人間にはかなわないと褒《ほ》め称《たた》えたが、唯一気になるのはなぜかサムおやじが写真を見せないことだ。

どうしてだろうと思っていたらサムおやじはくるりとこっちを振り向いた。

「あんた、ちょっとここで待っててくれ」

「え？」

「ほら、あの仏塔なんかなかなかいいぞ。写真を撮ったらどうだ」

「いや、俺はあんなもんに興味はない。それより写真の男はどうした？」

「まあまあ、とにかく休んでいてくれ」

「休む？　何のことだよ？」

「まあいいからいいから……」

そう言い残すと、おやじは素早くバイクにまたがり、刺青の坊さんを私の代わりに乗せると去って行ってしまった。

おい、どういうことなんだ？　なぜ私を置いて去って行くのだ？

何がなんだかさっぱりわからない。でももしかしたら革ジャンの男のことが何かわかって、聞き込みに行ったのかもしれない。辺境の地では自分のやることを全然説明しない人が多い。

私はポツンと僧坊の縁側に腰掛け、どんよりとした鉛色の空をじっと眺めていた。

おやじが帰ってきたのは二十分後である。坊さんはおらず、一人だ。

「どこへ行ってたんだ？　何か見つかったのか？」希望を捨てずに訊くと、おやじは手を振った。

「学校さ」

「学校？　あの男は学校関係者なのか？」

「ちがう。学校の先生が病気になって長いんだよ。それでお坊さんに祈禱《きとう》してもらいたいってさ、俺、頼まれてたんだよ」

「なに？　祈禱!?」

頭にきてしまった。思わず日本語で「ふざけんなよ」と罵《のの》った。せっかくあれだけ褒めたのに、このおやじ、探索なんて一つもしてなかったのだ。

まあ、十三年前に私じゃない人が出会った謎の男の、そのまた知り合いの男を探すより、病気の先生をケアするほうが大事かもしれないが、一言の説明もなく、私に期待を持たせたまま別の用事に行ってしまうのは反則だ。

腹を立てている私を「まあまあ」と手でなだめながら、おやじは「今度は別のお寺に行こう」と言う。

「なんだ、また病人の祈禱か？」むかついたまま皮肉っぽく訊くと、おやじは「ちがう。今度はちがう」とまじめな顔をした。

「今度はもっといいお寺だ。あそこは綺麗だ。みんな、行って写真を撮るぞ」

いいお寺？　写真を撮る？

それは俗に言う「観光」ではないか。呆れたことにおやじはもう私との約束を投げ出していた。ふざけてはいけない。

「ダメだ！　俺がなんのためにあんたを雇ったと思ってるんだ」私はブチ切れて怒鳴った。「あの男を絶対に探すんだ！　観光はそのあとだ」

私の剣幕《けんまく》に圧倒されたらしく、おやじは「そんなに怒らなくてもいいだろ……」みたいなことをブツブツ言いながらバイクを発進させた。

メインストリートに戻ると、おやじはバイクを東に走らせ、小さな屋台のお茶屋がずらりと並ぶ通りにバイクを止めた。

「あー、ここだったか……」私は声に出さず呟いた。新生旅館のオーナーは「お茶市場の人たちは昔からここに住んでいるから訊いてみれば」と言ったのだ。私はてっきりそれをあの老舗のゴージャスな茶葉店街のことだと思い込み、聞き込みをしたのだが、あれはどう見ても「市場」とは言わないだろう。市場はやっぱりこういう屋台が並ぶところだ。

またもや自分が方向違いのチャレンジを繰り返していたことを悟り、舌打ちしたが、逆に考えれば、まだチャンスが残っていたということだ。

おやじはここの人たちもよく知っているみたいで、バイクにまたがったまま、親しげに店のおばさんたちに話しかけている。「ヘッカタイ」という単語が繰り返し聞こえる。

　おやじはおばさんたちに「ありがとよ」という感じで手で挨拶すると、こちらを振り向いた。

「今度こそわかった」とおやじ。「ヘッカタイ村だ」

「ほんとなの？」

「ほんとうだ。みんな、そう言ってるからな。とにかく行くぞ」

　言い終えるとバイクをスタートさせた。もともとオーナーが「その人たちに訊きなさい」という人たちの意見だ。今度はほんとうに期待が持てそうだ。早くも頭の回転数が上がり出した。が、あまり期待しすぎると滑ったときのショックが大きいので、「まあ、いちおう行ってみるだけだ」と自分自身に言い聞かせなければならなかった。

　ヘッカタイ村は遠かった。山をどんどん下りて東へずんずん進む。メーサロンはこんなに巨大だったのかと驚いた。十キロ四方は軽くありそうだ。「村」や「町」でなく「郡」だろう。山がいったいいくつあるのか。村がいったいいくつあるのか。

　——これじゃすぐに見つからないのも無理ないな。

　と私は思った。この中から十年以上前の写真を頼りに人を探し出すのは困難きわまる。メインストリートを離れ、でこぼこの土の道をぼっこぼっこ下って行くと、ようやくバイクは集落にたどり着いた。

さっきの「トンチャーチャイ村」は石造りの建物しかなかったが、こちらはいかにも山の村という感じの木造の民家ばかりだ。名須川さんの写真と雰囲気がよく似ている。ここが撮影現場の可能性大だ。

遠回りをしながらも、一歩一歩着実に目標に近づいているのを私は感じた。

生垣に囲まれた一軒の家に女性が数人集まっているのが見えた。おやじはバイクを止め、つかつかと敷地に入って行く。私もあわててあとを追った。敷地にいた女性たちは中国系か「漢泰人」のようだったが、おやじが写真を取り出して見せていると、近所からわらわらと野次馬が集まってきた。

漢人だけでなく、頭に銀の飾り物をじゃらじゃらつけたアカ人、ひっつめ髪のリス人など少数民族の人たちもいる。中には焼畑帰りらしく、額にバンドでとめる竹籠《たけかご》を背負い、裸足のままのおばさんもいる。みんなで写真を取り囲み、雲南方言であーだこーだと言う。

しかし結果はハズレらしい。さまざまな服装をした、さまざまな民族の女性たちであるが、「知らない」と首を振る仕草だけは同じだった。今日はいったい何十回、人が首を振るのを見たことだろう。どうして「ノー」という意思表示に、世界中のほとんどの人が首を振るんだろう……と、失望に半ばぼんやりしながら私は思った。

「ねえ、やっぱりこの村じゃなかったの？」私はまだ喋り続けているおやじの肩を叩いた。

「ちがう」おやじは首を振りながらもまだ諦めた顔ではない。

「でもな、この二人の男はやっぱり見たことがあるって言うんだよ。あんたの探している若い奴は誰も知らないんだけどな」

おやじがあらためて説明するに、これまで訊ねた人のうち、アナン君を知っているという人は誰一人としていなかった。だが、多くの人は他の二人について「どこかで見たことがある」と言うとのことだ。特に革ジャンの男に見覚えのある人が多いらしい。

このメーサロンのどこかに、少なくとも革ジャンの男はいる——おやじは力説した。

「だがな、みんな、どの村にいるのか知らねえんだ」おやじはため息をついた。

ここで私は閃《ひらめ》いた。

「ねえ、この二人の男はどの民族なの？　顔を見ればわかるんじゃない？　それにこの家も。何人《なにじん》の家とかわからないの？」この辺の各民族は衣服だけでなく、顔つきもそれぞれちがう。家の作りも多少ちがう。アカ人、リス人、ワ人、パラウン人、シャン人、漢泰人、中国系……などのうち、どの民族の人間なのか、あるいはこの民家が何人の村のものなのか、現地の人ならわかるだろう。そしてそれがわかれば探索は前進するはずだ。

サムおやじは目を見開いて「そうだ、あんたの言うとおりだ」と大きくうなずき、いまや民族博覧会と化した野次馬群の中に再び猛然と突っ込んでいった。

騒ぎが大きくなった。みなさん、単調な生活に突然生じたイベントに大興奮している。

「これはアカの顔だよ」「いや、どう見ても漢人（中国系）だ」「ちがうよ、リスだろう」

……。

なんとも呆れたことに、現地の人たちの意見はてんでばらばらだった。なのに、みんなが確信に満ちた口調で「これは××人だ」と断言するから不思議である。

私は「はあ」とため息をついた。アナン君どころか、革ジャンの男も霞《かすみ》の彼方へ消えていく。

「おい」おやじが言った。「ここはダメだ。次、行こう」

私たちはまたバイクでポコポコ走り出した。おやじはスピードを出し、まっしぐらに走っている。また次の候補地に向かっているのかと思いきや、おやじは道端で出くわす人に片っ端から声をかけて写真を見せていく。家の軒先で上半身裸になり、何か民間療法を受けているばあさん、寺の外壁を塗っているミャンマー・シャン州出身の出稼ぎ左官、お茶屋にたむろしている暇人たち……。

うーむ、これではおやじと会う直前の、万策尽きた状態の私と同じじゃないか。探索として後退している。

中には二人のどちらかを指し、「あー、チャン・ズーミンだよ」とか「リ・ソーヨーじゃないか」と具体的に名前を挙げる人もいる。

「え、あの人、知ってるの？」とおやじに訊くと、「ふん」と鼻を鳴らしただけでおやじはバイクを発進させた。よほど信憑性《しんぴょう》がないのだろう。

人に訊きまくっているうちに、町の中心にある市場にたどり着いた。ここでは中国系や少数民族だけでなく、犬までも「なんだ、なんだ」とわらわら寄ってきた。

「あんた、この男たちの名前はわからんのか？」ランニングシャツのおじさんが逆に私に訊ねた。

「知らない」私はみんなの真似をするように首を振った。そんなの無理だ。私が探しているのはアナンであり、革ジャンや帽子の男じゃないのだ。しかしそう答えると、ランニングのおじさんと周りの人たちは大笑いした。

「苗字もわからないのに十年前の写真だけで見つかるわけないよな」

私はカチンときて、大声で言い返した。

「十年前の写真じゃない。十三年前だ！」

どひゃひゃひゃと、笑い声がいっそう大きくなっただけだった。

サングラスをかけ、金の鎖を首にぶら下げたおっさんが横から手を伸ばしておやじの手から写真をひったくると、一瞥《いちべつ》して、何か言った。おやじは「おい、おまえ、ふざけんな」とものすごい剣幕で怒鳴った。おっさんも大声で何か言い返すと、さっさとどこかへ行ってしまった。

「どうしたの、いったい？」私が訊くと、おやじは鼻から煙でも吹くように答えた。

「あんたの探しているアナンとかいう奴が六年前に病気で死んだって言うんだ」

「え、死んだ？」

「嘘っぱちだ。ろくに見もしないでてきとうなことを言ってるんだ。ふざけやがって！」

おやじは心底怒っていた。ちょっと前まで、私の探索など「旅行者の気まぐれ」ぐらいにしか思っておらず、てきとうに寺めぐりに切り替えようとしていたのに、今ではすっかりこちら側の人間になってしまっている。私はその豹変《ひょうへん》ぶりに苦笑しつつも、相棒の真剣さに少しうれしくなった。手がかりがなくても、雨が多少強くなっても、もう耳はひんやりしない。孤独でないのはいい。仲間がいるのはいい。

　それはいいが、困ったことになった。おやじが止まらなくなってしまったのだ。市場から出ても、荒っぽくバイクのスターターを蹴り、バイクをスタートさせると、また際限もなく道端の人にでたらめに話しかける。私がやっているのは世論調査やマーケティングリサーチじゃないのだ。

「もう、いいよ。無駄だよ」私が言っても「ちょっと待て。あそこで訊いてみる」と振り向きもしない。私としても、他に何も策がないから、そう言われたら従うしかない。

いったい、あの二人はどこに消えてしまったのか。私たちはどうなってしまうのか。

5——サムおやじの意外な「正体」

バイクでの探索を始めて三時間。日が傾いてきた。

お茶市場のそばでおやじはまた一人の男をつかまえて質問していた。私は半分以上あきらめていたので話も聞いていなかった。すると、「おい！」というおやじの野太い声がした。

「二人が見つかったぞ！　ヘコー村だ！」目が爛々《らんらん》と輝いている。

どうせまた適当なことを言ってるんだろうと私はうんざりしたが、おやじは首を振った。

「今度はたしかだ。この人はな、水道管理人なんだ。水道のチェックをしているから、メーサロンの隅から隅まで知っている。その彼が言うんだ。二人はヘコー村にいて、家は隣同士だって」

おお、と思わず声を上げた。二人を両方知っていると断言した人は初めてだし、「隣同士」という情報も具体的だ。今度こそ間違いない。核心に近づいている。

私とおやじは見つめ合ってぐっとうなずいた。

「行こう！」

ヘコー村はヘッカタイ村よりさらに遠かった。ゲストハウスから西の方角に十二キロも離れている。バイクの弾むポッコンポッコンという音がエンドレスに続くようだ。タイの行政上も隣の郡に属し、いわば「例外」の土地だった。だからみんな、この二人を知っているようで知らなかったらしい。

ポッコンポッコンにも疲れたところで村に着いた。今まで見てきた中でいちばんの寒村である。草葺き屋根の家、牛糞の転がる地面、豚がブーブー言って近づいたり逃げ惑ったりする中庭……。見かけ上は私がかつて暮らしていたミャンマーの奥地の村と全く変わりないリス人の村だという。

一軒の家の前にバイクを止めると、音を聞きつけたのだろう、白髪の老人がひょこっと出てきた。こっちにすたすた歩いてくるのを見たとき、私はぎゅうっと息を呑んだ。間違いない。ずいぶん老けていて目つきも全然鋭くないが、革ジャンの男だ。

「彼だ！」

「やったやった！」

私とおやじは手を取り合うように喜んだ。ついに見つけた。ミッション達成だあ！　と叫びたい気持ちでいっぱいだった。が、よく考えてみると、これは依頼された人物じゃない。喜ぶのはまだ早い。

白髪のじいさんは私たちに挨拶をすると、「羅国奇《ロークオチ》」という中国名を名乗った。

おやじは相手が自己紹介しているのに、自分の名前も名乗らず私の紹介もせず、写真をじいさんの胸元に突きつけた。

「この真ん中にいるのはあんただろう？」

じいさんは怪訝《けげん》そうな顔で写真を見つめたが、やがてこっくりとうなずいた。

「ああ、俺だ。これはうちだ」じいさんは背後の家を顎《あご》で示した。

そうか、この家だったか。ついに現場を突き止めた。あと一歩だ。

「じゃあ、この右の腰巻の男は誰だ？　今どこにいる？」

私は固唾を呑んでじいさんの答えを待った。すると、じいさんは三秒ほどじっと考えてから答えた。

「知らん。誰だか全く知らん」

知らない？　そんなバカな。何か通じていないのだ。私は急いで事情を説明し直した。十三年前、私の知り合いの日本人女性がここへアナンと称するミャンマー国籍の男と訪ねたはずだ、と。

ロージいさんは「あー」という顔をした。

「そういえば昔、日本人の女の子が泊まっていったことがあったっけな」

何？　泊まっていった？　名須川さんもいい根性しているというか無茶だ。ストーカー男の下心を知っていながら逃げも隠れもできないこんな村に泊まるとは。いったい何を考えているんだろう。

でもそんなことよりアナン君だ。彼は何者なのだ。今どこにいるのだ。ロージいさんははっきりした口調で続けた。

「どういう人間だったか、どうして彼らをうちに泊めたかも全く覚えてない」

私はまじまじとじいさんの顔を見つめたが、じいさんは微動だにしなかった。

おいおい、勘弁してくれ、と私は力なく呟いた。どうして見ず知らずの人間を家に入れて泊めるんだよ。泊まるほうも泊まるほう、泊めるほうも泊めるほうだ。みんな、どうかしている。

私はロージいさんの頭をかち割って十三年前の記憶を取り出したい衝動にかられたが、サムおやじが冷静に私に言った。「彼はだいぶ年だし、記憶力も悪そうだ。もう一人の帽子のほう、彼はたぶんまだ若い。あっちに訊いてみよう」

おやじはいまやすっかり私のバディ（相棒）という感じで、頼もしい。

ローじいさんによれば、帽子の男は今、山の畑へ種まきに行っているという。日暮れには戻るはずだというので、彼の帰りを待つことにした。

ローじいさんに招かれ、家の中に入ってみた。見渡せば、確かに写真に写っているのはこの家だ。そっけない土間、煤《すす》で黒ずんだ竹の壁、そしてアナン君が他の二人と囲んでいた四角い木のテーブルまであった。

くらくらっときた。名須川さんの記憶が私の中で立ち上がっているのだ。十三年前の冬、彼ら二人はこの家にやってきて、このテーブルで食事をした。名須川さんを我が物にしようと必死に画策するアナン君と、彼の手を器用にかいくぐりながら少数民族の民家をしげしげと見回し、言葉もよく通じない相手とも笑って話をする能天気な名須川さんの顔が目に浮かんだ。

私は名須川さんと全く同じ位置から同じ角度でテーブルを撮影した。十三年ぶりのショット。年季の入った木のテーブルが私の到来を気長に待っていたような錯覚をおぼえた。

撮影が済むと、私たちは再び外に出て、洗濯物や干物を干すためとおぼしき、大きな竹の台に腰掛けた。

庭はひろびろとしていた。名須川さんはここに泊まったという。ということは、もしかして、ここが「精力絶倫ディナー」の会場で、地面にうずくまって「グェエエ！」と数十分もゲロを吐く真似をしていたのはここかもしれない。月夜の晩、暗い地面に横座りで倒れかけた娘と、呆然と立ち尽くす青年——なんて絵柄がシルエットで見えるようだった。ロマンチックな場面かどうかわからないのだが。

ローじいさんが出してくれたお茶を飲んだり、竹の水パイプを試してみたり、小ぶりのスモモを木からもいで食べたりしながら、サムおやじと話をする。会話はタイ語でなく中国語になっていた。サムおやじの話す雲南訛りの中国語も、慣れたせいか、だんだんわかるようになってきた。

おやじがローじいさんに訊いたところでは、この村に電気が来たのも水道が引かれたのも十年前くらいだという。名須川さんが来たときはランプだったそうだ。電気も水道も、台湾の国民党政府から金が出たという。

「でも二〇〇〇年に民進党が政権を取ったでしょ」と私が言うとおやじはうなずいた。

「そうだ。あれから援助はばたっと止まっちまった。軍人恩給もない。家の改築がすごく減ったよ」

おやじはいつになく雄弁だった。

「今、国民党の馬英九が総統になったが、おそらくメーサロンなんか眼中にないだろう。中国といかにうまくやるかしか頭にないんだ。メーサロンの国民党軍の歴史は消えていくんだ。

大陸の共産党と台湾の政府との間にはさまれて、この山奥に置き去りにされてどんなに苦労したかだって忘れられるんだ。ここの人間は教育程度が低い。誰かが調査研究し、民族の生活風習を広く知らしめ、この地域の発展と観光開発に力を入れるべきで……」

んん……、これはいったいどういうことだろう。言っていることはいちいち正しいのだが、どこか腑《ふ》に落ちない。おやじの中国語はいまや完璧な普通話（標準語）だし、なんだか大陸の教養ある中国人が得意とする「正論」を聞いているようだ。単なるバイタク運転手と思えない。

「あんた、メーサロンのどの村の生まれなんだ？」

ほんとうは「どういう家の出なんだ？」と訊きたかったのだが、言い方がわからないので、そう訊いた。するとおやじはあっさり言った。

「いや、俺はここの生まれじゃない」

「え？　じゃ、どこ？」

「西双版納《シーサンパンナ》の景洪《ジンホン》だ」

なに、西双版納？　中国雲南省のシャン人居住域じゃないか。でもおやじの年はどう見ても五十歳いくかいかないか。彼が生まれたときには「残党」たちはとっくにここメーサロンにやってきているはずだ。辻褄《つじつま》が合わない。

そう言うと、おやじは面倒くさそうにもみあげを爪《つめ》でがりがりかきながら答えた。

「そりゃそうだ。俺は国民党と直接関係ない。一九七八年、高校を卒業して、文化大革命が終わってからこっちに来たんだ。もう三十年も前の話だけどな」

なんてこった。大陸の中国人で向こうの高校を出ていたのか。そりゃ、話し方が大陸風なわけだ。

さらに驚いたことにおやじは昔紅衛兵だったという。「俺たちの世代はみんなそうだからな」と事もなげに言っている。国民党の村で元紅衛兵がバイタクをやっているとは想像だにしなかった。

それだけではない。今はこちらで奥さんと二人で暮らしているが、一人息子は故郷の弟の家に預けたままで、今その息子は雲南の大学に通っている。そしておやじ自身もときどき西双版納に帰るという。

「だって、こっちへ来てもろくな教育を受けさせられないじゃないか。中国にいたほうがよっぽどいい。まあ、俺もこっちに来てからわかったんだが」

おやじはまだ中国が経済発展の見込みもないころ、台湾行きを目指してメーサロンにやってきた。彼もまた「外に出よう」とした若者だったのだ。アナン君と同じように。しかしそのチャンスは訪れず、三十年が過ぎた。

「俺も今、これからどうしようかと考えてるんだ」と言った。「もうメーサロンには未来はないよ。どこかに移住したい」

ついさっきメーサロンの現状改善について熱っぽく語っていたのは何だったんだろう。

「台湾に行くというのは?」

「もう台湾には興味ないよ。政治が不安定だし、経済もジリ貧だ。中国に帰ったほうがマシだろう」

「でも中国には民主主義がないじゃないの。チベット問題だってある」

「チベット? あんなの、どうでもいい。独立とか論外だ。それより台湾が中国に復帰するかどうかだろ。これからは誰も中国に何も言えなくなる」

うーん、メーサロンに三十年住んでいても、意識はまるっきり「大中華」そのものだ。

もっともそれなら話は早い。親戚も息子もいるなら、中国に帰ってバイタクでもやればいいのだ。すると、おやじはこの話で初めて困ったような顔をした。

「それがなあ……。女房が嫌がるんだよ。もうここの暮らしに慣れたから、今さら中国に戻りたくないってな……」

私はこのとき、おやじに急に親近感を抱いた。そうだよな、政治より経済より重要なのは、かみさんの意向だよな……。

6――アナン君の意外な「正体」

辺りはすっかり暗くなっていた。「女房」の登場で話も尽きたし、どうしようかと思っていたら、向こうから人影が近づいてきた。クワを肩にかけ、ゴムゾウリ履きの男は、絵に描いたような山奥の村人であったが、間違いなく「帽子の男」だった。彼も十三年分、年を取っていたが、まだまだ壮年である。名前はアイ・イー。パラウン人だった。

ロージいさんが彼をつかまえて私たちのことを話したので、今度は早かった。

アイ・イーは写真を見ることもなく、「ああ、彼のことは憶えてるよ」と言った。

「彼はどこの、どんな人間なんだ？」おやじがゆっくりと問いかけた。私はアイ・イーの顔をじっと見つめた。暗くて表情はわからないが、口調は落ち着いていた。

「彼とは一回しか会っていない。どういう経緯で知り合ったのかも憶えてない。どこの誰かも知らない」

シューッと風船から空気が抜けるような音が脳のどこかで聞こえたような気がした。驚きは意外になかった。なんとなく、予感していたのかもしれない。

もちろん、私とおやじはいろいろな方角から同じ質問を繰り返したのだが、アイ・イーは

「どうやって出会ったのか知らない。一度会っただけ」と答えるのみだった。

ふーっと私は大きくため息をついた。アナン君の足跡は完全に消えた。もうこれ以上、手がかりはない。だがそこで一つ、肝心なことを今まですっぽり忘れていたことに気づいた。

「あなたは彼と何語で話したの?」私は訊いた。

「えーと……確か雲南語とシャン語かな。あ、そうだ、彼はどっちもうまくなかったな。簡単なことしか通じなかった」

「シャン人でも漢人でもないの?」

「ちがう」とアイ・イーは首を振った。「あれは純粋のビルマ人だ。ヤンゴン出身だって言ってたな」

え、純粋のビルマ人? ヤンゴン出身?

私は今度こそ、心底驚いた。ほんとか?

「彼は漢泰人かシャン人じゃないの? ヤンゴンというのはほんとなの? あんたはヤンゴンってどこだかわかってるの?」

失礼な質問かもしれないが、タイ人はミャンマーの地理や民族事情に無知なので、どんなてきとうなことでも言うことがある。

「ほんとだよ」とアイ・イーは淡々と答えた。「俺はラショー出身なんだ。ビルマ語は喋れないけど、聞けば多少わかる。あいつはビルマ人さ。それでヤンゴンの自慢を聞かされたんだ」

ラショーとはシャン州の町の名前だ。要するに、アイ・イーも元はミャンマー国籍なのだ。聞けば、十八歳のとき、ここに移住してきたという。それならタイ人や中国系とちがい、ミャンマーの基本的な情報くらいは知っているはずで、その彼が「アナンはヤンゴンのビルマ人」というのは説得力があった。

私は最初から大きな間違いをしていたのだ。この地域に生半可な知識があったので、アナン君はてっきりシャン人か中国系だと思い込んでいた。もしくは少数民族かもしれないが、とにかくメーサロンから遠くないシャン州の出身と決め付けていた。

実際には彼は遠いヤンゴン出身のビルマ人だった。どうしてこんなところに純粋ビルマ人が来てしまったのかわからないが、おかげで彼の影の薄さがやっとわかった。

今日、これだけたくさんの人たちに訊いてまわったのに、ゲストハウスのそばのお茶屋の老人以外、彼のことを憶えている人は皆無だった。見た記憶すらないのだ。

それは彼が完璧なよそ者だからだ。

彼はここの共通語である雲南語も、その次の共通語であるタイ語もシャン語もろくに話せなかった。ビルマ語を解す人はここにはいないし、英語はツーリスト相手のみだ。おそらく、彼は流れ流れて偶然この地にやってきたのだろう。でも、ここメーサロンではコミュニケーションもまともにとれないので、長居はしなかったのだろう。名須川さんを捕まえて日本に行くという「史上最大の作戦」も見事に失敗したし、そのあとマレーシアに行ったり、バンコクへ行ったりを繰り返したのだろう。

「アナンはどうしてここに来たのかな……」私は独り言のように呟いたが、

「貧乏だからとか、内戦があるとか、ただ出稼ぎとかだろ」とおやじがあっさり答えた。

「そんな奴はいっぱいいるよ。ビルマから逃げてきて、身分証明書も何も持ってない奴が」

実際、アイ・イーもローじいさんも身分を証明するものを何も持っていないという。それどころか、「国籍はなんですか」と訊いても、二人は「どこでもない」と首を振るばかり。純粋な無国籍だ。

かくいうサムおやじも、三十年ここに住んでいながらタイの国民証を持っていない。「華人証」という滞在許可証だけだ。彼は名実ともにタイ人ではないのだ。

あらためてすごいところだ。

アナン君は英語が流暢だったという。ヤンゴン出身でもあるという。アナン君はメーサロンがさぞかし肌に合わなかったろうなと思う。都会育ちのインテリが、こんな中国系と少数民族が流れ込む巨大難民キャンプみたいな場所に流れ着いてしまったのだから。もっとも、こんな場所だからこそ、アナン君のような異色の存在もたどり着くことができたという言い方もできる。他では純粋なビルマ人がタイ国境を越えるのはもっと面倒だろう。

一九九〇年代は、タイの国民証なんて誰でも簡単に買うことができた。タイ国籍の少数民族の村人にちょっと金をあげれば喜んで譲ってくれるのだ。メーサロンでも楽に買えたとおやじも言う。アナン君もそうしてタイ人になり、ここを立ち去ったのだろう。

彼は今どこにいるんだろうか。もしかしたら、中国に出稼ぎに行っているかもしれない。

私は探索が終わってしまったのを感じていた。

探索のやめ方は三通りあると前に書いた。「金が尽きたとき」「時間がなくなったとき」「調べまくってどうやっても見つからないとき」の三つだ。

でももう一つあると今思い出した。それは「見つからない理由がわかったとき」である。

根無し草の人間を探すのは困難きわまりない。

うーん、残念だ。どうにも無念だ。小説なら私立探偵が行方不明になった少女を「探したけど見つかりませんでした」なんてことにはならないし、なったら読者は本を投げ捨てるだろうが、これは現実だからどうにもならない。

ロージいさんとアイ・イーの写真を撮って、ヘコー村をあとにした。ゲストハウスの前まで戻り、おやじに五〇〇バーツを渡そうとすると、おやじは首を振った。いったい、今日は何度、首振りを見ればいいのか。

「どうして？　五〇〇バーツって約束だろう」

「いや、今日はガソリンをたくさん使った。七〇〇バーツにしてくれ」おやじは突然バイタクのドライバーの口調で言った。

あー、もう彼は私の相棒ではないのだ。コンビは解散なのだ、とやや哀しく思ういっぽう、いつもなら腹が立つ、約束破りのせこい要求が今日は不思議と心地よかった。

それはきっとこのやり取りで、おやじがこの土地に根ざしている人間であり、私がよそ者だとはっきりわかったからだろう。ホームグラウンドでもなんでもなかったのだ。

私は二〇〇バーツ上乗せして払うと、おやじに写真を渡した。「もしアナンの情報が何か入ったら新生旅館のオーナーに伝えてくれ。オーナーには言っておくから」

おやじはにっかり笑って写真をまた受け取った。

これで一勝一敗。星を稼ぐつもりが失ってしまった。しかし、探索はまだまだ序盤戦だ。めげている場合ではない。

私は宿の狭い部屋に戻ると、セーシェルのガイドブックを取り出した。ギュイーンと頭の回転数がまた上がっていく。今日もまた眠れそうにない。

名須川さんがアナン君と会った
ヘコー村の「革ジャンの男」の家

楽園《らくえん》の春画《しゅんが》老人《ろうじん》は生《い》きているか

メモリークエスト 第3話

FILE：003

Title.	古今東西のエロ画をコレクションしていたインド系おやぢ
Client.	名須川さん
Date.	確か1992年
Place.	セーシェル　首都ヴィクトリア
Item.	みやげもの屋のおやぢ
hint.	証言のみ

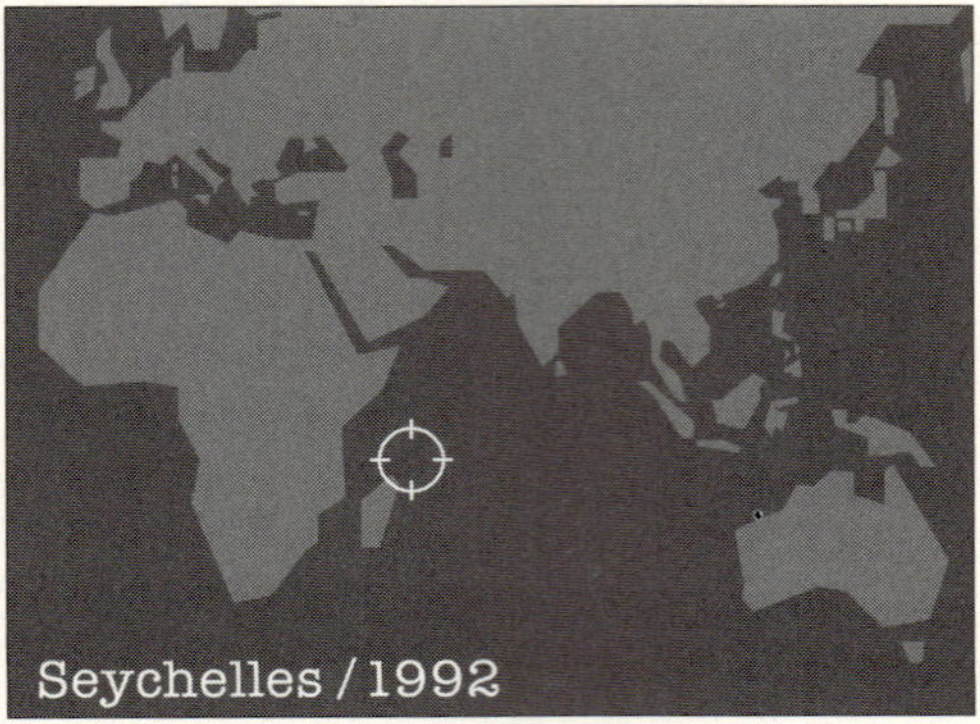

依頼人からの手紙

十四年ほど前に、インド洋に浮かぶセーシェル諸島の中心、マヘ島へ行ったときのことです。

首都ヴィクトリアのメインストリートにあるみやげもの店で一人ショッピングを楽しんでいると、口ひげを生やした背の低いインド系のおやぢが「日本人ですか？」と優しそうな笑顔で私に話しかけてきました。年のころは六十歳前後。

「私はこの店のオーナーですが、私の素晴らしいコレクションを日本の方にもぜひ見ていただきたいと思いまして」とおやぢ。

「コレクション？」

「ハイ。ここの二階の私の書斎に、私の大切なコレクションがあります。ぜひご覧になってください」

「なんのコレクションですか？」

「ご覧になればわかりますから。ぜひ」

老人なうえ、丁寧な物言いと屈託ない笑顔にすっかり気を許してしまった私は、案内されるままに二階へ。そこはおやぢの自宅になっていて、広々したリビングの奥に、ご自慢のコレクションが置かれているという書斎がありました。

書斎に通されてまず目に入ってきたのは、天井まで積み上げられた本の数々。

「すごい数の本ですねえ」

「そうでしょう。これが私のコレクションなんです。長年かかって集めました。これがイギリスのもので、これがフランスのもの。そしてこれが……」

と言ってはご自慢の本を手に取り、パラパラとめくって私に見せてくれる。

「えっ⁉　こ、これは……」

本の内容にしばし唖然《あぜん》となる私を見て、ふくみ笑いをするおやぢ。

「お嬢さん、私のコレクションすごいでしょ」

「…………」

書斎に並べられたコレクションとは、なんとエロ画だった。つまりエッチしているところの画でした。しかもそんじょそこいらのエロ画とは違い、年代物から近年物までそろったエ口画の歴史全集。

さらにすごいのは、それが世界各国そろっていたことだ。これだけ蒐集《しゅうしゅう》するには、おやぢの言うとおり長年かかったに違いない。自慢したくなるのも無理ないかっ。

「そうそう、お嬢さんにお見せしたかったのはこれです」

と言っておやぢが手に取った本は、おそらくは江戸時代に描かれたと思われる日本の春画。日本髪にきものを着た男女がアクロバティックな格好でエッチをしているもので、それが一冊の本にぎっしり描かれていた。

「ほ〜らご覧なさい。日本人男性の性器がこんなに大きく描かれているのですよ。ということはつまり、日本人男性のコンプレックスの表れということです。あなたもご存じだと思いますが、日本人男性の性器というものは本来こんぐらいですから」と言い、小指を立ててニヤッと笑う。

まさか「そうですね」とか「いいや、こんぐらいです」とも言えず、ただ黙りこくるしかない私。

真偽の程はどうあれ、春画に描かれていた日本人男性の性器はほんとうにびっくりするほど大きなものだったから、おやぢの研究対象の一つになったに違いなかった。

おやぢご自慢のコレクションを拝見し終えてそろそろ帰ろうとしたとき、おやぢはおもむろにお香をたきはじめた。甘い、怪しげな香りが部屋に充満し出す。

おやぢは私の背後から肩に手をのせ、

「あ〜っ、お嬢さんはだいぶ肩が凝っていらっしゃるようだ」

と、肩を揉み揉みしはじめた。といっても、私よりもずいぶんと背の低いおやぢが私の肩を揉むには無理があるようで、その手をずるずると下げてきて腰へとまわしてきた。

「お〜っ、腰も凝っておられる。これじゃあ揉みほぐすのに時間がかかるなあ」

誰も揉んでくれって頼んでないんですけど。

「実は私はプロのマッサージ師です」

ほんとかよ〜。単なるみやげもの屋のおやぢだろっ。

「もう長年やっております。ウソみたいに凝りがなくなります。例えばこんな感じでマッサージをすることだってできます」

と言い、春画のある一ページをめくってみせる。

「こ、こんなアクロバティックなマッサージ、私、結構です」

「ままっ、そう言わず。今夜、お嬢さんのお泊まりになっているホテルへ私がうかがい、こんなふうにマッサージをしてあげますから」

と言うので、あわてておやぢの手を振りほどいた。老人と思って気を許していると痛い目にあうということだ。それにしても、男性という生き物はいくつになっても性的欲望が衰えないらしい。まっ、個人差があるだろうけど。

「大切なコレクションを見せていただいてありがとうございました。私はもう帰ります」

一階のみやげもの店へ下りていくと、おやぢがあとから追いかけてきて、「これ、記念のおみやげね」とセーシェル産の貝殻をプレゼントしてくれた。その夜、おやぢがやってくるのではないかとビクビクしたが、結局現れなかった。

あのときは「このバカタレ！」と思ったけれど、考えてみると、おやぢのコレクションは相当なもんじゃないかと思えてきました。とはいえ、また見たいともおやぢに会いたいとも思わないので、ぜひ高野さんにおやぢを訪ねていただき、コレクションを評価してもらいたいのです（もうこの世にいないかもしれないけど）。

おやぢ、あんなに威張ってたんだから、相当なもんじゃないかと思うんですよねぇ。

1――曙がいっぱい

セーシェル共和国のマヘ島にあるセーシェル国際空港に着いたのは夜明けだった。

飛行機のタラップを降りると、まだほの暗いのにもわっと生暖かい空気が押し寄せてきた。海はすぐそばに見える。波がどばーんと打ち寄せると、足元に迫ってきそうな気がするくらいだ。

アフリカ大陸の東、インド洋にぽっかり浮かんだ島国セーシェルは、マヘ島他四つの小さな島から成る、世に聞こえた超高級リゾートアイランドである。日本からは直行便がなく、行く人は新婚旅行のカップルくらいだと聞く。少なくとも私の周りでは行ったことのある人は皆無だ。主な観光客は欧米の金持ちらしい。

ホームの次はアウェイ。それはサッカーだろうと野球だろうと同じことだが、それにしてもちょっとアウェイすぎやしないか。

私にとって高級ホテルとかリゾートとかは鬼門だ。これまでにもゴムゾウリだと中に入れないとか、国際電話が三分で五百円もするとか、自分で運べる荷物をボーイがひったくってチップまで要求するとか、理解できない謎のルールにさんざん苦しめられてきた。

ましてや欧米のアッパー御用達《ごようたし》のセーシェルなぞ、誰かに金をもらって頼まれても行くまいと心に固く誓っていたが、金ももらっていないのに来てしまった。

しかもビクビクしている。私の頭には「高級リゾート＝合法ぼったくり地帯」という見事な方程式が完成している。これから毎日がぼったくりの日々なのだ。しかも何をどうぼったくられるのか、どんなルールがあるのか、一切が謎だ。真っ暗なお化け屋敷に入るような気分である。

平屋の小さな建物に入っていくと、係官は黒人に白人の血が混じっている、いわゆる「クレオール（黒人系）」と呼ばれる人たちばかりだった。それも大半が女性だ。

「トラベル・ビューロー」と書かれたデスクに、ちりちりした髪を後ろに結わえた、色の黒い、巨大な体躯《たいく》をしたおばさんがどっかり腰を下ろしていた。支度部屋で出番を待っている元横綱の曙みたいだ。

いきなりこんな巨漢が相手か。この国では入国時に滞在日数分のホテルの予約証明書を提出しなければならない。つまり浜辺にテントを張ったり、野宿したり、現地の人の家に泊まったりということは絶対にできないようになっているのだ。超高級リゾートアイランド独特の合法ぼったくりがすでに始まっている。

私はおそるおそるトラベル曙に話しかけたら、「先に入国しなさい」と軽く片手であしらわれた。おかしいなと思いつつイミグレーション（入国審査）に行くと、今度は別のこれまた曙そっくりのおばさんに「先にホテルを予約しなさい」とまた一発で土俵外へ飛ばされた。意味がわからない。相撲界で言うところの「かわいがり」というやつか。

私は最初のトラベル曙のところに戻って説明するが受け付けてもらえない。このかわいがり地獄からどうやって脱出しようかと途方に暮れていたら、イミグレ曙がやってきた。二人は現地の言葉で激しくぶつかり合う。二人の曙の額から汗がじわっとにじむ。これだけの巨体だとちょっと口論するだけで熱を発散するらしい。

見ごたえのある攻防の結果、イミグレ曙が勝ち、ホテル予約が先だということになった。「とにかく安いホテルを」と懇願《こんがん》すると、トラベル曙は一泊八〇ユーロのバンガローを推薦した。私の持っているガイドブックを見てもそれがいちばん安いランクなので、従うことにする。その予約票を持って入国審査に行くと、今度はパン、パンとあっさりスタンプを押された。ホッと一息をつく。

税関は形ばかりのようで、到着した人たちは素通りで外に出て行く。私もそうしようと思ったら係官に止められ、荷物を全部開けさせられた。

「どうして俺だけが？」と最初思ったが、辺りを見回してわかった。一緒の飛行機に乗ってきた人たちは、欧米からの観光客も現地の人たちもみんなカップルか家族連れだ。一人旅のガイジンなど私くらいだった。

この島は外国人の男が一人でいるだけで「不審者」になるのか。全くやってられない。検査が終わると外に出ることができた。空港の前は小さなロータリーがあるだけで、日本の私鉄の小さな駅の前みたいだった。タクシーらしき車は二台か三台くらいしかない。観光客はホテルの送迎車に、地元の人たちはやはり迎えの車に乗っていた。両替をすると、トラベル曙が一台のタクシーをつかまえて行き先を説明してくれていた。

空港から海沿いの道を二十分ほど走ったが、車が止まったとき「え、ここ？」と思った。青い海と青い空が広がるお約束のような南の島の景色だが、周囲には民家がポツポツとあるだけなのだ。ちっともリゾートっぽくない。ただの田舎だ。

高い垣根に囲まれた敷地の入口にまたしても曙女性が立っていて、こちらに手を振っていた。タクシーを降り、荷物を背負って近づくと、まだ何もしていないのにやはり彼女も額に汗をにじませていた。年はかなり若いのかもしれないが、これだけ太ると年齢など見当もつかない。

「こちらへどうぞ」彼女は丁寧でわかりやすい英語で招いた。

「バンガロー」というから、てっきり母屋にフロントとか食堂などの施設があり、その周囲に小屋がいくつも並んでいるのだろうとタイやベトナムの経験から想像していたのだが、全然ちがった。

立派な一軒家なのである。オーナー曙が中を一通り見せて、説明してくれる。

質素だがきちんとしたリビングルーム。真っ白なシーツがかけられたダブルベッド。やる気さえあればどんな料理でも作れそうなキッチン。いかにも土地のものらしい本物の木を切ってニスを塗っただけの、飾り気はないが丁寧な造りのテーブルと椅子。白いタイル張りの床。冷蔵庫から、オーブン、電子レンジ、炊飯器、コーヒーメーカーまでそろっている。食器や包丁代わりのナイフもパーティが開けるくらい充実している。

——はにゃあ……。

思わず、間抜けなため息とも感嘆ともつかない声がもれた。こんなゴージャスなバンガローがあるのか。というより、「別荘」だろう、これは。

「どう、気に入った？」曙が訊くので気を取り直して必要なことを訊ねた。

「レストランとかカフェとか、食事ができるところはどこですか」

「この辺にはないわね」曙はあっさり答えた。

「え、ない？」私は驚いた。「じゃあ、食事はどうすればいいの？」

「ここから歩いて五分のところにグロッサリー（雑貨屋）があるから、そこで食料が買える。あたしが作ってもいいけど、前の日に頼んでね」

うーん、これだけゴージャスな別荘なのに毎朝毎晩、自炊しろというのか。こんなところで自炊なんて虚《むな》しいだけだ。だいたい自炊しようにも、キッチンの設備こそ素晴らしいが、食材として常備されているのは塩だけで、油も胡椒も酢もコーヒー豆も何もないのだ。全部買えというのか。たった四泊しかしないのに。

わからない。さっぱりわからない。おそらく、欧米の客はカップルでここに来て、二週間も三週間も滞在するのだろう。でも何が楽しいのか？　ビーチだってテニスコートだって近くにはない。車がないとどこへも行けない。あ、そうか。レンタカーを二、三週間借りるのか。でも飽きるよなあ。それに、いったい金がいくらあれば足りるのだろう？

「オーケー？」心配そうな曙の声で我に返った。私が不審な顔をしているので不満があると思ったらしい。いや、不満はない。ただ不明なことが多すぎるだけだ。

「オーケー」とほほえむと、曙も柔らかい笑みを浮かべ、「私は裏に住んでいるから何か用があったら言ってね」と出て行った。

その後ろ姿を見送っていると、もう一人、オーナー曙とそっくりの姿形の曙が箒《ほうき》を手に掃除をしているのに気づいた。姉妹か親子か。こちらも不明だ。

今日は日曜日で、タクシードライバーやオーナー曙によれば、首都のヴィクトリアではオフィスも店もなにもかも休みらしい。インドおやぢを探すのは明日にして、まずは食料の確保だと判断した。

ヤシの木が海風に吹かれている陳腐な絵葉書のような海沿いの道をてくてく歩く。

オーナーに教えられた雑貨屋が歩いて五分くらいのところに二軒あった。片やセーシェル人、片やインド人が経営しているが、どちらもアフリカの田舎町のそれにそっくり。客も黒人ばかりだ。店＝倉庫という合理的なスタイルで、無造作な木の棚に缶詰、米、パン、洗剤、粉ミルクがどっさり山積みされている。

値段は商品にじかにマジックで殴り書きされていた。こういうところに来ると、現地の物価がよくわかる。日本とさして変わらない。やや高いくらいか。おそらく、日本の離島と同じくらいだろう。

「肉や野菜はないの？」と訊くと、

「町の市場に行きな」と言われた。ちゃんと自炊するためには買い出しをしなければならず、買い出しのためにはやはり車が必要なのだ。

まあ、いい。どちらにしても、たった五日のために調理セットを整えるつもりはなかった。

Tシャツにハーフパンツにサンダルという現地の人たち（不思議に男はたいてい痩《や》せている）と同じ格好の私は、同じように袋詰めのインド米、いつ作られたのか不明なパン、この店で確認された数少ない地元産商品であるツナの缶詰、中国製の豚の缶詰、「笑う牛」という銘柄のフランス製6Pチーズ、「セーシェルビール」の小瓶などを買った。

でもその気分は悪くなかった。現地の店で食料品を買い込むと、現地に溶け込んだ気分になれる。

別荘に帰り、豚缶を何切れか切り、チーズを用意するとビールの栓を開け、きゅっとラッパ飲みした。

うまい！　ライトなんだが、瓶の口から直接あおると消化器系を無視して喉からそのままカラダ全体にスーッと溶け込むようだ。

ふーっと息をつくと、ようやく人心地ついた。空港到着から宿まで、これほど展開が読めないのは久しぶりだが、逆にいえば珍しくて面白いじゃないか。

――よし、これからだ。

今回の依頼者は前回のタイ・メーサロンと同じく名須川さんである。

これは全くの偶然だ。彼女はメーサロンとセーシェルでそれぞれ別の名前で依頼をしており、どちらも有力候補だったので面談したところ、同一人物だと発覚したのだ。名須川さんは上品な美人だが、若いころは相当あちこちを旅していたらしい。旅好きが嵩《こう》じてトラベルライターになり、今ではイタリアや韓国、台湾などのグルメ記事を書いているという。

二回続けて同じ依頼人だからつまらないということはなく、かえって燃えるものがあった。なんせメーサロンのアナン君探しは見事に失敗してしまった。ここでリベンジするしかない。言い換えれば「セーシェルでリベンジする」と思って、アナン君探しを断念したのだ。

だが、リベンジを別にしても、この「セーシェルの春画おやぢ」探しは面白い。今回の企画で最も興味を惹かれた依頼だ。まさにこういう依頼を求めて私はメモリークエストを始めたといってもいい。

インド洋にぽっかり浮かぶ島にそんな変なおやぢがいるという不思議さ。古今東西の春画コレクションという確かなブツ。どうやってそんなものを蒐集しているのか、そもそも目的は何なのかという謎。すべてが私好みだ。

そして、もしそのコレクションがものすごい貴重品だったら……！

例えば名須川さんが見たという日本の春画とはおそらく江戸の浮世絵だろう。明治から戦前にかけて、日本の浮世絵は大量に海外に流出したと聞く。名作も多数ふくまれるという。そんなものがちょっとでもおやぢのコレクションから発見されたら大変なことだ。

浮世絵の現物でなく書籍だとしても、今では入手できない貴重な本の可能性がある。

おやぢが若い頃はふつうに手に入ったから、おやぢ本人はその貴重さに気づいていないかもしれない。頼んで安く譲ってもらい、日本に持ち帰ったらとんでもない値段になるかもしれない。

どうしようと私は考えた。

もしコレクションを発見した場合、私にはそれがどのくらい貴重なものかわからない。とりあえずおやぢから一部を借りるか。借りると言っても、どこの馬の骨ともつかない外国人だから、ただで貸してくれるわけがない。では保証金を払うか。五〇〇ユーロくらい渡せば、二、三品貸してくれるんじゃないだろうか。

日本に持ち帰ったら鑑定だ。どこに持っていけばいいか。

テレビ番組で個人の「お宝」の値踏みをするやつがあったっけ。あれに出品するか。いや、あれはダメだ。だって、春画なんだから。江戸時代なら当然ノーカット。テレビのバラエティ番組に持ち込めるわけがない。

では誰か春画研究家を探すか。うん、そっちの方がいい。誰かいるだろう。で、それが価値のある品だったら？　もちろん、セーシェルに戻る。

もしおやぢが譲ってくれるなら全部買い込む。すごい財産になるかもしれないぞ。あ、でも大量にあったらどうやって日本に持ち込めばいいだろう。ノーカットだから猥褻《わいせつ》物として税関でひっかからないか。いやいや、春画は芸術だ。芸術は大丈夫だろう。

春画はコレクターに売ってもいい。その金で今まで行けなかった南極とか北極とかパリとかニューヨークなんかに行くのだ。あるいは、私個人がそのままコレクターになるというのもアリだ。春画研究家に転身できるかもしれない……。

おお、バラ色の未来が広がっている！

ゴオオオッという青い欲望の炎が、朝の爽《さわ》やかな別荘に燃え上がったのだった。

2——驚異の観光アイランド

マヘ島は予想以上に小さい島なので、「これは丁半バクチだ」と私は思った。そんな特殊なおやぢがいたらすぐわかるだろう。もしいなければ——情報の間違いでもうすでに死去したとしても——すぐ判明するだろう。

ただしサイコロを振るのは今日ではない。明日、月曜日だ。

そうわかっていながら首都ヴィクトリアの町へ向かったのは、気がせくばかりでなく、十一時を過ぎたらバンガローが暑すぎていられなくなったからだった。

大きく素敵なフランス窓から太陽の光がさんさんと差し込むし、エアコンをあてにして風が全く通らない作りになっているうえ、それならとエアコンをつけると家が大きすぎて全然冷えないのだ。

なるほど、一万二千円程度は最低ランクなのだな、とあらためて納得してしまった。

雑貨屋の前にあるバス停で待つこと二十分、天然エアコン、つまり窓を開放しただけのボロっちいバスがギシギシ軋《きし》みながらやってきた。町までたった三ルピー（約三十円）。この島で唯一安いものだ。

人はそこそこ乗っている。やっぱり曙系が多い。純粋のアフリカ黒人から限りなく白人に近い人までさまざまだが、年配の女性が白い帽子をきちんとかぶっていたり、色鮮やかなスカーフを巻いているのを見ると、そのバラエティの豊かさと年配の人たちの場違いなほどの折り目正しさが、ブラジルの田舎町にいるようだ。ブラジルは女の子がずっとセクシーだが……。

日曜だからだろう、道路沿いにはサッカーやバレーに興じている若者や子供が多い。コンクリートのコートなのに裸足で走り回っている元気者もいる。コロニアル風の赤い瓦《かわら》やトタンの屋根に白壁の家が緑の木々の間に見え隠れし、中には庭に巨大なスピーカーを設置して、大音量でレゲエやダンスミュージックをゴンゴン流しているうちもある。ここだけ見ると、噂に聞くジャマイカの風景に似ているような気もする。

青い海を右手に見ながら走り、空港も通り過ぎて、三十分後、町に到着した。といっても、バスターミナルに着くまで、ここが「町」だと気づかなかった。それほど小さいのだ。とても首都などと呼べるものではない。この島は日本でいえば、伊豆大島や屋久島レベルだろう。

インドおやぢの店は「マーケット通り」にあったというから、自然と足はそちらに向かった。

通りの入口に着くと、私は「え？」と思った。何度も地図を見直すが間違いない。ここだが……。

なんて小さいストリートなんだろう。

よく港町にあるような、だだっ広くて両側にヤシの並木があるアベニューを想像していたのに、歩行者用の路地みたいなちっこい道だった。

やはり店はどこも閉まっており、人通りもまばら。ときどき、ハーフパンツに耳ピアスの、いかにも金がなさそうな若者が、だらっと漆喰《しっくい》の壁に寄りかかっているだけだ。

こんなところに春画おやぢがいるのか？　現実味がてんでない。

ぐわーんと視界がゆがむような思いがした。

ゴーストタウンと呼ぶのも憚《はばか》られる小さな区画はすぐに終わってしまった。すごくひっかかることがあったが、深く考えるのはやめにした。動揺したときには飯である。ちょうど腹も減ってきたところだ。何か食えるところを探したが、どこにも見つからない。みな閉まっているのか、そもそも食堂やレストランがないのか。

再びターミナルに戻り、今度は島の西側にあるボー・バロンという町に行ってみることにした。ガイドブックの地図によれば、そちらには高級ホテルが海沿いにずらずら並んでいる。きっと飯を食うところくらいあるだろう。

マヘ島は屋久島のように海岸以外はほとんど険しい山である。バスはうんうん唸りながら坂道を登り、反対側の海辺に出た。

驚いたことに、ボー・バロンには何もなかった。もっと言うなら、ボー・バロンがどこかもわからなかった。町なんてないのだ。高層の建物がボンボン建っているだろうと思ったが、平屋の民家とヤシの木立、空き地が並んでいるだけだ。レストランはおろか、高級ホテルの気配さえない。外国人の姿も見えない。

私はてきとうにバスを降りて歩いてみた。仔細《しさい》に観察してやっとホテルを一つ、発見した。あたかも普通の民家のような門に、小さなプレートが出ているだけだ。庭木に遮られ、どこにホテルの建物があるのかもわからない。とても部外者がちょこっと入って行ける雰囲気ではない。

どのホテルもそうだった。私は全く初体験なので心底驚いたが、ここでは外国人観光客は完全に現地から隔離されているのだ。彼らから外の現地人は見えないようになっている。そして現地の人からも観光客は見えないようになっている。まるで「逆隔離病棟」とでもいうべき状態だ。

レストランも全く見当たらない。宿泊客はみんな自分のホテルで飯を食うのだろう。外に独立したレストランなど必要ないのだ。

私はリゾート地といえば、高層ホテルが聳《そび》え立って、外国人がビキニか半裸で歩き回っていて、おしゃれなカフェやレストランが道の両脇に華やかに展開して、合法ぼったくりを行っているものだとばかり思っていたが、そんなのは「ふつうのリゾート」でしかなかったらしい。高級リゾートはまるで会員制クラブのようにひっそりとしているのだった。私にとって、まさに「秘境」だ。

私は飯をあきらめ、再びバスに乗って今度は東海岸の南側へ行ってみたが、同じだった。畑も果樹園もない。漁船もない。だいたい港も船着場もない。

ここには産業というものがない。ほんとうに何もなくて、観光だけなのだ。そして肝心のその観光は目に見えない。

いったいどういう島なんだろう。いったい、誰がどうやってこういう観光を始めたんだろう。

アンス・ロワイヤルという、ガイドブックもオーナー曙もお勧めするビーチで降りてみた。現地の家族連れや仲間たちで賑わっている。やっぱり外国人の姿はない。ふつうの外国人客はプライベートビーチにいるのだろうか。

みんな楽しそうだ。バレーボールをしたり、ビールを山ほど買い込んで飲みまくったりしている。私がその中を歩いていくと、誰も何も言わないし、ことさらこっちを見るわけでもないが、喋っていても口を閉ざすし、通り過ぎると背中に視線を感じる。

ここにも全く居場所がない。

空腹がピークに達していたので、もう別荘に帰ることにした。バスを待つがいっこうに来ない。しびれを切らして歩き出した。ほんとうに浜辺は風が気持ちいいのだが、一歩、防風林の内側に入ると、うちのバンガロー同様、無風状態でえらく暑い。

ズンズンと空腹に響く音楽を響かせたセダン、ピックアップトラック、さらには人を十数人も荷台に乗せたトラックがぶっ飛ばす。ときおり、酔っ払ったレゲエのあんちゃんが「イエー！」と手を振るが、こっちは狭い道でギリギリ車をよけるのに必死だ。どうして、みんな、こんなに飛ばすのだろう。急がなくてよい場所ほど車がスピードを出すという法則は世界共通らしい。

四十分ほど歩いて別荘にたどり着くと、もうクタクタであった。朝と同じように、シャワーを浴びて、セーシェルビールをラッパ飲みする。同じように、フーッと息をついたが、そのニュアンスはだいぶちがったものだった。

今回は完全なため息だ。

ビールを飲みながら飯を炊く。日本の炊飯器とちがって圧力式でないので、水加減はてきとうにやったが、ちゃんと炊けた。

ツナ缶に塩をかけ、あつあつの飯にぶっかけてスプーンでかき込む。ワセダの三畳時代の定番だったツナ飯だ。

ツナ飯ほど「飯食ったぁ！」という気のするものはない。ここでは米はインディカ、醤油でなく塩のみだが、やっぱり「飯食ったぁ！」と声に出してしまった。しかし、どうしてこんな一泊一万数千円の高級別荘で、三畳時代と同じ飯を食っているのか。

——それにしても……。

飯とビールを終えると、タイから持ってきた飲みかけのワインを飲みながら考えた。

今日見た「この国のかたち」はちょっと衝撃的だった。私はセーシェルの予備知識が何もなかった。南の楽園、熱帯の島ということで、なんとなく、タヒチやニューカレドニアみたいなもんじゃないかと思っていた。

いや、タヒチもニューカレドニアも実は全然知らなくて、漠然とゴーギャンの絵のような世界を想像していた。男も女も開放的で、豊満な体を誇示するように踊っていたり、地元の人も外国人観光客も、大胆な水着姿や半裸で歩いていたり……。実際にはタヒチやニューカレドニアだってそんな場所ではないだろうが、そういうふうに思い込んでいた。あるいはハイチやジャマイカ的なイメージもあった。もっと猥雑でいろいろなものが混沌《こんとん》としているエネルギッシュな世界だ。

しかるに、今日見たセーシェルはというと、なんともこぢんまりとした島だった。唯一の町である首都ヴィクトリアには、派手な看板もネオンも全くなかった。それどころかレストランやバーさえ見当たらないのだ。

観光で潤《うるお》っているせいか、人々は身なりがかなりきちんとしている。若い女性のファッションも穏やかで、露出度は低く、男女がいちゃいちゃしているような場面もない。レゲエの兄ちゃんはいたが、家族や仲間と浜辺でビールを飲んでいるくらいで、ひじょうに健康的な陽気さだった。

「品行方正」「人畜無害」「保守本流」「公序良俗」という四字熟語がずらずら頭に浮かぶ。観光と無縁な、日本の離島を思い浮かべるとちょうどいいだろう。

正直言って、とてもじゃないが、この島に世界中の春画――名須川さん流に直截《ちょくせつ》に言えば「エロ画」――を集めているおやぢなんていそうにない。「月刊プレイボーイ」一冊も見つかりそうにない雰囲気なのだ。たとえ法に触れなかったとしても、ここの一般の人がそんなおやぢの存在を許すとはとても思えない。

あくまでもこれは今日一日まわった印象にすぎない。日曜日だったからそう見えたのかもしれない。明日、月曜日はちがうのかもしれない。そう願うしかない。だが、しかし。この町が休日と平日で激変するとも思えない……。

名須川さんがそのおやぢに会ったのは確かだ。だからそのとき、彼が存在したのは間違いない。

「でもなあ…」と私は左右に首を振った。名須川さんがおやぢに会ったのは十六年も前なのだ。メーサロンのアナン君ですら、十三年前だった。サバを読んで十年前と地元の人には言っていたが、今度はサバを読んでも十五年前だ。

そのときと今では、すっかり様変わりしているかもしれない。というより、今どき十六年も経って変わらない場所なんてない。

いかん。これ以上考えるのは危険だ。私はヘッドフォンで音楽を聴きながら、ワインをがぶ飲みした。

3——春画おやぢは生きている⁉

翌日目覚めたのは六時半。昨日の残り飯に豚缶肉をかけて食い、お茶を飲んで、ゆっくり時間をかけてここ数日分の日記をつけた。日記が書き終わってもなかなか出発する気になれない。

この勝負は丁半バクチだと思っていたが、とんでもなかった。宝くじを当てるようなものだ。今更になって、周囲の友人知人がこの試みを笑ったのがよくわかった。さらにいえば、依頼者の名須川さんが自分で来ず、私に依頼したのも理解できた。

だって、無理だもの、どう考えても。

おやぢはきっと実在はしたのだろう。だがそれは十六年前だ。十六年で変わらない場所はないと昨夜考えたが、もっと根本的な問題があった。おやぢの年齢だ。十六年前にすでに六十〜七十の老人だったという。六十歳でも現在七十六歳。七十なら八十六歳だ。平均寿命が日本よりずっと短いとおぼしきこの島で、いくらなんでももう生きていないだろう。私はもし彼が亡くなっていても、コレクションの一部くらいは見つかるんじゃないかと期待していたが、その可能性も薄いように思えてきた。

名須川さんによれば、おやぢは一人暮らしらしかったという。この閉鎖社会でそんな奇人はきっと親しい友だちもおらず、社会からも疎外されているだろう。

もともと彼はインド系の商売人で、セーシェル人でないから親戚も誰もいない可能性がある。つまり、死んだら誰もコレクションを引き継ぐ人がいないということだ。もし十年も前に亡くなっていたら、そんな人間を覚えている人もいるかどうか。春画本の一冊でもお目にかかれる確率は一パーセントほどかもしれない。

あーあ。タイからここまでの航空チケットとここから次の行き先のチケット、それに五日間の滞在費を合わせて、二十万円もかかっているのだ。二十万円をドブに捨ててしまったのか。そして名須川さんの依頼、二連敗か。

もう、ミッションなんか放り出して、一日中、この別荘でビールを飲んでいたいくらいだった。

しかし、出かけないわけにはいかない。どっちにしても十一時には暑くていられなくなるのだ。

のろのろとジーンズに靴をはいて別荘を出た。この日も快晴だ。太陽の日差しを受けて、青い海の波頭がときどき黄金色にきらめく。ヤシの木の根元をオレンジ色の嘴《くちばし》をした小鳥がちょんちょん飛びはねている。

最高のバカンス日和だ。十五分待って乗ったバスは、人がぎっしり詰まっていた。月曜日なので、みなさん、通学、通勤、買い物などいろいろあるらしい。車内はすでに蒸し風呂状態で、私の額も頬も汗がつたう。

バスに揺られている間中、無心でいようと思ったが、どうしても老人を探してしまう。黒人はシワが少なく、白髪もハゲも少ないから年齢がわかりづらい。それでも子供と若者が多いのは間違いなかった。七十五歳を超えていそうな人は全然いない。少子高齢とは無縁の、正しき多子低齢社会らしい。それでも私は白髪やハゲの頭がバスに乗ってくるたびに「来た。また一人乗ってきた」と自分を励ました。

海沿いでもけっこうアップダウンがあり、整備されていないバスは耳障《みみざわ》りなブレーキ音をたてる。キイキイいうその音から解放されたらヴィクトリアの町であった。

さすがに平日、しかも休み明けなので活気がある。相変わらず首都という感じはしないが、確かに「町」の賑わいがある。

マーケット通りも、昨日とはうって変わって賑わっていた。通りは東西に百メートルくらいの長さだ。昨日は東側から入ったが、今日は西側から近づいた。

入口付近に異様に派手派手しいヒンズー寺院があったので入って行く。文字がヒンディー語のそれとちがって丸みを帯びている。南インドのタミル文字だろう。春画おやぢがどの系統のインド人か知らないが、どっちにしてもインド人なわけだし、インドの神に祈りを捧げたいと思ったのだ。

中は静かだった。いくつも神像があるが、みんな黒い。主《おも》だった神様をいくつか回り、「ここセーシェルに来られただけでも幸せです。ありがとうございます」と謙虚につぶやく。

そう祈ると少し気が楽になった。

そうだ。メモリークエストなんて思いつかなかったら、こんな高級リゾート地には一生来る機会はなかったはずだ。私にとっては紛《まぎ》れもなく「新しい世界」なわけで、幸せなことじゃないか。もう変な野望は捨て、思いきり玉砕しよう。

そう決意してマーケット通りにずんずん入って行った。左右をきょろきょろ見渡す。名須川さんによれば、当時はみやげもの屋が並んでいたそうだが、今はほとんどない。観光客の姿も全くといっていいほどない。「バックパッカーがいた」と彼女は言っていたが、信じられない。今ではバックパッカーなど皆無だろう。やはりこの十六年間で何もかも変わってしまったのだ。

みやげもの屋がさっぱり見当たらないので、何でもいいからインド人の店で聞いてみようと思った。この狭いストリートで、同じインド系なのだから、二、三人に聞けばすぐ答えは出るだろう。

私はインド系が出入りしている文房具店に入った。

入ってすぐ「うっ」とうめいた。レジのところに座っているのは、サリーをまとった年配の女性ではないか。こんなまじめそうなおばさんに「春画」の質問はまずい。私は気後れしてしまい、インド製とおぼしきざらついた紙質のノートやメモ帳を手にとってめくってみたりして呼吸を整えたが、呼吸が整うほど勢いも衰えてくる。

私はあきらめて店から出た。なんだか、コンビニでエロ本を買おうとしたらレジの店員が女性だったので、出てきてしまうみたいだ。そんなとき、少し離れた別のコンビニへ足を運ぶように、私は別のインド系の店を探した。だが、二軒目も三軒目も女性が店番をしている。おい、インド人の男！　何やってんだ？　ちゃんと働け！　と罵りながらその度に無言のまま外に逃げる。

思いきり玉砕するつもりが、玉砕もできない。

四軒目の靴屋でやっと男性を発見したと思えば、身なりのいい初老の紳士だった。

「いらっしゃいませ」紳士はきちんとした英語で言った。「何をお探しで？」

どうしてこういうときに限ってこんなちゃんとした人が出てくるんだろう。

「すみません……」と言ったものの、「古今東西の春画コレクション」という言葉がどうしても言えない。代わりにこう言ってしまった。

「あの、スペシャル・コレクションを持っているインドのご老人を探しているのですが」

「スペシャル・コレクション？　なんですか、それは？」紳士はきょとんとしている。

「いや、あの、ちょっとエロティックと言いますか、あ、でもアーティスティックな絵画だと思うんですが……」汗を額に浮かべ、私はどこまでも口を曖昧に濁した。聞き込み調査をしている側が口を濁してどうするのだと自分で突っ込みを入れるが、どうにも口が言うことをきかない。こんな言い方ではミロのヴィーナスとかマネの裸婦像でも探しているようだ。

「失礼、よくわからないもので……」紳士は完全に怪訝そうだがどこまでも丁寧に訊く。

私はしかたなく、「世界中のエロティックなピクチャーを集めている人です。背がとても低くて、十六年前にここでみやげもの屋をやっていたそうです。もう七十歳は超えているはずです」とボソボソと言った。

「申し訳ないが全く心当たりがないですね」紳士は悲しそうに首を振った。

思いきり当たって砕けたというより、当たる前に転んで頭を打ったみたいな気分だ。

そのあと、二軒の店で同じことを同じように汗だくになって訊ねたが、やはり首を振るばかりであった。

「古今東西の春画」はともかく、こんな狭い区画で、背がすごく低く、みやげもの屋を経営している高齢のインド人というだけで、限定されるはずなのに、誰も知らない。しかも奇人のはずだ。ということは、やはりもう生きていないとしか思えない。しかも忘れ去られているということは、ずいぶん前にこの世を去ったと考えるのが妥当なところか。

しかしこのままでは引き下がれない。せめて、いつ亡くなったとか、実際はどんな人だったかくらいは知りたい。この島でそんな奇人が許されていた理由を知りたい。誰か覚えている人はいるだろう。奇人のはずだから、伝説として伝わっていても不思議はない。

私は辺りを見回した。メーサロン同様、ここも閉鎖社会である。私のようなよそ者が飛び込みで聞き込みをしても、これ以上の収穫はなさそうだ。何かとっかかりが欲しい。

残念ながらここにはバイクタクシーはない。うーんと考えていると、タミル語の文字が目に入った。

「そうだ、あのヒンズー寺院だ」

インド人の消息ならあそこがベストに決まっている。私もバカである。神頼みする暇があったら、あそこに出入りしているインド系の人たちに訊くべきだった。

寺院に戻り、中に入ると、上半身裸で下は白い布を巻いた行者っぽい男と、鍵を腰にぶら下げた男が祭壇の横で話をしていた。鍵の男は寺院の管理人だという。ここはなんでも大らかに許してくれるような雰囲気を勝手に感じたので、あまり臆せず、春画おやぢのことを話した。

「それはスヴラマニアンだろ」管理人の言葉に私は飛び上がるほど驚いた。

「え、彼は生きてるんですか？」

「あー、生きてるよ」管理人はしごくあっさり言った。「詳しい住所は、えーと、説明しにくいから、隣の雑貨屋で訊くといい」

春画おやぢは生きている⁉　ウソだろ？　信じられない。

あわただしく礼を言うと、寺を飛び出した。言われたとおり、隣の雑貨屋で訊くと、「あー、スヴラマニアンね」と住所もそこへの行き方も教えてくれた。

おお、やっぱり生きているのだ。生きているならコレクションもきっとあるはずだ。貴重な「お宝」かもしれないコレクションが。それをゲットできるかもしれない……！

私の中でいったん死んだはずの野望がゾンビのように甦った。はあはあと息遣いも荒く、教えられたとおり、道を歩いて行く。マーケット通りから離れるがかまわない。もう隠居しているのだろう。そっちのほうが今も現役でみやげもの屋をやっているよりずっと自然だ。

そうか、とっくに隠居しているから今、マーケット通りにいる人たちは知らなかった、あるいは忘れていたのか。正しいパズルのピースがカチ、カチとはまっていく。

急ぎ足で歩いて行くと、そろそろその住所の辺りになった。ふと見ると、すぐ目の前に背の低い白髪のじいさんが歩いていくではないか。身長約百四十五センチで黒人ではないが、色は黒い。

「ちょっと……」私は思わず爪を立てるようにガシッと肩をつかまえてしまったが、びっくりしたじいさんが振り向くと、それはインド人ではなくクレオール、つまりセーシェル現地人の顔だった。

「あっ」と私はうろたえた。

「あんたは誰だ？」とじいさんこそびっくりしたようだ。

それでも私は「すみません、スヴラマニアンさんじゃないですか？」と訊いてみたが、彼は「ノー」とあっさり首を振った。

「あなた、スヴラマニアンさんを知らないですか？」しつこく食い下がるが、「知らんね」と取り付く島もない。おかしい。こんな狭いところで、同じ世代のはずなのに……。

私が当惑していたときである。

「オレ、知ってるよ」という声が脇から聞こえた。

近くにいた黒人の若い兄ちゃんだった。耳にピアスをつけ、痩せぎすで目がぎょろっとしている。

「スヴラマニアンだろ？　こっちだ」ピアス兄ちゃんは先に立ってスタスタ歩き出した。

出た、捨てる神あれば拾う神あり！

間違いなく運命の波に乗っている。私は早足の兄ちゃんに横から話しかけた。

「スヴラマニアンさんはスペシャル・ペインティング・コレクションを持っていると聞いているけど、君、見たことある？」私はピアス兄ちゃんに訊いた。

「あるよ」と平然と兄ちゃんは言う。

ほら、来ている、来ている。私は思いきって「切り札」を出した。

「メイキング・ラブの絵だった？」と直接ぶつけたのだ。

「あー、そうだ」兄ちゃんはちらっとこちらを見ると、意味ありげに薄く笑った。

間違いない、決まりだ！　おやぢは奇人だから、誰とも付き合いがあるわけじゃないし、誰にでもコレクションを見せるわけじゃないのだろう。でもこういう、ちょっとちゃらんぽらんとした兄ちゃんはけっこうそんな好色老人と親しいのかもしれない。

アカシアに似た広い樹冠の木が天蓋《てんがい》をつくっている小道を一緒に歩いて行った。このときの私の気分をなんと説明したらいいだろうか。それは昔、アフリカのコンゴに怪獣を探しに行ったとき、夜中に謎の巨大な動く物体を発見し、真っ暗な湖にボートで乗り出したときを思い出させた。興奮はしているが逆上はしていない。「来るべきものが来た」という奇跡を待つ落ち着きがあった。すでに優勝が決まり、これから表彰台に向かう五輪選手の気持ちもこんな感じかもしれない。つーつーと熱い汗が額を、頬をつたった。

一軒の瀟洒《しょうしゃ》な白い家に着いた。兄ちゃんはずかずかと庭に入って行き、玄関をノックした。ドアを開けたのは背の低い七十歳ほどのインド系の人物だった。これか、春画おやぢは。背筋の伸びた裕福そうな人で、とても春画を集めていそうな人には見えなかったが、そんなことをいえば、「この人は春画を集めていそうだ」なんて顔は見たことがない。それに、この人はあくまで「芸術」として春画をコレクションしているのかもしれない。いったんおさまっていた興奮が本人を目の前に再び沸騰した。

「スヴラマニアンさんですか？」私は顔を引きつらせながらも気さくな調子で訊いた。

「イエス」その人は目をパチパチさせた。

「あなたは素晴らしい絵のコレクションをお持ちですよね？」

「ああ、それが何か？」

やっぱり、あった！　私は興奮で目が金星人のようにつり上がっていたが、それをぐっとおさえ、静かに言う。

「友人から素晴らしいものだと聞きました。見せていただけませんか」すると、スヴラマニアン氏は困った顔をした。

「今、妻がいないからなあ……。午後、妻のいるときに来てくれないかね？」

「妻がいるとき？」

体が硬直し、熱い汗が一瞬で冷たい汗に変わった。妻と一緒じゃないと客に春画コレクションを見せられない人がいるか。逆だろう、ふつう。

「それは具体的にどんな絵なんですか？」

「息子が描いているんだよ。ここより店のほうにたくさんあるよ。鳥とか自然とかこの島のものをいろいろ描いていて……」

息子？　鳥？　自然？……。

冗談ではなく一瞬、目の前が真っ暗になった。

全然ちがうじゃないか。今まではまっていたパズルのピースは、みんなニセモノだったのか。運命の波もみな錯覚だったのか。それはないだろう……。

「午後は何時に来るかね？」とニセ春画おやぢ（でもなんでもないが）が言うので、私はムカッとした。どうでもいいわい、そんなもん。しかしその理不尽な怒りのおかげで、気力を取り戻すことができた。

「同じくらいの年配で、スヴラマニアンという人はあなたの他にいませんか？」私は訊いた。

人違いの可能性もあると思ったのだ。するとニセ者は答えた。

「あー、他にも二人いるよ。一人はもう亡くなったが、もう一人はまだ生きている」

「その人はコレクションを持ってます？」

「さあ、知らんね」ニセ者は首を振った。

ニセ春画おやぢはガイド役の兄ちゃんに、なにやら道を教えている。兄ちゃんはうなずいていた。

4——最後のチャンス

私はピアス兄ちゃんについて、またマーケット通りのほうへ戻っていった。太陽はすでに高く、うちのめすような日差しだ。私のかすかな希望も早くしないと蒸発してしまいそうだ。実際、可能性はかぎりなく低かった。同じ年配で同じ名前のインド人なのに、コレクションの有無も知らないというのだ。

そういえば、コンゴの湖で深夜発見した謎の物体も、風に揺れる葉っぱだったっけ。奇跡なんてそうそう起きないんだよなあ。だから奇跡っていうんだろうが——などと思いながら、とぼとぼと歩く。

ピアス兄ちゃんも全く当てにならないことがわかった。まるで当たり前のような調子で、黙々と私の案内役を務めているから親切な男なのだろうが、無口だし、こっちの言うことをわかっているのかひじょうに怪しい。この島の人はみんなふつうに英語を話すが、彼はもしかしたら不得意なのかもしれない。

「ペインティングじゃなくてプリンティング。ポルノグラフィックな絵だ」とこれまで言えなかった台詞《セリフ》を今になって大声で言う。ピアス兄ちゃんは表情を変えず「わかった、わかった」と大きくうなずく。

　彼はときどき立ち止まり、友だちや知り合いを見つけては、パーンとハイタッチのように手を合わせて挨拶し、別のスヴラマニアンについて訊く。パトロール中の警官にも訊いている。

「ポリスに訊くのはまずいんじゃないか」私が言うと、彼は表情を変えずに、「ポリスはオレの友だちだ」と意味不明の返事をかえした。

　マーケット通りに入り、インド人たちに訊くが、やっぱり全然わからない。こんな狭い社会で知らないなんてあるだろうか。やはり身寄りのないまま十年以上前にひっそり死んでしまい、今は覚えている人もいないんじゃないか……。汗が顎から滴のようにしたたるが、私の内側の何かが麻痺《まひ》してしまったらしく、全く暑さを感じない。

　困り果て、もう一度寺に戻った。ピアス兄ちゃんでなく、私から管理人にあらためて人違いだった経緯を説明した。管理人はちょっと額に手を当てて考えたが、ふっと顔をあげ、「詳しい人間がいる。ちょっと待って」と言った。

　今度はいったいどんな人間が出てくるのだろうか。お香の匂いをかぎながら、じっと待つ。

　この寺院はいい。

　朝、神頼みに来たときも、二回目に玉砕覚悟で戻ってきたときも、そして天国寸前から地べたに墜落した今も、この中に入ると心が落ち着いた。ひんやりとした空気、おごそかな祭壇、高く荘厳《そうごん》な天井。そういった宗教装置がなにがしかの心理的作用を人間に与えるのだろう。

平日の午前中なのに、次から次へとインド人の信者がやってくる。

本尊は真ん中にあり、それを取り囲むようにさまざまな神像が立ったり座ったりしている。信者はそれを巡礼のように順番に巡って歩く。供物を捧げたり、ロウソクに火をともしたりする。そして最後に入口まで戻ると、ぱたっと下に倒れ込み、白いタイル張りの床にキスをして頬擦《ほおず》りする。チベットの五体投地を彷彿《ほうふつ》させる。

スラックスに赤いポロシャツというビジネスマン風の男が床に倒れてから起き上がると、管理人が話しかけた。どうもこれが「詳しい人間」らしい。最後のチャンスだ。

「あー、あー……」という調子で、赤シャツ男性は管理人とピアス兄ちゃんになにやら説明をした。

ピアス兄ちゃんは大きくうなずいている。もうこの兄ちゃんのうなずきには何も期待できなかったが、それでも彼と行くしかない。

寺を出て再びマーケット通りを西からずっと歩いて行く。やはり最後はここに戻るのか。しかも到着したのは意外な場所だった。東の入口にある「ジヴァン・インポート」という大きな木造二階建ての店である。あまりにも目立つ店で、客も多くて繁盛しているし、その客も地元の人たちで、主に衣服を仕立てる布を検分しているから、さっきは聞き込みに入ることもしなかった。

中に入ると主に女性客でごった返していた。女性客の奥にハゲ頭のじいさんが垣間見えた。じいさんはキビキビとさばいている。背が低く、色の黒いインド人だ。

「彼だ」ピアス兄ちゃんが短く呟いた。

私は客をかきわけて顔を突き出した。

「すみません、スヴラマニアンさんですか？」

「イエス」じいさんは目を向けた。実直な商売人の目だ。

「あの、ワンダフルな印刷物のコレクションをお持ちと聞きましたが……」

この女性客の群れの中では「春画」とはとても言えなかったが、「ピクチャー（絵画、写真）」でなく「プリンティング（印刷物）」と訊いたのが改善のポイントだった。

「コレクション？　あー、あるよ、うんうん」じいさんは答えた。おおっと盛り上がりかけたが、じいさんは「ナチュラル・ヒストリーのやつかな……」とか「今、全部箱にしまっちゃって……」などと言い方が曖昧模糊としており、すごく面倒くさそうである。もっと問いただしたかったが、客が津波のように襲ってくるのでどうにもならない。

「十二時に店を閉めるからそのときにもう一度来てくれ」客越しにじいさんが怒鳴った。

私はうなずき、外に出て、道端のベンチに腰掛けた。

私は両の拳を膝の上で握り、大きく息をついた。

やっぱり、ちがうか……。じいさんはどう見ても今六十歳から七十歳。年齢がちがいすぎる。奇人っぽくもないし、怪しい気配もない。だが、なにがしかの「プリンティング・コレクション」は持っているらしい。

どっちなのか。丁か半か。確率は二分の一でなく、百分の一くらいだが、それでも答えがイエスかノーのどちらか一つしかないのは同じだ。そしてこれが正真正銘、セーシェルでの最後の賭《か》けなのだ。

暑熱《しょねつ》と興奮で喉がからからだ。隣の雑貨屋でペプシを二本買い、一つをピアス兄ちゃんにやると、「腹も減った。昨日から何も食ってないんだ」というので、サモサとビスケットも買い与えた。

半分上の空で、彼と話をする。

彼は名前をニコルといい、意外と年を食っていてもう三十九歳。他の島に妻と娘がいるという。たまに沖給仕の仕事（マグロ漁船から冷凍マグロの荷下ろしをするという）があるが、ほとんど無職に近く、今も一文無しらしいということが断片的な話でわかった。

「この島は仕事がないんだ」と彼は言う。農業はキュウリ、ココナツ、サトウキビくらいしかない。漁業も盛んではない。仕事といえば観光と政府関係くらい。

この島はそれなりに観光で潤っているし、気候はいいし、親族関係は絆《きずな》が強そうだから飢え死にするという心配はないだろうが、逆にいえば、ニコルのように「飼い殺し」みたいな男は多いのだろうなと想像された。

彼によれば、この国には大学がないので、昔、社会主義時代はキューバに、今はフランス、インド、南アフリカへ留学するという。そういう人たちは果たしてこの島に帰ってくるのだろうか。

十二時に近づき、客は少しずつ減ってきた。ニコルがタバコを買いに行ったとき、「ちょっと……」と女性の店員が私を呼んだ。人目を憚るような目配せだったので、私はそのまま素早く飛んでいった。この秘密めいたやり方はなんだ？　もしかして、もしかするのか？

期待と不安で震えそうな私に、女性の店員は小声で言った。

「あなた、私はショックを受けたわ」

「え、何が？　コレクションですか？」春画の禁じられた扉を私が開いてしまったのか？

「ちがうわよ。あの男よ」女性はこっちにぶらぶら歩いてくるニコルを見ながら言った。

「ゴロツキよ。早く別れたほうがいいわ」

なんだ、そんなことか。私はハアと全身の力が抜けた。こっちはもう息をするのも苦しいくらい興奮しているのだ。紛らわしいことはやめてほしい。ニコルがゴロツキだろうがなんだろうがどうでもいい。もしここのじいさんが春画おやぢなら、ゴロツキに一〇〇ユーロ進呈してもいいくらいだ。

苛立《いらだ》ちを押し隠してお礼を言い、またニコルと一緒に通りの真ん中にあるベンチに座って待った。

心臓がバクンバクンと鳴っている。じいさんは本物か偽物か。希代の春画コレクターは実在するのか。

こんなときに限ってフランス人の団体客がどやどや入ってくる。このときほど、欧米人のツーリストが邪魔くさく、かつバカな連中に見えたことはない。路上でちょっと精神に異常をきたしているらしい若いひょろっとした現地の男が甲高い声で何か叫びつづけているが、私も一緒に叫びたいくらいだ。

十二時三分前、じいさんが自らドアの前に出て、私を手招きした。私はニコルをおいて、ダッシュした。

「わしはインド洋の研究をしていて……、日本のオオバン（大判？）を持っていて……、あちこちから取材が来て……」じいさんはべらべらと、とりとめなく喋り出した。

どうもおかしい。やっぱりちがったのか。ついに負けたのか。どんどん手足が冷たくなるのがわかった。

じいさんの話を遮ると、私は最初から、名須川さんのことを詳しく説明した。すると、じいさんは「あー、あー、あー……」と何か思い出したようにうなずいた。

「あった、あった、そういう本も。だけど、あんな本を女性に見せたっけかな？　まあ、ノートを見ればわかるだろう。ここを訪問した人には、みんなノートに名前とメッセージを書いてもらっているんだ」

ノート？　メッセージ？　くらっときた。名須川さんはこう言っていた。「ノートに何か書けと言われたので、何か忘れたけど日本語で書いて、名前も書いた」と。

この人が、そうなのか!?

「ところで、あなたはおいくつですか？」私は最後に最大の疑問を発した。

「八十六歳だ」じいさんはにんまりした。

「わお！」私が叫ぶと、じいさんはにんまり顔のまま右手をすっと出した。私はそれをしっかり握った。九割方まちがいない。これがセーシェルの春画おやぢだ。

奇跡は起きた――らしい。

5——江戸にタイムスリップ

「昼休みが終わってからまた来なさい」と春画おやぢ改め「春画じいさん」は言った。なんでも今度この家を改築することになり、本も資料もみんなボックスの中にしまい込んでしまったという。

「残念だがコレクションを全て見せることはできないんだ。でも、いくつかは探せば出てくるだろう。それからあんたの友だちが記入したノートも探してみる」とのことだ。

私は夢心地のまま店を出て、「ゴロツキ」のニコルにポンと二〇〇ルピー（二千円）を渡した。彼はラッキー！　という顔をし、「ありがとう」と言うとそのまま去って行った。これがゴロツキなのだから平和な島だ。

じいさんの店の斜め向かいに、この町で二つしかないカフェ・レストランの一つがあり、私はそこでツナ・ステーキを食べた。一緒に頼んだビールとワインが涙が出そうなくらい美味い。ギャンブルにほぼ勝ったという至福のひとときだ。

だがそれはあくまで「ほぼ」である。じいさんはまだエロ画についていくらも話してはいない。私のほうも、あんなちゃんとした店をやっているじいさんが、この良俗の島で異端のコレクションを持っているとは信じきれないでいた。もしそうであれば、いったいどういう経緯なのか。まだまだ謎だらけなのだ。

再び、期待と不安に侵されて、一時半に店のドアを叩いた。じいさんがすぐに現れ、「オフィスへ行こう」と言う。奥の小部屋に連れて行かれた。勧められて書類が山になっている木のデスクの前の椅子に腰を下ろすと、じいさんは「ほら、あんたが言ってたのはこれだろ」と本を三冊、どさっとデスクに投げ出した。

いずれも外国語のタイトルだが、内容は一目瞭然だった。裸の女の絵が表紙なのだから。『日本のエロチスム』と『日本美術のエロチックな肖像』とフランス語で記された春画の図版本、それにもう一冊は『ザ・エロチック・アート』と題された英語の本だ。

奇跡だ。やはり奇跡だ。

十六年前、名須川さんが遭遇した春画じいさんは実在した。私は賭けに勝ったのだ。圧倒的に不利な賭けに。

元スーパー小学生を見つけたときも興奮したが、今回はレベルがちがう。あちらは見つけたからどうってことはなかったが、こっちは「お宝」の持ち主なのだ。下手すると、私の人生が変わるかもしれないのだ。

私の感動をよそに、じいさんは淡々としていた。無理もない。彼は昔からここにいて何も変わっていないのだから。

「箱から出せたのはこれだけだ。あとはどこにあるやら……。ノートのほうをもうちょっと探すから待っていてくれ」と言い残して出て行った。私は春画コレクションのほうに興味があるが、じいさんは名須川さんが来た証《あかし》であるノートにもっぱら気が行っているようだ。

ドアが閉められ、私は天井が低い、四畳半ほどの小部屋にポツンと取り残された。段ボールや帳簿の類が棚に積み重ねられているが、整理されたり、有効に活用されたりしている様子はない。真っ白に塗られた厚い石の壁が外界の音も熱気も遮断している。

静まり返った独房のようなところで、春画を見る。もちろん、前にも見たことはあるが、あらためて見るとなかなかすごい。まさか天下の高級リゾートアイランドのセーシェルで江戸の春画と正面から向き合うとは思わなかった。

もっとも私は最初、春画本をパラパラめくりながら、頭の中ではもっぱら作戦を練っていた。

渡された本はどれも欧米でふつうに発売されている、なんてことはない美術書だ。とても価値がありそうにない。だが、じいさんのコレクションは膨大だと名須川さんは言っていた。もっとすごいものがあってもおかしくない。いや、あるのだろう。何者かわからない初対面の私には当たり障りのない本を見せているだけにちがいない。問題はそれをどう引き出すかだ。

じいさんは明らかに春画について語りたがっていない。コレクションの大部分が箱に収納されて取り出せないなんていうのも口実くさい。

いろいろ考えた結果、決めた。まずはじいさんの警戒心を解きほぐそう。「日本の春画はこれまで単なるポルノとして扱われてきたが、最近は芸術として評価されるようになった」とか言って。それからじいさんのコレクター精神を褒め称え、同好の士という顔でじわじわと攻め、最後には「あんたには見せるか」と言わせる。よし、これだ。卑怯な罠《わな》のようだが、やむをえない。

ところがである。思わぬ誤算が生じた。ちょっと出かけたはずのじいさんが、いくら待っても帰ってこないのだ。二十分、三十分と時が流れていく。常識的に人を待たせる時間ではない。いったいどういうことだ。

他に何もすることがないので、手元にある春画を繰り返し見た。繰り返す度に、仔細に眺めた。それぞれの絵には作者の名前も作成時期も書かれておらず、「若い男と女の交歓」くらいしかキャプションがないので、絵そのものを食い入るように見つめた。

そのうち異変が起きた。この日あまりに体が熱くなったり冷えたりを繰り返したせいだろうか、私の目か脳がおかしい。春画が何かちがうものに見えはじめたのだ。いや、絵は絵なのだが、中の人間が生きて動いているように見え出したのだ。

女にのしかかる男、片足を二階の欄干《らんかん》に上げて後ろから挿入される女、酒をぐいっと飲みながら前に女を抱え込む男、声を上げまいと布を嚙む女、愛人と交わったまま女房にとっつかまる男……。

「おお……」私は息を吞んだ。「すごい……」

春画はデッサンがおかしい。胴の長さが二倍ないとそんな体位は無理だという絵も珍しくない。それは一般的に「顔と性器を両方見せようとするからどうしても不自然な絵になってしまう」と説明されてきたわけだが、そうではない。

どれもこれも「動き」がある。これは動画なのだ。「静止画像」だと思うからデッサンがおかしいように思えるだけだ。動画を一枚の絵で表しているのだ。

男性器が異常に大きいのも、印象を強くさせるデフォルメとか、じいさんが名須川さんに昔言ったように「日本人男性の巨根コンプレックス」だとか説明されてきていると思うが、それもちがう。あれは「怒張」なのだ。膨れ上がる動きを表しているのだ。その証拠に青筋が丹念に描かれているではないか。やっぱり「動き」なのだ。

これまで春画など、クリケットとかシンクロナイズドスイミングのように、ルールのよくわからないスポーツを見るときみたいな「ふーん」という感想しか持てずにいた。正直言って今回の依頼にそそられたのも「珍奇だから」というのが理由だ。

でも、いったん「動き」が見えると、ものすごく興奮してきた。もっと言ってしまえば「欲情」してしまった。

これに比べれば、一緒に渡された西洋のエロチック美術など、子供騙《だま》しもいいとこだ。春画には動きがあり、命がある。実際、この絵に描かれた人たちがもう死んでしまったとは到底思えない。

いや、生きている。彼らは今、江戸にいる。江戸にいて、私の目の前で交歓のかぎりを尽くしているのだ。いや、すごい、すごい……。

今ここで誰か女性が出てくれれば、私はそのままどんな求めにも応じそうな気がした。もし私が女性だったらかなりヤバイ状況だ。

春画に魅入られたままながらも、「これはじいさんの罠なのではないか？」と疑った。彼が私を罠にかける理由は不明だが、「罠なら罠でもいい」と思っている自分がいる。私は江戸にいるのだ。江戸に直接触れ合っているのだ。絵の中に入れそうだ……。

突然、ドアが開いた。じいさんが帰ってきたのだ。なんと一時間も経過している。私は作戦も忘れて、春画開眼の感動を伝えたかったが、じいさんは「ノートが見つからなかったよ。まあ、あれだけ箱が多いとなあ」とつぶやいただけだった。

罠でもなんでもなかったのか。ドアの向こうから欧米の観光客の浮ついた声が聞こえてきて、私は我に返った。現代へ、セーシェルへ戻った。

6——じいさんはセーシェルの偉人だった？

「こっちへ来い」と手招きされ、レジと商品の包装などを兼ねた長いカウンターのところに行ったとき、私はダシをとられたあとの昆布みたいになっていた。欲も野望も見事に消えていた。

束の間とはいえ、江戸時代のいちばん深い場所にトリップしたことに比べれば、春画コレクションで大儲《おおもう》けするとか研究家になるなんて、実にくだらないことに思えた。私の心中を知ってか知らずか、じいさんは一人で喋りまくった。

「世界中のいろんな人がわしを訪ねてくるんだ」と言いながら、書類の入れすぎでポコンと膨れ上がった二冊のクリアファイルを一ページずつ、めくっていく。写真が次々と現れる。

「これはオランダ国王」「こっちは前のイランの王妃」「フランス大使、そっちはイギリス大使、それにWWF（世界自然保護基金）のピーター・スコット会長」……。

００７にも出演したエジプト出身の俳優オマル・シャリフやエリザベス女王の夫であるエ

ジンバラ公、あるいはマザー・テレサと一緒に写っている写真もあった。

ほう、これはなかなかすごい。

「世界中のメディアからインタビューされている」とじいさんは胸を張ったが、それもファイルをめくっていくとほんとうらしかった。フランス語、イタリア語、英語、ロシア語など、紹介されている雑誌もバラエティに富んでいる。キャセイ・パシフィック航空の機内誌もあった。

何を取材されているのか。春画ではなく(当たり前だが)、なんと「セーシェルに最も詳しい男」と紹介されているのだ。ちなみに、彼の名前は「カンティラル・ジヴァン・シャー」となっている。スヴラマニアンはあくまでインド人社会限定の別称らしい。

本人が得々と語るには、彼の関心は、地理、博物学、動物、植物、人類学、心理学、アフリカとインド洋の歴史と文化、さらには薬草学、アロマセラピー、環境保護まで広がり、まさになんでもござれだ。そしてじいさんは「春画も心理学の一環として研究したのだ」と偉そうに言い張る。

いくらなんでも半分はハッタリだろうと思ったが、残念なことに、じいさんの言い分を正当化する資料が出てきた。じいさんは二〇〇二年、インドの「ラジヴ・ガンディー基金」の〝功労賞〟を受賞している。暗殺されたガンディー元首相は今でもインドでは人気がある。

その名を冠した基金からの賞は軽くないだろう。しかもその功労賞を与えた理由として、彼の「功労」が列挙されていた。

イギリスの有名な王立地理学会の会員であるばかりか、イギリス王立科学アカデミーの銀メダルを受賞しているというアカデミズム方面の活躍、ジェームズ・ボンドの「ユア・アイズ・オンリー」に彼をモデルにしたキャラクターが登場していること、二〇〇〇年には「国連環境計画（UNEP）が選ぶ世界の環境活動家五百人」にも選ばれたこと……。

ひゃあ、こりゃすごいわ。

春画じいさん、いや、カンティラル・ジヴァン・シャー氏は驚いたことに、セーシェルの偉人なのだ。名須川さんの見たのは確かに春画だったろうが、それはじいさんの膨大なコレクションのごく一部にすぎないのだろう。

しかもしかも、もっとすごいことが発覚した。

「セーシェルを観光の国にしようと最初に訴えたのはわしだ」と言うのだ。

まだ英領だった一九六二年に早くも提言し、独立後は「セーシェル・ホテル観光協会」の副会長に就任、欧米とオーストラリアを中心に世界中を飛び回って、プロモーションと講演活動にあたった。

日本の春画本をはじめ、多くのコレクションはその間にヨーロッパの書店で買い求めたものだという。

彼は博物学者でもあり、動植物のデッサンにも長《た》けている。

じいさんが描いたセーシェル固有の貝の絵は、独立前にこの島で初めて作られた郵便切手となった。というより、セーシェルの観光化に向けて、じいさんが自分の絵を使って、自分で切手を作ったのだ。それもファイルに保存されていた。

「今でもわしの作品は誰でももっている」とじいさんは得意気に言う。「あんた、一ルピー硬貨をもってるか？」

私が財布から取り出すと、彼はにやっとしながら硬貨をひっくり返した。そこには切手と同じ貝がデザインされていた。

「これもわしのデザインだ」

日本でいえば、十円玉に刻まれた宇治の平等院の絵柄をデザインしたようなものだ。

いやあ、たまげた。この人は超高級リゾートアイランドの基盤を作った最大の立役者なのだ。

「こんな異常な観光地は誰が作ったのか？」と私はぶつぶつ言っていたが、かなりの部分、このじいさんが作ったのだ。実際、最近のセーシェル国際航空の機内誌でも、彼のことを「国では大統領の次に有名な人物」と書いている。

名須川さん、こともあろうにこんな立派な人物をエロおやぢ呼ばわりして……。私までそう思い込んでいたじゃないか。きっと態度のはしばしにそれが表れていて、顰蹙《ひんしゅく》を買っていたにちがいない。

カンティラル先生、申し訳ありません！

私が心の中で懺悔《ざんげ》していると、絵に描いたような金髪美人が近寄ってきた。ロシア人だと彼女はいい、自分のかばんから今年発売されたばかりのロシア語の雑誌を見せた。

「彼はエリザベス女王に貝殻を一つ贈ったって書いてあるわ」彼女は上気した口調で言った。

「彼はまさに生ける伝説なのよ！」

ロシア娘によればカンティラル先生に会いにセーシェルに来る人もたくさんいるそうだ。

もう参りましたと言うしかない。

7――さそり座の男

翌日、もう一度、じいさんに会いにヴィクトリアに出かけた。

どうやらコレクションの山は箱詰めして取り出せないというのはほんとうらしいし、私もとっくに春画を横取りして金や名誉に換えようなんて俗な野心を失っていたから、それはどうでもいい。

前日に見せてもらった資料のコピーもしてくれるというから取りに行ったのだ。それがないと、名須川さんも編集者も読者も、私の話を信用してくれないんじゃないかという気がしたからだ。また、名須川さんがコメントを書いたノートを探すとも、じいさんが言ってくれていた。名須川さんへのおみやげになるだろう。

じいさんの店に到着したのは十一時過ぎだった。飛行機の関係だろうか、昨日も今日もこの時間帯はむちゃくちゃ混んでいる。道行く人は誰も彼もじいさんの店に吸い込まれていく。虫が食虫植物に吸い寄せられるようだ。何か、人を呼び込むパワーがあるらしい。

昨日親しくなっただけあり、この日は客の顔ごしにじいさんがにっこにっこしながら手を振った。

「あなたの息子さんも有名なんですってね」と私は言った。

「そうだ、国立公園のトップだ。まあ、わしほど有名じゃないがね」じいさんは人懐っこい顔で笑う。

昨日、「家」に帰ってから、オーナー曙に会ったので、「カンティラルさんという人に会ったんだけど、知ってますか?」と訊いたら、「お父さんのほう? 息子のほう?」と逆に問い返されたのだ。

曙によれば、「親子ともこの国の人間なら誰でも知っている」そうだ。

あらためて感心していたのだが、突然じいさんはものすごいスピードで入口のほうに飛んでいった。入ってきたラテン系の顔立ちをした若いカップルの前で何か喋っている。いや、正確にいうと、男は無視して、黒髪の美女のほうに熱心に話しかけている。

話す内容は、世界中のマスコミが取材に来るとか、有名人の知り合いがこんなにたくさんいるとか、昨日私がさんざん聞かされた話だ。

そのうち女性をこっちのテーブルのところに連れてきて、私からファイルをひったくって、見せる。彼女は私と視線を合わせ、「なんだか変なおじいさんだけど、面白い人ね」という苦笑をもらした。完全に蚊帳《かや》の外に置かれている彼氏のほうも、なにぶん相手がちっこい年寄りなので、つとめて「寛大で温かい恋人」を装っている。その装いに気づいているのが私だけというのが痛々しい。

ひととおりファイルを見せると、じいさんは「わしにはあんたのことがなんでもわかる。手を見せなさい」と言い出した。

女の子の手首を握り締め、右手で手のひらをなぞっている。

「え、何それ？」という驚きと、「あ、これか！」という納得が同時に襲ってきた。名須川さんの言うエロおやぢぶりと、昨日の、まあちょっと自慢家だけど実際にセーシェルを代表する立派な人物ぶりのギャップに首をひねっていたのだ。

しかし今のこの光景を見るとわかる。彼氏の目の前でも、こんなに積極的なのだ。女性一人きりなら春画を見せて「マッサージしましょう」くらい、平気で言いそうだ。

この日はフライトの関係か、欧米人の若いカップルが多く、彼らがやってくるたびにじいさんは矢のように飛んでいく。ほとんど「瞬間移動か?」という素早さだ。

べらべら喋ると、次は私のところに連れてきて言う。

「ほら、今日は日本からジャーナリストが取材に来ている」

私までが利用されている。

このじいさん、別な意味でやっぱり只者《ただもの》ではない。

「ずいぶん女性に人気がありますね。ガールフレンドは何人いるんですか?」客がいないとき、私がにやにやして話しかけると、じいさんは「これは心外」とおおげさに驚いた表情をした。

「わしの妻は若くして死んだ。一九五六年のことだ。それ以来、もう五十年、わしは誰ともセックスしたことはない。妻を愛しているからだ」

こう言い張るのだ。ほんとうだろうか。単なるウソだろうか、それとも誰とも寝ないことがこの年になってもこれだけ女性に満遍なく情熱を注がせ、世界の全てを知りたいというパワーの源になっているのだろうか。

また昼休みをはさみ、午後一時半に再々突撃。ここでやっとじいさんが名須川さんのコメント入りのノートを発見し、見せてくれた。こんなコメントだった。

「1991年10月30日。突然お伺いしてしまった私です。マッサージをしてくれると言っているのですが、どうしようかなと思っています。人のよさそうなおじさん。またくるね！」

え、名須川さん、まだ迷っているの⁉

私は自分が前日に小部屋で陥った「罠」を思い出した。じいさんと名須川さんの証言の両方にあらためて疑念が生じた。依頼の範囲をとっくに超えているが、確かめねば気が済まない。

じいさんがドイツ人の女性を捕まえて話をしているところに私は割り込んだ。

「彼女（名須川さん）にマッサージをしようとしたそうですね。どういうことです？」

「あー、それは凝っていたからだ。彼女はちょっと緊張してたんだ。私にはわかる。ヒーラー（治療者）だからな」じいさんは大きな目をきょとんと見開く。

「でも春画を見せてマッサージしようって言ったとか」

「ちがう。彼女がわしの本棚からそういう本ばかり見つけて持ってくるんだ。わしも困ったよ」じいさんはわざとらしく眉間《みけん》にシワを寄せている。

「まあ、しかたない。それにわしはその頃、ちょうど日本の『シアツ（指圧）』を研究していたところだから、やってあげようと思っただけさ」

ドイツ娘もくくっと笑っているが、じいさんは大マジメ。

「でも五十年間、誰ともやってないってほんとうですか？　あなたがしたくなくても向こうのほうから来るんじゃないですか？」

すると、じいさん、「そうなんだよ！」と顔をパッと輝かせた。

「たくさん来るんだ。わしがカーマスートラの達人だと思う子もおってな。断るのが大変だよ」じいさんは大きくため息をつく。私はさらに突っ込む。

「よく我慢できますねえ。男はふつう、頭ではわかっていても、ここはおさえられませんよ」私は自分の股間《こかん》を指差した。

じいさん、ここで呵々大笑《かかたいしょう》した。

「あんた、わしに似てる。実によく似てる。オープンなところがな」突然、私を同志に仕立てると、同じように自分の股間を指差した。

「そうなんだ。こやつをコントロールするのが実に苦しい。しかも私はさそり座。わしの中でさそりが暴れる。うひゃひゃひゃひゃひゃ」

私も大爆笑、じいさんはパンと音を立てて私の手を握った。ドイツ娘もクスクス笑ってそれを見ている。

このとき、私は笑いながらも直感的に理解した。自分は罠にはめられたのだ、と。あの小部屋に閉じ込められ、何か術をかけられたのだ。そしてギラギラした欲望とエネルギーをすっかり抜き取られた。その欲望とエネルギーはどこへ行ったのか。

もちろん、じいさんのところへ行ったのだ。

八十六歳なのに、六十六歳ほどにしか見えない若々しさ。エネルギッシュな商売と口説き。つやつやした肌。このじいさんこそがセーシェルの魔物だ。このお化け屋敷の主だ。訪れる外国人の若者たちを捕まえて、あの手この手でその精気を吸い取っているのだ——。

そんな妄想に浸りながらも私は気分爽快だった。

メーサロンのリベンジは果たした。成績も二勝一敗と勝ち星が先行した。江戸時代を垣間見ることもできた。何よりも「セーシェルの主」に出会うことができたのだ。

外に出ると、お決まりの青い空と青い海が広がっていた。

超高級リゾートもいいではないか、曙も好きだぞ。

何もかも許せるほど、すっきりとダシをとられてしまった私なのであった。

セーシェルの偉人、
カンティラル・ジヴァン・シャー

大脱走《だいだっそう》の男《おとこ》を追《お》いかけろ！

メモリークエスト　第4話

FILE:004

Title. 喜望峰ツアーのガイド

Client. Aさん

Date. 2000年6月

Place. 南アフリカ共和国　ケープタウン

Item. 観光ツアーガイドの男性

hint. 証言のみ

依頼人からの手紙

当時三十五歳でしたが、公私ともに錯綜《さくそう》しており、一週間の休みを取って南アに一人で行きました。ケープタウン市内のホテルから一日観光で外国人と一緒に喜望峰ツアーに参加しましたが、英語がうまく伝わらず（喋れず）、そのガイドには露骨に嫌な顔をされました。最後になって、うまく意思疎通ができ、そいつは「次回来た際はタダで案内してやる」と言いました。何言ってんでしょうと思いましたが、再度会って、「あのときはずいぶん嫌な顔してくれたけど、覚えているか」と言いたい。以上。

高野秀行より

三十五歳で公私ともに錯綜していて、突然、休みをとって、アフリカの南端に行ってしまう……。

ここでいきなりグッときてしまいますね。何か、よほどのことがあったんでしょう。しかも出会ったのが、驚くような美女とかいうロマンティックな話じゃなくて、ただの観光ガイド。しかも、最初のうちは露骨に嫌な顔をされた……。で、希望は「再度会って、『あのときはずいぶん嫌な顔してくれたけど、覚えているか』」と言いたいだけ。

おもしろい。すごくおもしろいです。

ホテルの名前と彼の人相がわかれば、かなりの確率で発見できるような気がします。もし目出度《めでた》く会えたらどうすればいいんでしょう。私があなたのかわりに「あのときはずいぶん嫌な顔してくれたけど、覚えているか」と言えばいいんでしょうか。

……ん？　今、突然思い出しました。

私も是非もう一度会いたい人間がケープタウンにいるんです。

十年ほど前、ウガンダの安宿で会ったムカバというコンゴ（旧ザイール）人の青年（今は中年かもしれない）。

話が長くなるから簡単に説明すると、彼は考えられないほど理不尽な事件に巻き込まれ、投獄され、「このままでは殺されてしまう」と思い、刑務所から脱走してきた男でした。

彼は一文無しだったので、私は逃走費用として二〇ドルをあげました。

その後、私は日本に帰国し、半年ほどして彼からメールが来ました。

彼はウガンダから五カ国も国境を突破し、ケープタウンにたどり着いたというのです。

その後、私は彼に送金しましたが、それっきり音信不通です。

今、何してるのかなあ。意外に観光ガイドになってたりして。賢くてまじめな男だったから。

でも、英語が不得手な人間に嫌味を言うような奴じゃないから、あなたが探している人ではないですね。

すいません、関係ない話をして。でも、二人をセットで探すというのも悪くはないかもしれませんね。

1――なぜか南アフリカ

南アフリカ・ヨハネスブルク行きのセーシェル国際航空はガラガラだった。客が少ないとサービスはよくなる。私は赤ワインの小瓶をおかわりしていた。アジア系の乗客は私一人だ。黒人、クレオールも少なく、大半は白人である。口ひげを生やし、カーキ色の半ズボンに長いソックスをはいた、植民地時代の写真によく出てくるような初老のおっさんが何人もいる。今どきこんな格好で飛行機に乗る人は珍しい。南アの白人のようだ。

「こういう連中がアパルトヘイトをやっていたんだろうな」と私は早くも彼らに冷ややかな視線を投げかけていた。南アフリカは一九九一年まで白人から非白人、黒人を隔離するアパルトヘイトというとんでもない政策を実施していた。地球最後の公式な人種差別だ。

それから十数年。初の黒人大統領ネルソン・マンデラも退き、時代は移り変わっているが、今でも経済は白人に牛耳られたままだと伝え聞いている。セーシェルとは別の意味で全く行ってみたいと思わない国の一つだ。

なのに、その南アへ向かっているのはなぜか。

「それは依頼があるから」とまるで「そこに山があるから」みたいな格好のいいセリフを吐きたいところだが、それもちがっていた。「喜望峰ツアーのガイド」は私の探索候補からはずれていたからだ。

依頼が来たときは「面白い！」とはしゃいでいた私だが、よくよく考えると、この依頼の面白さは依頼者Aさんの事情によるところが大きい。喜望峰のガイドはなにしろ現地の観光ガイドなのだから探索は難しくないだろうが、見つけたところで、どうしようもない。ガイドがAさんのことを覚えているとは思えない。「あのときはずいぶん嫌な顔をしたそうだけど」と話しても「は？」と首をひねるだけだろう。

というわけで、Aさんには申し訳ないが、「必殺・手のひら返し」の妙技でこの依頼は却下してしまった。

ところがである。そのとき思い出したコンゴ人のムカバ（本名：リシャール・ムカバ）が気になってしかたない。というより、あんな印象的な男をこれまで忘れていた私のほうがどうかしている。

彼と会ったのは正確には今から十一年前、私がアフリカを旅行中のことである。

私は当時、早稲田ではないが同じ大学探検部の先輩（農大）の手伝いでアフリカ諸国をぐるぐる動いていた。先輩が環境ＮＧＯを新たに立ち上げるので、そのプロジェクトをやる場所を探していたのだ。バイト代は一銭も出ないタダ働きだが、タダでアフリカを旅行できるというだけで喜ぶ若さが私にはあった。しかも移動は空路だし、相手国の役人への体面上、わりといい宿にも泊まることができた。

ルワンダ、エチオピア、スーダンとナイル川沿いの国を回ったあと、再びルワンダへ戻ってしばらく滞在した。すでにアフリカ旅行は四ヶ月を超え、資金は尽きていた。できるだけ安く上げようと、ルワンダからケニアまでは、それまでのように飛行機ではなく、陸路にした。泊まりは最安のゲストハウスだ。ある意味では「いつもの旅」に戻ったとも言える。

私たちはルワンダの首都キガリから乗り合いバスに乗り、隣国であるウガンダの首都カンパラに到着した。そこでいちばん安そうな宿を探して泊まることにした。

ウガンダは当時、ブラックアフリカの中では民主化も進み、経済も悪くない状態で、活気と熱気に満ちていた。屋外のバーでガンガン鳴り響くアフリカン・ポップスに身を浸しながら冷えた地元ビール「ナイル・スペシャル」をクッといくと「あー、アフリカにいるんだなあ」というしみじみした喜びに満たされた。

ルワンダが一九九四年の大虐殺（三ヶ月間で五十万～百万人が犠牲になったと推定されている）からまだ三年しか経っておらず、暗い雰囲気に包まれていたからこの明るさにホッとさせられたということもあった。

宿でもアフリカ近隣各国からの客が大部屋に集まり、賑やかにお喋りしていた。私たちも顔を出し、酔いにまかせて歓談していた。すると、その中にザイール人の若者がいた。「君はフランス語が話せるのか？」と彼は訊いた。

「まあ、多少は」私は答えた。

すると、彼は「やっと自分のことが話せる！」と、私の服にすがりつかんばかりの勢いで、訴えはじめた。ザイールは旧ベルギー領なのでフランス語は広く通用するが、英語を話す人はめったにいない。彼もそうだった。

彼の話は驚くべきものだった。

彼の名前はリシャール・ムカバ。ザイール東部の町ゴマ出身で、ゴマ大学の学生であった。ザイールは内戦に突入して久しく、またゴマという町はルワンダと国境を接しており、ルワンダで虐殺を行った側の部族・フツが難民としてなだれ込んでいる。

ルワンダで虐殺された側の部族・ツチは虐殺の直後、フツの政府を倒して政権を握り、その勢いでザイールに突入、ザイール人軍閥カビラを助けて彼にザイールの政権をとらせた。カビラは政権をとると国名をコンゴ民主共和国と改めた。

つまり、ザイール改めコンゴ民主共和国のカビラ大統領にとって、フツは恩人ツチの敵であり、コンゴ政府軍にルワンダ系ツチの影響が大きいこともあって、フツ難民に危害を加えているという噂が前々からあった。

私がリシャールと出会った前年、フランスの通信社AFPのクルーがその難民への人権侵害を取材に来た。彼らはゴマの町で、リシャールを雇った。通訳兼ガイド兼ドライバーとしてである。車はリシャールの伯父のものだった。

彼らは「カタレ」という名前の難民キャンプで多数の死者を目撃した。AFPのカメラマンはそれを写真におさめ、世界に発表、大問題になった。

UNHCR（国連難民高等弁務官事務所）のコンゴでの立ち入り調査について、カビラ大統領が拒否し、国連とコンゴ政府が激しく対立していることは私も知っていたが、その引き金をひいたのはリシャールとAFPだったわけだ。

AFPの記者とカメラマンはスクープをとったということできっと本国フランスで称えられていたと思うが、リシャールには身の危険が迫った。

コンゴ政府の怒りを買っただけではない。難民キャンプの人間は当然虐殺を目撃しているはずだが、「外部の地元人」でそれを目撃したのはリシャールただ一人。AFPの主張を唯一裏付けられる生き証人になってしまったのだ。

「ヤバイ」と思ったときにはすでにコンゴ政府の手が伸び、逮捕・投獄された。だが、幸運なことに看守の男が昔からの友人で、こっそり逃がしてもらった。

着の身着のままで脱獄したリシャールは、タンクローリーの下働きに身をやつし、コンゴ・ウガンダの国境を越え、なんとかカンパラにたどり着いたのだという。

「ここも危ない。（ケニアの）ナイロビまで逃げたい」とリシャールは訴えた。

ここウガンダではＵＮＨＣＲに難民登録はしたものの、ルワンダから来たフツの難民キャンプへ行けと言われた。しかし難民キャンプにはセキュリティが全くないのは誰よりもよく知っている。だいたいウガンダはコンゴの同盟国だから危険は減じていない。

しかし彼は一文無しである。「ワラにもすがる」というのはこのことかとばかり、リシャールは熱弁をふるった。

「もしいくらかカネがあれば、トラックの助手になってなんとかウガンダを脱出できる」

私はしばし考えた。こういう手で幾度となく、現地の人間に金をたかられているからである。しかし今回ばかりは騙すにしては念が入りすぎている。ＡＦＰのジャーナリストを六名、フルネームで教えてくれるくらいだ。信用してもいいだろう。そして信用してみれば、すごくかわいそうな男である。私は協力することにした。

夜更けて、先輩とリシャールと三人で積荷の木箱をテーブルにした屋台で飯を食った。

市場の屋台街ではロウソクやランプの灯りの下で人々が語らい、飯を食い、品物を商っていた。そこにささやかだけれども、人間の生活があった。それがすごく印象に残った。

私はリシャールに確か一〇〇ドルをあげ、別れた（……と記憶していたのだが、あとで日記を読み返すとあげたのはたった二〇ドルだった。私もずいぶんケチである）。ナイロビで常宿のホテルを教えた。

再会したのはナイロビである。彼は三日後にちゃんとホテルに訪ねてきたのだ。

計画では二〇ドルをトラックの運転手に渡し、助手にしてもらうはずだった。トラックの運転手はウガンダとケニアのイミグレ（出入国管理事務所）の役人と顔見知りで、パスポートなど見せずに通行できるのだという。リシャールはもちろん、パスポートなど持っていない。

ところがその作戦はうまくいかなかった。コンゴ・ウガンダ国境よりウガンダ・ケニア国境はずっと厳しいらしい。両国の関係がよくないからだろう。さんざん探したあげく、とある長距離バス運転手を見つけ、二〇ドルと引き換えに、国境ではバスのシートの下に隠してもらった。

今は、ナイロビ市内にある、ザイール（コンゴ）人の家に居候になっているという。

ナイロビへ脱出成功したはいいが、今後の生活は何もメドが立っていない。唯一の道は彼を事件に巻き込んだＡＦＰの連中に責任をとってもらうことだった。実際、リシャールはまだ逮捕される前に、ゴマからパリのAFP本社に手紙を出したが、梨のつぶてだったという。もう一度チャレンジしてみようということで、私はリシャールをともなって、AFPナイロビ支局を訪問してみたのだが、フランス人の支局員は、「私は関係ない。本社に直接連絡をとってほしい」とにべもなかった。

結局、コンゴ難民（もしくは脱獄囚？）のリシャールには何も効果的なことをしてやることもできず、私は日本に帰る日になってしまった。だが、リシャールはびっくりするくらい性格のいい男で、「今度困っている人を見たらぼくが助けようと思う」と、自分が今、どうしようもなく困っているのに、他人のことを考えている場合か！　と突っ込みたくなるような殊勝《しゅしょう》な言葉を残した。

こういう実直な人間を犠牲にして、先進国のメディアはコンゴの人権侵害を非難している。そう思うと腹立たしかったが、結局私ももうすぐ安全な日本に帰ってぬくぬくとする身の上である。偉そうなことは何も言えなかった。

帰国後、私はAFPにあらためて手紙を出したが、やはり返事は何もなかった。そして、リシャールのこともすっかり忘れてしまった。

アフリカ旅行も遠くなった一年後のこと。メールをチェックしていた私は驚きのあまり、ひとりで「おお！」と声を上げた。

リシャール・ムカバという名前があるではないか。急いで開くと、英語の本文が現れた。彼は英語がほとんどできなかったはずだが。

読んでみて、仰天《ぎょうてん》した。最初に彼の話を聞いたときと同じくらいたまげた。彼は今、南アフリカのヨハネスブルクにいるというのだ。ナイロビは赤道直下にあり、南アはアフリカの南端である。つまり、彼はアフリカ大陸の半分を縦断したことになる。でも、パスポートもなくどうやって？

具体的なことはよくわからないが、彼によれば、「全部陸路を強行突破した。何度もつかまったがまた脱出した」という。

彼は、コンゴ（ザイール）↓ウガンダ↓ケニア↓タンザニア↓マラウィ↓モザンビーク↓南アと六つの国境をノービザ、ノーパスポートで越えてしまった。所持金ほぼゼロ、親戚縁者知人友人ゼロという凄まじい状態でである。

彼が先進国の人間なら「アフリカ大脱走記」なんて手記を書き、きっとそれがベストセラーになって、「冒険家」として賞賛されたりしているだろう。

今、南アのどこでどうやって暮らしているのか詳しくは書いていない。どうやら、知り合いになった若者たちと同居しているらしい。「何かスモールビジネスをやりたいから、お金を援助してほしい」と訴えているところを見ると、おそらく仕事もなく、一文無しに近い状態なのだろう。

私はすぐに返事を書いた。「生きてたのか！　すごいな！　僕もうれしい」みたいな簡単なものだ。

そして彼に敬意を表し、五〇〇ドルを送金した。

実直なリシャールからはこんな返事が来た。

「タカノ、君は二度にわたってぼくを立ち上がらせてくれた。ここでの生活は困難だが、ぼくは南アフリカという国が好きだ。この国の人も好きだ。コンゴの家族には電話で一度連絡したが、ゴマは状況がよくないので帰ってこないほうがいいと言われた。辛いけれど、ここでしばらく頑張るつもりだ。君と君の家族の健康を祈っている。リシャール」

彼からのメールはそれっきり途絶えてしまった。よく見れば、初めのメールと最後のメールは住所がちがっていた。居候先を転々としているのだろう。ネットがつながらない環境にいる可能性も高い。

それから十年。彼のことは今度こそ忘却の彼方に消えていた。

さて、Aさんの依頼で、リシャールのことを思い出したものの、私は彼を探しに行く気にはなれなかった。二通のメールは両方ともケープタウン州からだったが、住所はちがっていた。だいたい十年も昔で、雲をつかむような話だった。

だがいったん日本を出てタイまで行くと、気持ちも変わる。バンコクのトラベル・エージェンシーを見て回ると、店の前に東京から大阪や福岡に行くような調子で、「バンコク―ヨハネスブルク九五〇〇バーツ」などと書いてある。あー、すぐ行けるところなんだなと思ってしまうのだ。

セーシェルに行くことは決めている。その次にヨーロッパに北上することも考えたが、セーシェルはマダガスカルの隣で、マダガスカルは南アに近い。この機会を逃したらリシャールを見つけることはもうできないかもしれない。そう思いはじめた。

特に効いたのは「元スーパー小学生」の発見だ。バンコク在住の人たちですら「無理だ」というのを、実際にやってみたら見事に発見してしまった。

やればできる！――。

私が昔から持っている根拠のない自信が甦ってしまったのは前に書いたとおりだ。

バンコクから急遽《きゅうきょ》、私はこのプロジェクトの担当編集者である茅原君と有馬君の二人にメールを打った。「Aさんと連絡をとって、喜望峰ガイドの具体的な情報を教えてもらって欲しい」という内容だ。Aさんの依頼とリシャール探しをちゃんとセットでやろうとしたのだ。

ところがそう簡単にはいかなかった。Aさんとはすぐにコンタクトがついたものの、「喜望峰のガイドと出会ったホテルの名前や旅行会社の名前は調べないとわからない。出張中であるし、自宅に戻って資料を探さないと……でも見つかるかどうかわからない」とのことだった。

結局私がセーシェルに行き、そこで春画おやぢを見つけ、セーシェルを離れる直前まで待ったが、まだ資料は見つからないようだった。ここで私はAさんの依頼をあきらめ、目標をリシャール一本に絞ることにした。

ここで読者のみなさんが言いたいことはよくわかっている。

「メモリークエストは他人の依頼に応えるのがポイントなのに、それを無視して、自分のメモリークエストをやっていいのか？　ルール違反じゃないのか」私だって読者ならそう突っ込みたい。

だが、なんとも困ったことに、すでにリシャールを探したいという気持ちが異様なくらい盛り上がってしまっていた。

そもそもこのプロジェクトを始めなければ、そしてAさんの依頼がなければリシャールを探すなんて発想もわかなかったのだ。これもみなメモリークエストとAさんのおかげだし、もっと言ってしまえば、そんな建前なんてぶっ飛ばしても、何がなんでもリシャールを探したい。なんとか見つけ出し、数々の謎を解明したくなったのだ。

ノービザ、ノーパスポート、知人友人ゼロで国境六ヵ所突破という信じがたい大脱走は具体的にどうして成功したのか？

なぜ彼とAFPのクルーだけが難民キャンプでの虐殺を目撃することになったのか？　誰でも近づけるならもっと多くの人が目撃しているはずだし、キャンプが外部からシャットアウトされていたらリシャールたちも近づけなかったはずだ。彼らはほんとうに虐殺の目撃者なのか？

そして、今リシャールは何をしているのか。私に連絡をよこさないのはすでに生活が安定し、その必要がないからなのか、それともインターネットに近づけないほど困窮状態にあるのか？

すべての答えはリシャールの中にある。

ああ、だがしかし。セーシェルからヨハネスブルクへ行く飛行機に乗ると、それまでの夢のようなワクワク感が次第に現実的な問題に変わっていくのを感じた。難しい山に挑戦する登山家は、家にいるときはその山に登ることでワクワクしているだろうが、実際に山のふもとに着いたら、巨大な岩壁が立ちはだかるのに直面して、キュッと胃が締まるような思いをするだろう。経験がないからわからないが、きっとそうにちがいない。やっていることのレベルは桁はずれに低いのだが、自分としては同じような気分であった。

一度気分がトーンダウンすると、これまで無意識的に知らん顔をしていた事実にも気づいてしまった。

元スーパー小学生を見つけたことに力を得ていたが、メーサロンで「アナン君」を見つけそこなったことは都合よく忘れていたのだ。現地に親戚・友人のない流れ者という意味で、リシャールは元スーパー小学生よりアナン君に似ている。というより、そっくりじゃないか。リシャールを探すのなら日本にいるうちに決断して、もっといろいろな準備をすべきだった。アフリカ専門のジャーナリスト、南アの研究者、日本在住の南アフリカ人などに取材して、探し方を研究すべきだった……。

しかし全ては遅い。私にできることはこの美味《うま》いワインをがぶ飲みして、現実から目をそらすことだけだった。飲んで、酔っ払って、やがて私はすっと眠りに落ちた。

2——最悪の都市の最悪の宿

ヨハネスブルクの空港に到着したとき、私はガチガチに緊張していた。この旅で三つ目の国だが、毎回なんらかの不安を探し出して緊張している。

自分の肝っ玉の小ささを嘆くばかりだが、今回だけは無理もなかった。アフリカ大陸は他の土地より緊張する。周りが黒人ばかりという状況は、やはりインパクトがあり、慣れるのに時間がかかるのだ。

さらにヨハネスブルクは「世界で最も治安の悪い都市」として蛮名《ばんめい》を馳《は》せている。ガイドブックをざっと読んでも、「ダウンタウンは絶対に行ってはいけない」「白昼のショッピングモールでも強盗にあうときがある。そのときは運が悪かったとあきらめよう。抵抗すると危険だ」「空港にはニセ職員がいるので要注意」などと書いてある。

それを思い出し、一人で緊迫していたのだが、入国審査は簡単に済み、荷物検査を担当している若い警官は朗らかな声でなにやら現地語の挨拶をした。

「ハロー、今なんて言ったの？」私が訊ねると、

「ズールー語で『こんにちは』って意味さ」警官は陽気に笑った。

軽い会話でホッと一息つくと、今度はツーリスト・インフォメーションを探した。空港は掃除が行き届いてモダンで、変な風体の輩《やから》もおらず、アフリカの空港とは思えないほどきちんとしていた。

インフォメーションも目立つ位置にあり、担当の若い男性がこれまた格好よかった。ドレッドつまりレゲエの髪形をしているのに、オレンジ色のおしゃれなスーツをビシッと着こな

している。アフリカ人にしかできないファッションだ。

「どこかいいホテルかゲストハウスはないですか？　セキュリティがしっかりしていて、それほど高くないところで、電話とインターネットが使えるところがいいんですが」と私は訊いた。

ヨハネスブルクは治安が悪いだけでなく、ホテル代が驚くほど高い。バックパッカー向けのゲストハウスでさえ一泊六千円近くする。電話とネットはリシャール探しに必須だと思ったので、ゲストハウスはやめて、ホテルにしたかったが、ここにはビジネスホテルみたいな簡便なものはないらしい。ふつうのホテルは軽く一泊一万五千円くらいする。高級リゾートであるセーシェルと遜色ない。

するとレゲエ兄さんはやっぱりにこやかに、「この辺りがいいと思いますよ」と中級ホテルのパンフレットを三つ、差し出した。

「どれもここから送迎の車付きです」

おー、それはいい。タクシーに乗らなくて済む。どの国でも、空港からのタクシーは料金が高いか、ぼったくられたり揉めたりするかのどちらかだ。避けられれば避けるに越したことはない。

パンフレットを眺めたが、値段はどれも四〇〇ランド（八千円前後）でネットも完備されている。

「この中でどれがいいと思います？」私は兄さんに訊いた。

「どれも同じですよ」

「うーん、どうしようかな……」

悩んだ末、泳ぐつもりもないのについプールが写真に写っているホテルを選んでしまった。ルクルレニ・ロッジという発音の難しい名前のホテルだ。

「じゃあ、ここをお願いします」

「オーケー」彼は電話をかけると、「十分ほどで迎えに来ます。ちょっとお待ちください」と言った。私も笑みを返した。

この宿選びが実はたいへんな正念場だったのだが、このときの私は知るよしもなかった。


十五分くらいして、迎えの男がやってきた。これまた格好のいい背の高い黒人だった。黒い革ジャンに折り目がピンとした黒のズボン、そして先が尖った、つや消しブラックの革靴。黒ずくめが似合っていた。

彼のあとについて、空港の外に出ようとすると、警官二人に止められた。男性と女性一人ずつで荷物のチェックをしている。私の前にはアラブ人らしき年配の男性が執拗《しつよう》なチェックを受けていた。

アラブ人は「どうして俺だけこんなに疑うんだ？　俺がアラブ人だからか」などと喚《わめ》いている。やっとチェックが終わると、「お前たち、名前を教えろ！　上司に連絡するぞ」と激しく噛みついた。

「ノー！　さっさと行け」と男の警官。

「憶えていろよ」喚きながらアラブ人はスーツケースを引きずって駐車場のほうへ向かう。

「あんたこそ、憶えていな。次は逮捕してやる！」と女の警官は罵声を浴びせながら警棒を振りかざす。

アラブのおじさんは怒り狂い、「いいか、おまえら……」とまだ続けるが、いきなり「ギャッ！」と叫んだ。女の警官に襲撃されたわけではない。後ろを見ながら歩いていたので、車止めのポールに自分のポールをしたたかに打ちつけたのだ。

「いてててて」おじさんは股間をおさえて、腰をひょこひょこ前後に動かしながら続けた。

「……これは人種差別だ！　いてて……おまえたちのことを訴える！」

前をおさえて、おじさんはよろよろと去って行った。

ひじょうに気の毒だがひじょうに面白くて、私は笑いをこらえるのが苦しかった。

もっとも、ホテルから派遣されたドライバーは愛想のない男で、私がチェックを終えて、まだくすくす笑いながら歩いて行くと、「早くしろ、急いでるんだ」と冷たく言った。

フォードのワゴン車に乗り込み、出発する。すぐに高速道路に乗り、ぎゅんぎゅん飛ばす。乾燥した草地が広がり、ときどき細長く直立した木が並んでいる寂しげな景色は、ヨーロッパの空港から市内へ行くときを思い起こさせる。だが無愛想なドライバーがかけたCDがアフリカンのリズムを刻み、確実に私がアフリカにいることを教えてくれた。

しばらくして「あ、これは……」と気づいた。「リンガラじゃないか！」

「リンガラ」とは、二つのコンゴ両方の共通語であるリンガラ語のことで、その言語で歌われる音楽もそう呼ばれている。

こぶしの効いたボーカルと極端に甲高いエレキギターが強烈な音楽で、数あるアフリカン・ポップスの中でもパワフルさとアナーキーさでは右に出るものはない。コンゴの娯楽といえば、ビールを飲みながらリンガラを聴いてダンスを踊ることに尽きる。

「懐かしいなあ……」私も若いころ、コンゴに行くと、いやおうなしに毎日聴いていた。バーで小錦みたいなおばちゃんにつかまって一緒に踊らされ、肉にうずもれて窒息《ちっそく》しかけたこともあった。

リンガラ・ミュージックは南アまで進出しているのか。この音楽は南アで人気があるのかとドライバーに訊こうかと思ったが、無愛想な顔を見てやめた。もしかするとよからぬことを考えている手合いかもしれないと思い、いったんほどけた緊張が戻ってくる。どうも、まだペースをつかめない。

ドライバーはしかし、生まれつき無愛想な人間ではないようだ。途中で、別のホテルから白人の客を三人拾ったのだが、彼らにはにこやかかつ迅速に対応していた。特に女性には「マダム」と呼びかけ、満面の笑顔だった。ホテルのボーイに「荷物は静かに積み込めよ。ベッドルームにいるときみたいにな」などとくだらんジョークまで飛ばしている。要するに、アジア人のバックパッカーみたいな男なんか眼中にないだけだ。さっきのアラブ人のおっさんみたいに「これは人種差別だ！」と言いたくなった。

腹が立つが、これもまたコンゴをはじめアフリカ諸国でよく経験したことだ。アフリカ人は今でも白人に対して強いコンプレックスを抱いている。いっぽうで、フランス語や英語が下手だとか、チビだとか、単に白人じゃないという理由で、アジア人を軽く見るのだ。

空港を出て三十分くらいすると、車は郊外の住宅街に入っていった。そして、一軒の大きな家の前で止まった。鉄のゲートが自動に開いた。

「え、ここ？」私は驚いたが、ドライバーは「ああ」と面倒くさそうに答えただけだった。

写真とはえらくちがっていた。小さな平屋の建物がいくつか建っているだけで、部屋数は十あるかどうか。プールもあることはあるが、銭湯の湯船くらいの大きさだ。

最悪なのは従業員がダレきっていることだった。フロント係は「留守」とのことでチェックインの手続きもできず、ドライバーは白人の客の接待で私をほったらかし。他の従業員は食堂の椅子にふんぞり返ってテレビを見ている。私がうろうろしていても知らん顔だ。なんだ、このやる気のなさは。まるでコンゴのホテルみたいじゃないか。

私はチッと舌打ちした。南アは治安が悪い代わりに経済は発展している。もう少し、人がてきぱきしていると思ったのだ。

やっとドライバーが戻ってきて、テレビを見ている若い奴に指示して、私を部屋に案内させた。部屋はゆったりとしていて、シーツやバスルームも欧米並みに清潔できちんとしていた。たぶん、部屋の維持だけで彼らは力尽きてしまうのだろう。

「それにしても……」と私は首を振った。「こんなところでどうすればいいんだ？」

ホテルまで送迎付きで喜んでいた自分がバカだった。送迎がなければたどり着けない宿なのだ。聞けば、市内から遠く離れているらしい。近くには食堂もないようだ。

ともかく、まずはインターネット。これだけはかろうじてつながっていた。メールをチェックすると、毎日新聞の知人からメールが入っていた。

日本の新聞社と通信社は、この広いアフリカ大陸に支局を一つか二つしか持っていない。一つはエジプトのカイロで、これはアフリカというより「中東」担当だ。ブラックアフリカは一つだけ。それはたいていケニアのナイロビにあるのだが、なぜか毎日新聞だけ昔からこヨハネスブルクにある。そして数年前まで、長くここの支局長を務めていた記者と私は知り合いだった。彼はもう別の国の支局に異動していたが、後任の人がいるはずだ。何も「とっかかり」がないこの国で、その支局が唯一のとっかかりのように思え、私は住所と連絡先を問い合わせていたのだ。

メールの返事で、「毎日」のヨハネスブルク支局の後任記者の名前、住所、電話番号までわかった。住所は市内である。今日これから出かけるのはもう遅い。とにかくまず電話をしようと思ったが、従業員の若い女の子に訊くと、「ここから外には電話できないのよ」と面倒くさそうに言われた。

「じゃあ、どうすればいいんだ？」

「あんた、携帯電話持ってないの？」

「ないよ」

「はあ」と彼女はため息をついた。今はタイでもアフリカでも携帯を持っていないほうが悪いらしい。

「じゃあ、公衆電話からかけるんだね」

彼女は大声を出し、庭の隅で掃除をしていた下働きのおじさんを呼んだ。英語で「この人を公衆電話に連れて行ってあげて」と言っている。

ところどころ毛糸がほつれた青いセーターを着たおじさんはうなずき、私たちは連れ立って出かけた。歩いて五分のところに白人のやっている雑貨屋があった。「ここでカードを買ってこの電話からかければいい」とおじさんはわりと親切に教え、先に帰った。

言うとおり、カードを購入し電話をかけたが、誰も出ない。スタッフが出払っているらしい。

時計を見ると午後四時。一時間後にもう一度電話をすることにした。

雑貨屋の隣に酒屋があった。でっぷりと太った白人の店主は気さくで、南アフリカ産のワインやビールについてあれこれと教えてくれた。私は赤ワインを一本買い込んだ。

「この辺には食事をするところはないよ」と店主が教えてくれたので、食料と水を買いに雑貨屋に戻る。

黒人の女性店員にサンドウィッチをくれと言ったが、愛想がないうえ要領をえない。山本晋也監督そっくりの、薄く色のついた眼鏡をかけた小柄な初老の店主が飛んできて、自分でサンドウィッチを手早く作ってくれた。

「彼女は新入りなんだ。私と同じでね」彼は朗らかに笑った。私のイメージでは「南アの白人＝悪者」「黒人＝いいもの」だったが、こっちに来てからは明らかに白人のほうがフレンドリーである。正直言って白人と喋っているとホッとする。最初に空港で会った二人を除き、黒人たちは私をないがしろにしているだけでなく、心を閉ざしているように思えてならなかった。

「僕も新入りですよ。今さっき、ヨハネスブルクに来たばかりで」私も冗談っぽく答えた。

するとと店主は急に顔を引き締めた。

「日が暮れたら絶対に外を歩いちゃダメだよ」

「え、この辺、危ないんですか？」

ここは映画で見るアメリカやイギリスの郊外の住宅地みたいなところで、とても悪党や不良がうろつく気配などないのだが、こんなところでも危険なのか。

「この辺だけじゃない。ヨハネスブルクはどこも夜は危険だ」店主は念を押した。

――くう、そう来るか。

私はうめいた。誤算だった。治安の悪さだけでない。ここは南半球。日本やタイではもうすぐ夏至だがこちらは冬至間近だ。寒さは覚悟していたほどでなく、今のところフリース一枚はおれば大丈夫だが、日が短い。午後四時過ぎの今、早くも日がかげってきていた。日没後の外出厳禁ということは、一時間後に電話をかけにここに来れないではないか。

治安が悪いというのはものすごく不便ということでもあるのだ。

雑貨屋で買ったステーキ&チップスサンドとワインの夕食をとったら、もう何もすることがなくなった。どうしてもリシャールのことを考えてしまう。

リシャールはどこにいるのだろう。南アのどこかにいるのだろうか。いるとしても、どうやって探せばいいのか。ここはタイやセーシェルとちがい、自分でバスや乗り合い車を乗り継いで、町や村にどんどん入り込んで探せるような場所ではない。それが決定的に痛い。

彼が南アにいればまだいい。アフリカの他の国に行ってしまっているかもしれない。なにしろ、これまでにもパスポートなしで七カ国も放浪した男だ。

しかも南アに着いたのは十年前。私はどうして「今でも南アにいる」と思い込んだのだろう。とっくにどこかへ移動している可能性のほうがずっと高いじゃないか。そしてどこかに移動してしまっていたら、その手がかりを探すのは至難の業だ。メーサロンという小さな土地でもアナン君の手がかりは皆無だったのだ。

こんな広大で治安の悪い国で、いったい全体、どうやって探索をすればいいのだ。大海でコインを探すという喩《たと》えそのものだ。

もしリシャールを発見できたら、それはセーシェルの春画おやぢの発見をさらに超える奇跡だろう。

——あー、なんでこんなところに来ちまったんだろう……。

私はベッドにぐったりと身を横たえてうめいた。読者からの依頼でもないのに、自分個人の感傷めいた思い出にほだされてしまったから、なお性質が悪い。試合で頑張って負けるなら拍手も起きようが、試合を欠場し私用に走って迷子になったら誰も笑ってもくれない。考えれば考えるほど、自分のバカさ加減に落ち込む一方だ。目もどんどん冴えてくる。今回の旅で、いちばん気の滅入《めい》る夜だった。

3――ありえない展開

夜中に何度も目を覚まし、起きたのは六時前だった。部屋はヒーターを入れていたのにえらく寒く、じっと座っていられない。ダメだ、こんな宿にいられない。

フロントで居眠りをしている夜勤を叩き起こし、インターネットルームを開けてもらう。検索の結果、もっと市内にまともそうなバックパッカー宿があるのを発見した。

ふつうならそこにタクシーか何かで直行するが、ここではできない。もし部屋がいっぱいだと町を歩かねばならない。どうもここはザックを背負って歩ける町ではなさそうだ。予約をとらねば。だが、電話するにはまた雑貨屋へ行かねばならない。しかし、まだ外は薄暗いし、方向音痴の私は道順に自信がない。だいたい、門が閉まったままだ。

あー、なんて面倒くさいんだ！　と胸の中で喚いた。人を探すと、昨日案内してくれたボロセーターの下働きおじさんがいた。

門を開けて道をもう一度教えて欲しいと頼む。おじさんはうなずき、私はあとをついていく。この人はわりと親切だが、深い皺《しわ》の刻まれた木彫り細工のような顔は変化しない。やっぱり私から距離をとっている。

不思議だった。私は二十代前半のころ、「俺はアフリカ人と仲良くなるプロだ」なんて公言していた時期があった。勘違いも甚《はなは》だしいが、それなりにうまく溶け込んでいたような気がする。どうやって仲良くなっていたんだろう。

当時のことを思い出そうとした。友だちでもない相手と、こうして一緒に歩くこともよくあった。何を話したのか？　蜘蛛《くも》の糸のような記憶の糸をたぐる。メモリークエストとはこのことだ。そのとき遠い記憶ではなく、昨日の記憶が甦った。この国で最初に会った警官の顔。そうだ！

「あなたは何語を話すの？」おじさんに訊くと「エベディ語だ」

「エベディ語で『こんにちは』ってなんて言うの？」

「トベーラ」

「トベーラ？」真似して言ってみる。

「そうだ、トベーラ」おじさんは破顔した。彫刻のような顔が崩れる。

これだ。現地語をひたすら訊く。繰り返す。外国人がアフリカの現地語を覚えようとすることはめったにない。だからそれを覚えようとすると、面白がられたり、喜ばれたりする。東北弁を喋る外国人と同じだ。昔は毎回そのワンパターンで乗りきってきたのだ。よし、これからはこの方法でいこう。

途中まで行くと道を思い出したので、習ったばかりのエベディ語で「キャレボーグァ（ありがとう）」と礼を言う。雑貨屋まで行き、ゲストハウスに電話して予約をとった。

宿に戻ると、再びネットルームに直行。毎日新聞の記者の人から返事が来ていた。昨日、メールを出しておいたのだ。すると「とてもお会いしたいが、残念ながらエチオピアを取材中でそちらに帰るのは来週になる」とのこと。

ダメだ。唯一のとっかかりが消滅した私は動揺し、「南アフリカ」「難民」などと日本語と英語で検索したが、三千五百万件とか膨大な数のサイトがヒットし、とっかかりにすらならない。

あー、今頃こんなことをやっても意味がない。〝プロの探索者〟であるはずの私は、何をすべきかわからず途方に暮れた。だがとにかくこの宿を引き払い、もっとマシな宿に移り、そこで相談するべきだという結論に達した。

だがここから出るためにはタクシーを呼ばなければならない。そしてチェックアウトをしたいのだが、まだチェックインをしていなかった。先にチェックインか。あー、なんて面倒くさいんだ。

私は苛立ちをおさえながら食堂で朝食をとって、オフィスが開くのを待った。八時ごろ、やっとマネージャーが出勤してきた。

マネージャーは三十前後とおぼしき、無表情な人だった。

今さら彼の心を開いてもしかたないが、私はアフリカ人攻略法のリハビリの一環として、さっき覚えたエベディ語を試してみた。アフリカ人は同じ民族で固まることが多い。ここはエベディ族で固められている可能性が高いと思ったのだ。つとめて明るく、「トベーラ！」と呼びかけると、彼はあからさまに「はあ？」と眉をしかめた。

「君はエベディ族じゃないの？」

「ノー」

「じゃあ、どこの民族？」

「私はこの国の人間じゃない」不機嫌そうな声で答えた。

「え、じゃあ、どこなの？」

「コンゴだ」

「え、コンゴ!?」驚きつつ「ムボテ・ミンギ！」という言葉がポンと出た。リンガラ語で「こんにちは」の意味だ。

「あ!?」彼はポカンと口をあけ、目をぱちくりした。「オロバカ・リンガラ？（リンガラ語を話すのか？）」

「エー、モケモケ（あー、ちょっとね）」

それ以上、リンガラ語が出てこないので「君はどこ出身？」英語で言った。

「（首都の）キンシャサだ。でも、いやあ……」

マネージャーの顔は一瞬にして驚きから喜びへと変わった。目をパチパチさせている様子がかわいらしい。さきほどまでの仏頂面がウソのようだ。

私も驚き、喜んだ。こんなところでコンゴ人に出会うなんて！　でもどうしてこんなところにコンゴ人がいるのだろう？

「このホテルはコンゴ人がオーナーなんだよ」彼は笑った。「従業員も七人中五人はコンゴ人さ」

「ええー！」今度は私が口をポカンとあける番だった。

なんてこった。知らない間にコンゴ人宿に泊まっていたのか。ふと、気づくと、オフィスの前を歩いて通り過ぎる黒人の客もリンガラ語を喋っているではないか。

従業員が無愛想でだれきっていて、コンゴのホテルそっくりだと思っていたが、無理もない。ほんとうにコンゴのホテルだったのだ。

　このマネージャーはパピーと名乗った。南ア式に英語のニックネームを使っているらしい。彼はレストランでぐたーっと椅子にもたれてテレビを見ている奴を指差し、「彼もコンゴ人で、ジミー・ンゴマって名前だ」と言った。

「ンゴマって、太鼓のンゴマか」

「あんた、よく知ってるなあ。どこで習ったんだ？」

「マトンゲだよ」私はコンゴのみならず、アフリカ屈指の歓楽街の名前をあげた。

「毎晩、ダンスしながら覚えたんだ」二十年ぶりなのに、リンガラ語が温泉の泡みたいにふつふつと生温かい臭気とともに浮かんでくる。

「ワーオ！」彼は信じられんというふうに首を振ると、セーシェルの春画おやぢのように、私の差し出した手をパンと叩いた。

「あんたはツーリストか？」英語に戻って彼が訊く。

「いや、昔の友だちを探しに来たんだ。リシャール・ムカバっていって、ゴマ出身だ」

「リシャール？　英語だとリチャードだな……。もしかしたら、俺の友だちかもしれない。ちょっと訊いてみるよ」

「ええっ？」

友だち？　ちょっと訊く？　どうなってるんだ、いったい？　あまりの展開の速さに驚く暇もなく、ただただ呆然としている私の前で、パピーは胸のポケットから携帯電話を取り出してピピッとダイヤルした。相手としばらくなにやらフランス語で話していた。

「ちがった。僕の友だちじゃなかった」パピーがゆるやかに首を振った。

「でも、僕の友だちは別のリチャードを知っていると言っていたよ。ゴマ出身らしい。今、電話番号を調べてもらっている」

「あ、あー、ありがとう……」私はやっとそれだけ言った。

色水がシャツに染みるように、じわじわと驚きと感嘆が私の胸に広がってきた。

いやあ、たまげた！　参った！　やられた！

そうか、こういう手があったか。私はとにかく直接現地に行くことばかり考えていたが、アフリカ人はもともと部族社会だ。ましてや外国なら同胞と徹底的に結束する。

完全にそのことを忘れていた。ジャーナリストや研究者、国連やNGOの難民関係をあたろうとしていたんだから、お笑いである。最初からコンゴ人を探して回ればよかったのだ。

それにしてもなんという幸運。空港でたまたま選んだ宿がコンゴ人宿で、その宿に嫌気がさして、この幸運に気づかぬまま危うく出て行ってしまうところだった。

いや、幸運なんてもんじゃない。「奇跡」だ。奇跡が今起きようとしているのだ……そう思うと気持ちが高ぶってくるが、なにしろまだ探索を始めてもいないのだ。大興奮する心の準備ができていない。ご都合主義のテレビドラマを見ているようで、どうにも現実感がわかない。

電話を待ちながらパピーと話をした。彼もリチャード（以下、英語風にこう呼ぶ）と同じように難民だった。ただし、リチャードみたいに大脱走したわけでなく、ちゃんと飛行機で来たという。南アは民主主義国家だから、内戦が長く続くコンゴからの難民をたくさん受け入れているという。

「じゃあ、君はここで堂々と暮らせるんだね」そう言うとパピーは顔を曇らせた。

「いや、僕らは今安全じゃない」

彼によれば、最近南アでは移民を排斥しようという運動が起きているという。移民が治安を乱しているとか、職を奪うとかいった理由らしい。

うーむ。南アフリカは大都会なのだ。私は現地の治安の悪さばかりに目がいっていたが、実際には先進国の問題を抱えているのだ。

肝心の電話はいっこうにかかってこなかった。パピーも仕事があるので出て行ってしまい、私はプール脇のテーブルでじっと待った。もちろんチェックアウトは中止し、ゲストハウスにもキャンセルの電話を入れた。

日が出ると、昼間はけっこう暖かい。ゴロゴロとトランクを引いた客が出て行き、新しい客がゴロゴロとトランクを引いてやってくる。

私はビールを飲みながらひたすら待った。一時間、二時間、と時間がどんどん過ぎる。不安になってきた。

——話がうますぎる……。

思い返せば、コンゴで何か物事がてきぱきと運んだためしはない。「俺は知ってる」「俺にまかせろ」という言葉を信じて、何度裏切られたことか。悪意ではない。ただ安請け合いで、いい加減で、忘れっぽいだけだ。それが悪意よりもっと厄介だったりするのだ。

それに「奇跡」がそうそう起きるわけがない。私は一つの材料に期待しすぎなのだ……。

いつの間にか四時間が過ぎた。午後二時。

「やっぱりダメか……」私はあきらめかけていた。だがこれからどうしようか。このままエンドレスにここで待っていてもしかたない。でもなんの手がかりもなくケープタウンに突っ込んでもなあ……。

さんざん迷っていると、後ろから肩を叩かれた。振り向くとパピーが立っていて、「ほら」と携帯電話を私に渡した。

「リチャードだ」

いきなりのことで何も考えずに出た。

「ハロー、あんた、リチャードか？」

「そうだ、あんた、誰だ？」

歯切れのいい英語が聞こえてきた。これがリチャード？　疑念にかられるというより、現実感がないまま、私はおそるおそる訊いてみた。

「僕はタカノ、日本人だ。君とはウガンダで会っただろう。覚えてないか？」

「はあ？　タカノ？　ウガンダ？　なんのことだ。知らないな」とてっきり言われるものと思ったら、相手は素っ頓狂な声を上げた。

「タカノ！　覚えてるよ、もちろん。今、どこだ？」

え、ほんとにリチャードなのか！　あの、十一年前、ウガンダで会った、脱獄囚のリチャードなのか！

「ヨハネスブルクだ。君は今どこだ!?」私も叫んだ。

「ケープタウンだ。君は何しに南アに来たんだ？　どのくらいこっちにいるんだ？」

「俺は君を探しにここに来たんだよ」

「え、ほんと？　信じられない！」

「ナ・コケンデ・ケープタウン、OK？（これから俺はケープタウンに行くよ、OK？）」

リンガラ語で訊けば、彼もリンガラ語で答えた。

「ヤーカ、ヤーカ！　ナコゼラ！（来なよ、来なよ！　待ってるぜ！）」

彼によれば、こっちを今日の晩にバスで発てば、明日の昼にはケープタウンに着くという。

私はバスを予約したらまた電話すると言い、再会を期して電話を切った。

「ワオ！　すごいよ、ほんとにすごいよ！」私はパピーを見上げた。

「よかったな、やっぱり彼だったんだ」パピーがにこにこした。

「ありがとう、ほんとにありがとう！」私は椅子から立ち上がると、両手で彼の右手をぎゅっと握り締めた。

やった！　見つけた！

私は心の中で雄叫《おたけ》びをあげた。この広い南アフリカから一人の流れ者を探すのは大海に落ちたコインを探すようなものだと思ったが、なんと一日で見つけてしまった。しかも本格的な探索もしないで、たった一人の人間に訊ねたら発見してしまった。

こんなことがありえるのだろうか。

ふつう、ありえないよな。ありえないはずのことが起きる。それを「奇跡」と呼ぶ——と頭では理解しても、やっぱり現実味がない。なんだか夢を見ているような気がする。夢から覚めてしまうんじゃないかと怖くなってくる。

「ビール、もう一本！」私は食堂でだらっとしている「太鼓のジミー」に怒鳴った。

ビールが届くと、それを一気飲みした。「夢じゃないよな、夢じゃないよな……」と呟きながら。

4――コンゴ・コミュニティに乗って

三十分後、私は昨日、空港から乗ってきた車に再び乗っていた。運転席には昨日と同じく、全身黒ずくめのドライバーがハンドルを握っている。だが昨日とうって変わって彼はにこやかだ。目がくりくりとした童顔の青年であるのもわかった。

彼はフランス語の本名が「ビヤンヴニュ（歓迎）」、ここでは英訳して「ウェルカム」と名乗っていた。昨日はひどかったが、今は文字どおりウェルカムな態度だ。

私たちはショッピングモールへ向かっていた。バスのチケットを買いたいと言うと、ウェルカムが自分から「オレが付き合うよ」と言ったのだ。もちろん彼もコンゴ人である。

まるでオセロみたいだと思った。

きっかけがないと彼らは私を徹底して「よそ者」扱いをする。結局、白人に対してもそうで、対応が丁寧や親切であっても心は許さない。ところがいったん彼らの内側に入ると全てが変わる。

もっともそういう私も、ヨハネスブルク行きの飛行機の中から今に至る短い時間の中で、白人と黒人の間を振り子のように揺れており、まるっきりオセロ状態なのだが。

ウェルカムは自分のかけているリンガラ・ミュージックが実はクリスチャンソングだと言い、「神様の価値は計り知れない」「神を愛するなら人を愛せ」などと歌詞を説明してくれた。昨日は車中でこいつが信用できなくて身を固くしていたが、まさかそんな歌を聴いているとは思わなかった。

「僕がいたときには、リンガラ・ミュージックがすごかったよ」私は言い、当時のスターミュージシャンや人気バンドの名前を挙げた。

ウェルカムはうなずき、それぞれの消息を教えてくれた。「ザイコ・ランガランガは解散した」「ヴィクトワールは死んだ」「パパ・ウェンバは一度ベルギーで麻薬売買で逮捕されたけど、金がないせいか今でも歌ってるよ」

ウェルカムは自分の事情も話してくれた。意外なことに、彼は母国コンゴでは高校で英語の先生をしていたという。ところがカビラが大統領になると、教師の職もカビラ派の人間に奪われた。もうこの国にいられないと妻子ともども南アに亡命した。

ここにもカビラ政権によって亡命を余儀《よぎ》なくされた男がいた。

「今はコンゴも落ち着いてきたから帰りたいんだ。でも難民のステイタスだと帰れない。南アの市民権をとって南アのパスポートを取得したいんだ」ウェルカムは言った。

ショッピングモールは巨大で近代的だった。バスの切符売り場ではパソコンが導入され、簡単に買える。

もっと驚いたことに、「現金がないんだ。この辺に両替所かATMはない？」とウェルカムに訊いたら、「カードで払えばいいだろ」と言われた。日本ではいまだにごく一部の場所でしかクレジットカードでバスや電車の切符を買うことはできない。南アのほうが近代化が進んでいる。

南アはおそろしく不便だと思っていたが、「持つべきもの」を持っている人間にはひじょうに便利なのだ。すなわち、「車」「携帯」「クレジットカード」である。

「新しいアパルトヘイト」という言葉が頭に浮かんだ。

ホテルに帰ると、またパピーの携帯を借りてリチャードに電話し、バスが明日ケープタウンに到着する時間を告げた。

荷物をまとめてチェックアウトした。てっきりウェルカムが送ってくれるものと思ったら、彼は他の客を迎えに空港に行ってしまった。パピーは「タクシーを呼んだ」という。

「大丈夫なの？」私は心配顔で訊いた。バスターミナルは「ツアー以外では絶対に近寄ってはいけない」とガイドブックが言うダウンタウンのど真ん中にあったからだ。

「大丈夫だ」とパピーは笑った。「ターミナルの中は警備がしっかりしているし、タクシーもコンゴ人だ」

「すごいな。みんな、コンゴ人なんだね」私が感心すると、彼は笑いを引っ込めた。

「他の連中は信用できないんだよ……」

到着したタクシーの運転手はエリックという、これまたキンシャサ出身の若者だった。パピーはエリックになにやら指示を与えていた。「この日本人の面倒をちゃんと見ろ」ということらしい。エリックは物静かな男らしく、黙ってうなずいた。

彼の車に乗り込んで市内に向かう。若者らしく、車内は大音響でリンガラ・ミュージックが鳴り響いていた。

「これはなんていう歌手？」

「ウェガソン。今、コンゴでいちばん人気のある歌手だ」

え、これが最新？　二十年前と全く曲調が変わってないじゃないか。

でも考えてみれば、日本のポップスだって同じものを繰り返しアレンジしているし、演歌に至っては「変わらない」ことが本質だ。リンガラ・ミュージックも同じなんだろう。

それにしても、なんだろう、この感覚は。コンゴにいるとしか思えない。懐かしいという感情すらわいてこない。最後にコンゴに行ってから十八年経っているのに。

「クワッサ、クワッサって知ってる？」とエリックに言ったら、無口な彼もニカッと笑った。クワッサ、クワッサとは丸木舟に乗った漁師がモリで魚を突く動作を真似たという、なんともコンゴらしいダンスだ。私がいた頃、大流行していた。

「あんた、ほんとに昔キンシャサにいたんだな。あったなあ、そういうの。ボクがまだ小さい子供のころだったよ……」

スーパー小学生じゃないが、またもや私はこの若者が自分の甥っ子みたいな気がしたのだった。

バスターミナルには午後四時に到着した。見事なくらい黒人しかいない。白人のほうがずっと多かった空港とはえらいちがいだ。一人でここに来たらちょっと緊張したかもしれないが、エリックがついているので安心だ。荷物をかついで、広大なターミナルを歩いて私のバスの乗り場を探して連れて行き、バス会社のスタッフに確認までとってくれた。

「何か他に必要なことはないか」というので「もうない。ありがとう」と言うと、甥っ子は安心して帰っていった。下手なツアーよりよほど行き届いている。コンゴ・コネクションにのっかっていれば万事安心だ。

あとはケープタウンにリチャードが迎えに来てくれるから何も心配がない。

……と、そこで、私は思考を止めた。

ほんとうはまだまだ心配なことがあるのだ。

リチャードは今いったいどういう状態にあるのか。電話ではそこまで訊けなかったのだ。気軽に訊ける話でもないような気もした。

ちゃんとした職を見つけ、まともな生活を送れていればいいが……。


バスは定刻どおり六時半にやってきた。乗客はやはりほとんど黒人だが、白人の老婦人が二人いるところを見ると、安全な乗り物らしい。

七時近くになって発車。少し遅れたのは、「車掌」というよりは「寮長」といった雰囲気の白人スタッフが、席の割り振りをしていたからだ。男女を別々にするとか、賑やかな若者グループと白人の老婦人の席を離すなど、サービスはいいがひじょうに厳格だ。

スタートしてすぐ車内は暗くなり、黒人俳優が主演するハリウッド映画が始まった。私はイヤホーンで音楽を聴きながら、寝入ってしまった。

夜中にバスは二回ほど止まったが、特に何もなし。一度、どうも酒が入っているらしい、規律の乱れた迷彩服の兵士たちがどかどか乗ってきたが、「寮長」があれこれ談判した結果、彼らは全員車から降ろされた。

冬なので夜明けは遅い。辺りが明るくなったのは朝の七時半ごろだった。荒野が延々と続いている。かろうじて牧畜ができそうな土地だが、家畜の気配はない。

このバスで三度目の映画は、またもや黒人が主演のハリウッド映画。私はさっぱり英語が聞き取れず、いったいなんの話かもよくわからないのだが、乗客はみんな大爆笑の連続。ヒューヒュー口笛を鳴らしたり、手をパンパン打ったり。噂に聞くニューヨークのハーレムの映画館みたいだ。

乗客はみな英語がネイティヴ並みによくわかるようだが、自分で喋っているのは現地語だった。隣に座った若い女の子に訊いたら、「ズールー語」だという。空港で警官が私に話しかけてきた言葉だ。

「ズールーはこの国でいちばん大きい部族だから、他の部族の人間もズールー語くらいは話せる」という。

自分の中ではいちばん得意である英語すらおぼつかない私は、なんだかすごくめげてしまった。結局私はいろんな言語をちょこちょこっとかじっているだけで、日本語以外は何一つ身についていないんだよなあ……。

女の子は大学で英語教授法を学んだという。

「私は来年、韓国に行って英語の先生を三年務めるの」と白い歯を見せた。「最初はソウルに住んで、できればあとは地方に住んで韓国の素朴な田舎の生活を体験したいわ」

へえ……と感心してしまった。まるで言うことが欧米人や日本人のようだからだ。すでに「経済的上昇」でなく「生活の質」を求めている。

こういう人は他のアフリカ諸国では出会ったことがない。小銭のために簡単に人を殺す連中がごろごろいるという一方で、金銭への執着がないほど教育レベルが高い人もいるのだ。

南アの黒人（白人もだが）がすっかりわからなくなり、私は早くコンゴ・コミュニティに帰りたくなった。慣れ親しんだ世界でぬくぬくしたくなった。

ケープタウンに到着したのは午後二時だった。びっくりするほど明るい。道は広くて、車も少なく、ゴミゴミした感じがない。空の青、建物の壁の白さ、ヤシの緑がくっきりきっぱりしている。いいところだなあと一目で気に入った。

バスは予定到着時刻よりたった五分遅れて、ターミナルに到着した。午後二時五分過ぎである。

さて。バスを降りて「寮長」から荷物を受け取る。いよいよ十一年ぶり、奇跡と感動の再会である。なんともいえない感情にとらえられ、息がだんだん荒くなってきた。

リチャードはどこだろう。私はキョロキョロした。私は彼の顔を覚えていない。十一年前に二回会っただけなのだ。見てわかるだろうか。このターミナルにはざっと見渡してもアジア系は私一人だから、彼が見つけてくれるはずだが。

「あなた、ニホンジン？」と親しげな声がした。見ると、褐色の肌をしたイグアナみたいな顔の年配のおっさんが立っていた。「タクシー、乗る、いいね？」

なんでこんなところに日本語を話すタクシー運転手がいるんだろうと思うと、それを見透かしたかのように、「私、ニホンジン、友だち、いるね。ヤマグチさん。彼、私に日本語、教えてくれた」

なかなか達者な日本語だが、私は日本人コミュニティよりコンゴ人コミュニティを求めているので、「いらない」と断った。彼は他に客が見つからないらしく、何度も私のところに戻ってくる。戻ってはあれやこれやと話しかけてくる。しつこいのでもう返事をしない。

「おかしいな、出迎えるって言ってたのに……」

コンゴ人だから時間にはルーズなはずだと思い、我慢して待つことにした。ザックの上に腰を下ろすと、黒人のガム売り少年が来たので、これも断ると、イグアナおやじが顔をしかめて言う。

「ここ、クロ、多い。クロ、ダメね」

「あなただってクロでしょう？」無視するはずがつい反応してしまった。

するとおっさんは憮然《ぶぜん》として「私、クロじゃない。カラード」。カラードとは白人でも黒人でもない、アジア系や混血をさす。このおっさんは白人の血が少し混じっているんだろう。でもだからどうだっていうのか。

「クロ、ダメ。クロ、みんな、出て行く。いらない。ジンバブエ、ザンビア、コンゴ……クロ、多すぎ。ダメ。出て行く」イグアナのくせにオウムのように繰り返す。

ヤマグチさんという人もろくでもないな。クロなんて教えるなよ。だいたい、俺の待ってる男もクロなんだけどな……。

ただでさえ、リチャードが来なくて、心中穏やかでないのだ。ますますこのおっさんの言うことが気に障った。

リチャードよ、いったいどうなっているんだ？

5——大冒険と大どんでん返し

時間は二十分、三十分と過ぎていった。

リチャードには昨日のうちに午後二時に到着のバスに乗ると告げてある。ヨハネスブルクからケープタウン行きのバスは一日に何本もない。間違えようもなく、無論忘れるわけもないだろう。ではなぜ来ないのか。

ふと気づくと、向こうから若い黒人がふらふら、こっちに歩いてくるのが見えた。頭はボサボサで毛玉になっており、服は薄汚れて、目は変にギラついている。アル中かヤク中のホームレスっぽい。彼はふらふらしながらも、まっすぐこちらへ近づいてくる。

「まさか、こいつが？　勘弁してくれよ……」

私が緊張のあまり固まっていると、彼は私を見向きもせず通り過ぎ、反対側の道路でタバコを吸っていた別のホームレスらしき男と挨拶して、二人でどこかへ行ってしまった。

「はあ……」と私は吐息をついた。「よかった、あれじゃなくて」

リチャードを「発見」してからというもの、私は彼がこういう状況に陥《おちい》っているんじゃないかと、ひどく心配になっていたのだ。最後にメールを交わして十年である。十年前はかぎりなく一文無しに近かったのだ。

私のあげたお金を元手に「スモールビジネス」を始めたとしても、おおかた、路上のタバコ売りか何かだろう。そこからわらしべ長者のように、どんどんチャンスをつかんで生活をステップアップさせていればいいが、私の知るリチャードはとても口八丁手八丁でのし上がって行くタイプではない。

タバコ売りも失敗し、職も見つからないまま、格差社会の権化・南アの底辺に沈んだっきりではないか。いや、酒やヤクにおぼれ、社会的にどうにもならない人間に落ちぶれてしまっている可能性もある。今も私との約束なんかすっかり忘れて、ぐでんぐでんになっているとか、パッパラパーにラリっているとかではないか。

そういう想像をしていただけに、さっきは本気で焦った。

もっとも、素面《しらふ》であっても、ほんとうに金がなくて、住んでいる場所からバスターミナルまで出て来れないのかもしれない。

もし彼が底辺に落ちたままだと、たとえこのあと会えたとしても、私はどうすればいいのだろう。間違いなく生活や新しい仕事のためのお金を援助することになるだろう。でも私が協力できる額などたかが知れている。彼は束の間の臨時収入を喜ぶかもしれないが、それより運命の残酷さを呪っても不思議でない。

そしてケープタウンに到着し、イグアナおやじの「クロ、クロ」を聞いていると別の心配も襲ってきた。現在進行形の「外国人排斥運動」だ。ヨハネスブルクのコンゴ人たちもひどくコンゴ人以外の人間をおそれていた。コンゴ難民であるリチャードなど格好の標的ではないか。何か災難に巻き込まれていてもおかしくない。ただでさえ、厄介ごとに巻き込まれやすい体質なのだ。

よくない想像の材料はいくらでもあり、私は呼吸が苦しくなってきた。

四十分が過ぎた。私は意を決して公衆電話を探し、彼の携帯に電話した。するとリチャードがふつうに出た。

「おい、どこにいるんだ？　今、ケープタウンのバスターミナルにいるんだけど」

「え、ほんとに来たの？」

ずっこけそうになった。何考えているんだろう。でも、彼がすぐ行くというので待った。少なくとも今何かトラブルにあっているわけじゃないらしい。でも変な奴になってなきゃいいが……。

いつもは見つかるかどうかがバクチだが、今回は見つかってからが丁半バクチだ。マトモかそうでないのか。

私は緊迫しながら辺りをじっとうかがっていた。

二十メートル離れた歩道から、一人の男がこちらに向かってつかつかと歩いてきた。私の顔を見てほほえんでいる。

——あ、あいつだ！

一目でわかった。人のよさ、育ちのよさが隠せないあの目。絶望的な状況にもかかわらず、「今度は自分が困った人を助ける」と言ったときの目はそのままだった。

「タカノ！」

「リチャード！」

私たちは駆け寄るとガバッと抱き合った。抱き合ったまま、バンバン相手の背中を叩き合った。

「ごめん。遅れて」リチャードがほほえみながら謝る。

「どうして迎えに来なかった？」

「だってとても現実と思えなかったんだよ。なんだか夢みたいでね……」

そうだったのか。まあ、無理もない。私も同じような気分なのだから。

「それにしても」と私は思った。「よかった……」

リチャードは申し分のない身なりをしていた。

白いスポーツシャツとブルージーンズは小ぎれいで、首には貝殻のネックレス。胸板は厚く腕は太い。しかもそれは畑や工事現場でなく、フィットネスジムで得られたものとすぐわかる筋肉だった。顔はふっくらしてアゴヒゲまでたくわえている。おしゃれで貫禄さえ感じる。

まっとうで健康的な生活を送っているのは間違いない。

ともかく宿に行こうということになった。ザックを持ったリチャードのあとをついていくと、赤いトヨタ・ハイエースが止まっていた。後ろのドアを開けて荷物を入れている。

「これ、君のか？」

「会社の車だよ」リチャードはちょっとはにかんだ。「今、観光の仕事をしているんだ」

見ると、車体の横に「オカピ・ツアー」と書かれていた。

「喜望峰を回るツアーのガイドをやっているんだよ」と彼は言う。

「ほんとう？」

服装からして彼が定職についているのはわかっていたものの、まさかほんとに喜望峰のガイドになっているとは……。Aさんの依頼を受けたとき、冗談で言ったことがほんとうになっていた。

それだけではない。

「今日は仕事はないの？　車は個人に貸してくれるの？」と訊いたらリチャードはニヤッと笑った。

「仕事はないけど車は使える。だって僕の会社だからね」

「えー、会社を設立したのか！」

「そうだよ。まああとでゆっくり話すよ」

もうなんだかわけがわからない。

ケープタウン市内はさほど大きくない。すぐに目抜き通りであるロングストリートに出た。

モダンなカフェ、レストラン、パブ、それにバックパッカー宿がずらっと並んでいる。そのうちの一つにてきとうに入った。バスルーム共同の小さな部屋だ。

チェックインもそこそこに、リチャードを昼飯に誘った。

二階にあるバーのテラス席で、ハイネケンビールとステーキを二人分頼んだ。ステーキはびっくりするほど美味かった。ナイフを通すとピシッと気持ちよく切れ、嚙むとキュッと胡椒の効いた肉汁が口の中にひろがる。南アは少なくとも食事はどこでも美味い。

私たちはガツガツ食ってガブガブ飲みながら夢中で話をした。自分のメモリークエストなので、互いに話したいことは山ほどあった。

「まず、あれからどうやってナイロビからここまで逃げたのか教えてよ」と私は言った。現在のことも気になるが、なによりもそれが聞きたい。いまだによくわからないのだ。

「そうだなあ、あれは信じられないほど大変だったよ……」その日に思いを馳せるように一瞬、両手を合わせて目を閉じると、リチャードは静かに語り出した。

私と別れてまもなくリチャードはナイロビを発った。仕事もなかったし、ここまで追っ手がやってくるという強迫観念もあった。

ケニアからその南隣であるタンザニアまでは、国境もミニバスの運転手にいくらか渡すだけで簡単に越えられた。私があげたお金がまだあったし（たった二〇ドルが何週間ももつというのがすごいが）、言葉も通じた。

リチャードはスワヒリ語が母語だという。スワヒリ語はケニア、タンザニア、ウガンダそしてコンゴ（旧ザイール東部）で広く話されている。特にタンザニアは「国語」がスワヒリ語だったので楽だった。

しかし彼は移動を続け、西隣のマラウィに向かった。この国境で初めて彼はトラブルに遭う。

国境を流れる川に渡し舟（丸木舟）があり、その船頭にわけを話してただで乗せてもらうが、川の真ん中で船頭が「金を出せ」と言い出した。金がないので、靴やらタオルやら持っているものを全部盗《と》られたあげく、「こいつは密入国者だ」とマラウィの警察に突き出された。泥棒に警察に突き出されるやつも珍しい。

警察署の取調室に連れて行かれると、テーブルに新聞が載っていた。

タイミングがいいというのかなんというのか、一面トップが「コンゴ・カビラ軍の難民キャンプ虐殺事件で新事実」とかいう記事だった。当時はホットなニュースだったので、しょっちゅうこういう記事が載っていたらしい。

「これ、僕が見たんだよ！」と叫ぶと「おー、そうなのか!?」「すごいな！」と警察官たちが興奮し、話をせがまれた。

すっかり同情され、留置所の代わりに難民キャンプに送られた。だがそこは最悪の場所だった。昼は暑く、夜は寒い。なによりそんなところにいてもなんの展望もない。

彼はキャンプでもらったＵＮＨＣＲ配布の毛布や衣類、靴などを持って近くの村へ行き、きれいさっぱり売り払って少しまとまった金を手に入れた。

次に目指したのはモザンビーク。

理由は「海がある。どこにでも行けると思ったから」と言うが、ケニアでもタンザニアでも海があり国際港もあった。どうして今さら「海」にこだわるのかわからないが、まあ、そのとき思いついたのだろう。

国境はあっさり越えられたが、参ったのは言葉が全然通じないこと。リチャードは私と会ったとき英語が話せなかったが、もともと学校で勉強はしていたから、逃亡しながら徐々に英語を話せるようになり、マラウィでもそれで過ごした。

ところが、モザンビークは旧ポルトガル領で、今でも共通語がポルトガル語のみ。現地の人と言葉が全く通じないので海へ出ることもできない。

「もっと別の国へ行かなきゃ」と思い地図を見ると、南アがもうすぐそばだ。南アに行こうと彼は決心した。

「南アには憧れがあった。アパルトヘイトを克服した素晴らしい国だと思ってたんだ」

南アの前にスワジランドという小さな国がある。そこへの国境を越えようとしたが、また捕まってしまった。

ここでは二週間投獄されるが、「僕は犯罪者じゃない。僕の話を聞いてくれ！」とハンガーストライキをして訴えた。最後には上の人間が出てきたので、詳しく話をすると、やっと理解され、また難民キャンプへ送られた。

ここでも同じことの繰り返しだ。国連からもらったものを売り払って資金を作り、南アを目指した。

南アの国境は厳しかった。いちばん警備が手薄なのは森林地帯だが、そこにはライオンやヒョウがいると聞いてビビってしまい、国境を越えるトラックに乗って行ったが、あっさり捕まってしまった。

今度ばかりはいくら説明してもにっちもさっちもいかなかったが、しばらく拘置されていると思わぬ幸運が舞い込んだ。

リチャードを乗せたトラックのドライバーが実は不法入国者の運び屋だったことがわかり、警察から「それを法廷で証言すれば釈放してやる」と取引を持ちかけられた。証言といっても「私は彼に『パスポートがなくても南アまで乗せてやる』と言われました」と言うだけだ。

リチャードはまだ正式に「入国」もしていない国の法廷に出て証言し、釈放された。警察からは簡単な説明書きみたいなものをもらった。これを持ってもっと大きな警察署へ出頭すれば難民認定が受けられるという。

あちこちうろつきながら、なんとかヨハネスブルクまで出て難民を取り扱うオフィスにたどり着いて説明、ようやく「難民」という身分をもらった。今までとちがい、難民キャンプにてきとうに放り込まれるのでなく、ふつうに合法的に町で暮らすことができるようになった。

「いやあ、大冒険だなあ」私が感嘆すると、リチャードは首を振った。

「ほんとうに自分でも信じられないような冒険だよ。でも実際はそのあとだってすごく大変だった」

南アに入ってからも生活は変わらない。昨日はあそこ、今日はここ、という具合に知り合った人やその友だちに助けてもらいながら、転々とした。

「南アは最低限の食べ物には困らないんだ」とリチャードは言う。それまで他の国でもそうだったが、南アは特に教会や奉仕団体が多く、そこに行けばパンやスープなどをくれるのだそうだ。

ときにはマスコミのインタビューを受けて、若干の謝礼をもらったこともあった。虐殺事件のために彼は逃亡の身となったが、皮肉なことに土壇場で彼を助けてくれるのもその事件だったのだ。

「でもここはとにかく危険だ。携帯一つのために人を殺すような連中がゴロゴロしているところに迷い込んだこともあったよ」

顔つきや言葉づかいで外国人とすぐわかってしまい、それがまた危険だった。

ヨハネスブルクはあまりに危険なので、ケープタウンに移動したが、その日暮らしは相変わらずだ。

「前にもらったメールに書かれた住所に行こうとしたんだ」と私が言うと、彼は目を丸くした。

「そんなところは何日もいないよ。行ったって絶対何も僕のことはわからない」

やっぱり、現地直行は無茶だったのだ。もっともコンゴ・コミュでの連絡だっていつもうまく作動していたわけではない。

「タカノ、君はラッキーだったよ。僕は携帯を強盗に奪われたことが五回もあるんだ」彼は笑った。

携帯が命綱なので、それを盗られると、知人友人からの電話もかかってこないし、友人の電話番号は携帯に登録されているだけだから、こっちからかけることもできない。一ヶ月、二ヶ月と誰にもコンタクトがとれなくなる。もしそういうときにぶち当たっていたら、私は彼にコンタクトのとりようもなかった。

それに彼は南アのあちこちを放浪し、一時は隣国のナミビアやザンビアにいたこともあるという。そんなときだったら、彼を探し当てるなど、到底不可能だった。私はほんとうに運がよかったのだ。

さてさて。ではそのどん底から彼は観光会社設立までどうやって這《は》い上がったのか。もしかして私の送った五〇〇ドルが人生の転換となったのだろうか。

「それで僕が送った金で始めたスモールビジネスはうまくいったの？」

「いやあ、全然ダメだった」とリチャードはあっさり。

私の予想どおり、彼はタバコ売りを始めたが、郊外では全く売れなかった。かといって街中では競争相手が多すぎた。

結局ヨハネスブルクに舞い戻り、新聞の求人広告を見ていたら、「ドライバー募集」という旅行会社の求人を見つけ、面接を受けると通ってしまった。英語とフランス語と車の運転ができたのがよかったらしい。コンゴ難民はこの国に多いが、三つ全部がちゃんとできる人間は珍しいようだ。

ドライバーになってまもなく、彼の運命が急転換した。

コンゴではカビラ大統領が暗殺され、息子が新大統領になった。相変わらず独裁政権なのだが、独裁政権なりに親父と息子とでは取り巻きがちがう。リチャードの姉の夫（つまり義兄）がこのカビラ新大統領と学校の同級生で、いきなり国会のアドバイザーに抜擢《ばってき》されてしまった。

ビジネスも各種の不労所得も自由自在、リチャードの一家は突然、わが世の春を迎えた。リチャードの脱走後、全く別ルートで（ふつうに飛行機で）南アに来て難民となっていた兄は、小型車を買ってもらってタクシー運転手を始めた。リチャード本人もこの八人乗りの車をポンと買ってもらって、オカピ・ツーリズムを設立。生活に余裕ができたせいもあり、リザというカナダ人女性と付き合い出し、彼女がホテルなどに営業をかけたり、ホームページを立ち上げてくれたりした。

うーん、私の資金を元手にわらしべ長者的な出世を期待していたのだが、まさか自分を殺そうとした男の息子のおかげだったとは……。

リチャードはそれについては別に葛藤がないみたいだ。この辺も想像を超えている。

アフリカはほんとうにコミュニティ次第なのだ。コミュニティのメンバーは仲間、それ以外はどうでもいい連中だ。コミュニティが成功すればメンバーはみんなその恩恵にあずかれ、コミュニティが没落すればメンバー全員が没落する。

考えてもみてほしい。ふつう、学校の同級生というだけで国会のアドバイザーになれるだろうか。きっと元のアドバイザーは派閥抗争に敗れて南アに亡命したりしているのだ。

全くオセロのような世界なのである。

「人生はほんとうにわからないねえ」とリチャードはいまや余裕の口ぶりで言うのだった。

6——リベラル、おそるべし

「こりゃ、すごいな！」

翌日リチャードの家に招かれた私は、ベランダからの景色に度肝《どぎも》を抜かれた。場所は市内の高級住宅街にあるアパートメントの四階。

街が一望でき、同時にケープタウン名物のテーブルマウンテンを間近に見上げることができる。間違いなく、私のあらゆる友人知人の中で最も住環境に恵まれている。

広いテラスにテーブルと椅子を出し、ビールを飲みながら、リチャード手製のチキンのトマト煮込みライスをいただく。リチャードの横にはカナダ人のガールフレンド、リザが腰掛け、手を握り合っている。

ここまでハッピーな構図は見たことがない。外国のおしゃれな映画みたいだ。

リザとはすでに昨日会っていた。リチャードと三人でリンガラ・ミュージックのクラブに行ったのだ。彼女はリベラルな北米人だ。リベラルというのは日本では「心の広い人たち」とか「考えが甘い連中」などと思われがちだが、北米のリベラルというのは意味がちがう。例えば、アメリカのイラク戦争にリベラルの人たちは反対する。反対のためにデモや集会を行い、ネットやメールで激しく賛成派と戦う。リベラルも保守も、心の広さや考えの甘さでなく、「信条」なのだ。

リザの家は根っからのリベラルである。彼女のお母さんは、リザが英語の先生として南アに行くと決まったとき、「南アの白人とは絶対に恋愛してはいけない」と言ったという。

別に全ての白人がアパルトヘイトを支持したわけでもないだろうし、アパルトヘイトがなくなってからすでに十五年以上も経っているが、リベラルは決して「戦犯」を許さないらしい。

でもリチャードは黒人でしかもコンゴ難民。彼女の両親はきっと大満足だろう。今年中に結婚するという話もあるらしい。

リザは「今度二人で一緒にリチャードの両親に会いにコンゴに行きたい。しばらく向こうに住んでもいい」と言っている。リベラル、おそるべしというか、リチャード、運よすぎだ。十年前の極度の不運が今ドーンとプラスに転じて戻ってきているようだ。

なんて思いつつ、リビングルームのソファにあった今日の新聞を見て私は仰天した。一面は「もはや非常事態だ」という大見出しが印刷されていた。外国人が安全でないとヨハネスブルクで聞いていたが、記事によると外国人排斥運動はいまや暴動となり、外国籍の人間が毎日何十人という単位でリンチを受けて殺されているという。すでに三万人が避難民と化し、数千人がモザンビークとジンバブエに逃れたとある。

五面はさらにショッキングだった。銃を構えた警官の足元にうずくまる、灰をかぶったような半裸の男性のカラー写真。なんと「暴徒に石油を頭からかけられ、生きたまま焼き殺されたモザンビーク人」だという。

新聞の世論調査によれば、南アの二〇パーセント以上の人が「全ての外国人の入国を禁止すべき」と言っているといい、六六パーセントが「外国人は犯罪をおかすために国に来ている」、六二パーセントが「外国人に仕事を取られた」、さらには三三パーセントが「外国人はたとえ合法的に滞在していても全て追い出すべき」と答え、「特にソマリア、ナイジェリア、コンゴの人間は即刻追い出すべき」としている。

なるほど。昨日からリチャードがこんなリッチな生活を享受《きょうじゅ》しながら「日本に移住できないか」と訊いたり、リザが「コンゴに仕事があれば住みたい」と言ったりするのを不思議に思っていたが、こういうことだったのか。

そしてリチャードと私がすぐに会えたのも無関係ではなかった。リチャードの携帯はひっきりなしに鳴り、自分でもかけている。

「そっちはどうだ?」「こっちは大丈夫だ」という会話を英語、フランス語、リンガラ語、スワヒリ語で交わしている。

こういう緊急事態なので、コンゴ・コミュニティはいつもよりはるかに密に連絡を取り合い、情報交換をしているのだ。皮肉にもコミュニティの危機だったからこそ、私の探索がうまくいってしまったのだ。

私はこのあと、新聞を買いに行ったが、どの新聞もすごく冷静だ。例えばサンデー・タイムズ紙は、「(アンケートに答えた国民の)六二パーセントが『外国人に職を奪われている』と答えていながら、実際にそれを見聞きした者は一七パーセントにとどまる」と書いているし、「特に外国人を嫌っているのは月収五〇〇〇ランド(七千円)未満の貧困層と月収八万ランド(百十二万円)以上の富裕層」と指摘している。

新聞はこぞって何も動かない大統領と政府を非難している。南アの新聞のレベルの高さと庶民の教養の低さが歴然としている。

ふつう、これほど国民の多数が逆上すると新聞も同調してしまうものだ。日本なら絶対にそうなる。読者から総すかんを食らってしまうからだ。でもそうならないということは新聞が健全であり、救いのはずなのだが、素直にそう喜べないものがあった。

生きながら焼き殺された人の写真は芸術的に美しかった。そう、ちょうどピューリッツア賞をとるような写真なのだ。見出しも記事の一つ一つも、欧米人がアフリカの国を取材して書いているようだ。フェアで遠い。

新聞は白人と一部の黒人エリート層の手にあるのだろう。

凄まじい貧富の差、めちゃくちゃな格差社会だ。


午後遅くなってリチャードの兄さんの家に行った。高速道路をかっ飛ばして三十分くらいのところだ。

高速道路は広く、よく整備されている。道の両脇にはコンドミニアムや巨大スーパーマーケットがどかんと現れてはたちまち後方に消えていく。やっぱり映画で見るアメリカの郊外のようだ。

リチャードの兄ルシフェルは小ぎれいなアパートメントの三階に奥さんと子供二人、それにリチャードの弟と一緒に暮らしていた。

奥さんにいつものようにリンガラ語で挨拶したがキョトンとしていた。「彼女はズールー族なんだ」とリチャードが笑う。

ちょっとびっくりする。なんだかコンゴ人ばかりなので、コンゴにいるような錯覚がしていた。実はここは南アなのだ。

奥さんはリンガラ語もフランス語もわからないから、この家での共通語は英語だ。リチャードの弟はつい最近、例の「オセロ・バブル」の余波でコンゴから南アにちゃんと「留学」にやってきたばかりだという。彼は英語が全く話せないが、たぶん三ヶ月もすればふつうの会話ができるようになるにちがいない。アフリカ人の言語能力はおそろしく高い。

ルシフェル兄貴はでっぷり肥えた貫禄たっぷりの人で、私が握手すると、

「おー、ジャパン！　カラテ！　テクノロジー！」と脈絡もなく絶叫した。

物静かなインテリのリチャードとちがい、こちらは典型的なコンゴの庶民だ。コンゴ、特に首都のキンシャサに行くと、こういう人がたくさんいた。陽気で、率直で、サービス精神にあふれかえっている人たちだ。

ルシフェルは庶民にしてはけっこう物知りで、「コンゴ内戦の原因は国際社会のウランやレアメタルの奪い合いだ」とか「ヒロシマ、ナガサキに落とされた原爆はコンゴのウランによって作られたんだ」などと言うのだが、その合間に「あー、ジャパン！　君たちは他人のいちばんいいところだけ吸い取るのがなんてうまいんだ！」とストローでチュウチュウ吸う仕草をして、私たちを爆笑の渦に巻き込んだ。

コンゴ内戦は、日本ではほとんどの人が知らないと思うが、なんと十年間に三百万人とも四百万人とも言われる人々が犠牲になったという。第二次世界大戦以降、犠牲者の数ではダントツに最大の悲劇だ。

しかし、それを全く感じさせないほど、この人たちは明るい。酔っ払っているせいではない。ルシフェルは「ダイエットのため、ビールをやめた」と言い、コーラをがぶ飲みしているのだ。

この「根の明るさ」というのは生まれつきのものなんだろう。

兄貴も同じ難民だそうだが、ふつうに空路でやってきた。戦火を避けるためと仕事を探すためというから、出稼ぎに近い。もっと驚いたのは、彼が昔、コンゴの国軍にいたということだった。

本人曰《いわ》く「軍隊は楽しかった」。よほど水が合っていたらしく、彼はぐんぐん出世、しまいには北朝鮮人教官に軍事訓練を受け、カビラ元大統領の近衛兵をやっていたという。

弟を抹殺しようとした大統領を兄が守っていたとはどういうことなのか。

私がルシフェルに「あなたは弟が逮捕されて脱獄したのを知らなかったの？」と訊いたら、ルシフェルが返事する前にリザが叫んだ。

「脱獄!? 何それ!?」

リチャードはリザにパスポートを持たずに国境を越えて南アにやってきたことまでは話していたが、虐殺を目撃したこと、逮捕・投獄されたこと、脱獄したことなど、肝心なことを一切彼女に話していなかったらしい。

血相を変えてソファから立ち上がろうとしたリザをおさえながら、リチャードは慌てて言った。

「リザ、僕は無実の罪だったんだよ」

「無実だろうとなんだろうと、脱獄は脱獄でしょ！　それでどうしてあたしと一緒にコンゴに行こうなんて言ってたのよ」

確かにふつうに考えれば、脱獄のうえ国外逃亡した人間が平気な顔をして国に戻るなどありえない。しかしそこはコンゴ。オセロの色はもう変わっている。

「リザ、落ち着いて」リチャードが懸命に言う。「コンゴはね、政権が変われば、ぜーんぶチャラになるんだよ」

リザはコンゴの混沌ぶりもさんざん聞いているはずだが、まだ信じられないという顔で憮然としている。多様な価値観を認めようとする北米リベラルの理解も超えているのかもしれない。あるいは潔癖なリベラルだけに、そういういい加減さが耐えられないのかもしれない。

どちらにしても、私はもうそれ以上、話を続けられなくなった。

リチャードは「チャラだから大丈夫」と繰り返しながら、三十分も一時間も、ずーっとリザの手を握ったり、肩を撫でたりしていた。まるでコンゴのオセロワールドを彼女に一生懸命、塗り込もうとするように。

7――もう一つの記憶

翌日、私は次のミッションのため、セルビア行きのチケットを探した。ロングストリートは昼は安全とはいうものの、旅行代理店の入口が鉄格子のドアで締め切られ、呼び鈴を押して、向こうが確認しないと開錠されない仕組みに驚いた。

そのあと気をつけて見ると、誰もがフリーに出入りできるのは飲食店とネットカフェくらいで、他は書店も洋服店もゲストハウスも、すべて締め切りなのだった。

夜になれば、このストリートには三十メートルおきに「セキュリティ」という警官に準じる人たちが立つ。彼らはピストルこそ携帯していないが、警棒と無線は持っている。彼らのおかげでロングストリートだけはかろうじて夜も歩くことができる。

この状態で「ケープタウンは治安がいい」とリチャードたちは言うのだから、南アの治安状況の深刻さがわかる。

私は再びカフェバーでリチャードと会い、昨日、リザのパニックによって聞けなかった虐殺事件の具体的な話を聞いた。

話はリチャードがゴマの実家にいたときに遡る。ゴマのすぐ隣はルワンダ。ここで九四年に大虐殺が起きた。多数派のフツ族が少数派のツチ族を皆殺しにしようとしたのだ。三ヶ月で五十万とも百万とも言われるツチの人々が殺害されたが、いっぽう、ウガンダに亡命していたツチ族の武装勢力がルワンダに侵攻、虐殺に夢中になっていた政権を倒した。復讐をおそれ、フツ族は虐殺に関わった人もそうでない人もみんな逃げた。いちばん多かったのはゴマを中心とするコンゴ東部だ。彼らは難民キャンプに暮らしていた。

そこへ、コンゴの西南部で蜂起した反政府ゲリラであるカビラ軍がゴマに進軍してきた。これは偶然ではなく、ルワンダのツチ族による新政権がコンゴのカビラ軍を支援したせいだった。コンゴを三十年も牛耳ってきたモブツ政権はルワンダの旧政権を支持していた。ここでもオセロの法則が当てはまる。

さて、カビラ軍がやってくると聞き、ゴマの住民は動揺した。ゲリラの軍隊が自分たちに何をするか想像できなかったからだ。大半が家を捨てて逃げた。リチャードの家も迷ったが、結局居残ることを決心した。

結果的にその選択は正しかった。居残った数少ない住民に対し、カビラ軍の兵士たちはすごくフレンドリーだった。自軍支持者だと思ったのだ。

もっともリチャードがそれを知ったのはもっとあとのこと。軍隊が来て最初の三日は、リチャード一家はよろい戸を下ろし、息を詰めて家にこもっていた。四日目、銃声も聞こえないし、どうやら騒乱はないらしいということで、リチャードが代表して外に出てみた。

町の目抜き通りに行くと、白人ジャーナリストがいた。すなわちＡＦＰのクルーだ。今、ここで何が起きているのか彼らに訊きに行った。

「この国の現地人はいつも自分たちの身に何が起きているか知らない。知っているのはよそから来た者だけだ」とリチャードは語る。

大まかなことがわかったあと、ＡＦＰのクルーは「車を借りたい」と提案した。リチャードのおじさんが車を持っていると知ったからだ。

車のチャーター代は一日一〇〇ドル、そのうち運転するリチャードの取り分は四〇ドル。月収五〇〇ドルもあれば裕福な部類に入るこの国で、このギャラは破格だ。リチャードは二つ返事で引き受けたが、これが運命の分かれ道だった。

初めの一週間は、町の中だけだった。当時、カビラ司令官はゴマに駐屯していたので、リチャードはＡＦＰのクルーを連れて、何度もインタビューに行った。

そのうちAFPは「ルワンダ難民のキャンプに行きたい」と言い出したが、キャンプを支配するカビラ軍に取材申し込みを拒否された。どうしても行きたいというAFPの意向でリチャードは車を走らせたが、初日、二日目ともに、最初のチェックポイントで「許可がないと行けない」と追い返された。

三日目、土地っ子であり、現地の地理に通じたリチャードは抜け道を見つけ、最初のチェックポイントをうまく迂回《うかい》した。実はそのあとにもチェックポイントがあったのだが、「ここに来ているということは最初のチェックポイントをクリアしているはずで、つまり許可をとっているはず」と向こうが勝手に判断したらしく、ノーチェックで通してくれた。

六十キロ走って、カタレという町に着いた。ここには「サイトI」という難民キャンプがあるはずだが、人気《ひとけ》がない。車から降りてうろうろしていると、四人の男たちが森から現れ、おずおずとこっちに寄ってきた。

リチャード曰く「この国では白人のところに行けば何かもらえる。少なくとも殺されることはないから」

四人の難民に訊いてびっくりしたことに、「ここがサイトIだ」という。カビラ軍がフツ族の人間を虐殺し、生き残った者はみんなジャングルに逃げてしまったというのだ。カビラ軍はルワンダのツチ族から強力なバックアップを受けている。フツ族は敵なのだ。実際、キャンプには武器を所持したフツの民兵も多くまじっていた。リチャードとAFPのクルーはすぐ近くにある小高い丘に上がってみた。そして呆然とした。無数の死体が転がっていたのだ。

「あまりにも凄まじくて言葉では言えない光景だった」とリチャードは言う。

AFPのスタッフが写真を撮っていると突然、ダダダッと銃声がして、弾がびゅんびゅん飛んできた。カビラ軍の見張り兵士に見つかったのだ。リチャードたちはみんな、地面に伏せた。死体の合間に顔をうずめたので、すごく臭かった。

伏せたまま、みんなで相談した。パニックに陥ったAFPのスタッフは「ジャングルに逃げよう」と言ったが、リチャードが「車を置き去りにするわけにはいかない」と反対し、結局車で帰ることにした。

幸いなことにそこから車まで銃撃はなく、車をスタートさせてから帰り道もチェックポイントは自動的にバーが上がり、問題なくゴマの町に帰ることができた。AFPは大スクープを入手したので、ゴマでの用事は終了、契約は解除され、リチャードは彼らと別れて家に帰った。

その晩、ラジオを聴いたリチャードは仰天した。今日の出来事がもう世界のニュースとして流れていたからだ。AFPは衛星通信で写真も記事もケニア・ナイロビの支局へ送っていたのだ。

さらに当時フランスはモブツ大統領を支持していたので、「反カビラ軍キャンペーン」として、このニュースを意図的に大プッシュした。

リチャードはあまりにも非日常的な出来事ゆえに、自分の身に何が起こるか予想できなかった。二週間後、彼は軍に逮捕された。「逮捕」といっても、まだカビラが政権をとる前だから、裁判どころか尋問さえない。泥棒などの一般の犯罪者や、夜間外出禁止令にひっかかった人たちと一緒に刑務所に放り込まれた。

ラッキーなことに、この刑務所にたまたまリチャードの友だちが働いていた。「ここにいても殺されるだけだ」と友だちは言い、ある日の夜中、扉を開け、若干のお金までくれて逃がしてくれた。

リチャードはミニバスを乗り継ぎ、ウガンダの国境を越えた。難民キャンプに行くが、なにしろ「敵地」なので、ひどい扱いだし、危険だ。

ウガンダの首都カンパラに住む友だちを探し当て、少し居候したが、そこも長居はできなかった。彼らも食べ物がなくて困っているうえ、「俺たちをおまえの事件の巻き添いにしないでくれ」と懇願されたのだ。

ラジオでは毎日、キャンプ虐殺のニュースが流れていた。自分のことがそこら中で喧伝《けんでん》され、指名手配情報が繰り返されているような気持ちだった。

絶望的な思いで町のゲストハウスに転がり込んだら、そこにぼんやりした日本人がいた。

「それが君だったんだよな」とリチャードは微笑《ほほえ》んだ。

「日本人だったからラッキー！　と思ったよ。白人にはもうこりごりだったからね」

「あのとき、僕は君に思いきって大金をあげたような記憶があったんだけど、最近日記を見たらたった二〇ドルと書いてあって驚いたよ。俺ってなんてケチなんだってね」

「ははは、君の格好を見たら、そんなにお金がないことくらいわかったよ」リチャードも笑った。

私は、当時のやせて、血走った目をしたリチャードの顔を思い出した。きっとリチャードも当時の私の姿を思い浮かべているにちがいない。

「もう一つ、君と会って思い出したことがあるんだ」と私は言った。「君と会った日、僕は友だちが殺されたというニュースを電話で聞いたんだ。覚えてるか？」

「あー、あったあった！」リチャードの丸く大きな目がさらに大きくなった。「どこだっけ、あれは。遠いところだと思ったけど……」

「南米だよ」私は答えた。

リチャードと会って話を聞いたあと、私は友人の行方が心配になった。旧フランス領のコンゴに住む作家のエマニュエル・ドンガラだ。

隣のコンゴも内戦が激しく、ドンガラさんがどうしているのかわからなかった。急に彼のことを思い出し、電話をかけてみようと思った。ただドンガラさんの電話番号がわからない。もしかしたら以前、ワセダの三畳間で一緒に暮らしていた探検部時代の仲間が知っているかもしれないと思い、まず彼に電話してみることにした。昔タイのメーサロンにも一緒に行ったイシカワという男だ。

「国際電話をかけられる公衆電話がある」とリチャードが案内してくれた。もう日がとっぷり暮れ、辺りは夕闇に包まれていた。東京に電話するとイシカワはすぐに出て、「探してみるけど、たぶんわからないと思うよ。それより……」と彼は言った。

「大変なことがあったんだよ。アマゾン河を筏《いかだ》で下っていた現役の部員が二人死んだ。ペルーの国軍兵士に殺されたんだ。昨日葬式だったんだよ……」

一九九七年に世間でも大ニュースになった「早大探検部員アマゾン殺害事件」である。別に治安が悪くもなく自然の危険もない町の近くで、私の後輩二人は金目当ての国軍兵士十数名に棍棒《こんぼう》で殴り殺された。日本政府は「そんな危険なところへ行くほうがおかしい」という態度で、ペルー政府に抗議の一つもしなかった。

電話を切ったあと、私は呆然として言葉が出てこなかった。直接面識はなかったが後輩である。アマゾンに行ったということは、私の本を読んで参考にしたにちがいない。

それにイシカワの話では、最初彼らが消息を絶ったとき、日本にいた現役の学生たちは真っ先に私に相談しようとしたそうだ。私はアフリカに来ていたから、連絡のとりようもなかったのだが。

「タカノ、どうしたんだ？」私がよろよろと電話ボックスから出てくると、リチャードが心配そうに顔をのぞき込んだ。私は日本語でも喋るのが辛かったのに、もともと不得手なフランス語だからなお辛かった。ぽつり、ぽつり、木の枝を一本ずつ放り出すように単語を並べた。

しばらくして、ようやく事件がリチャードにも伝わった。

「ひどい、なんてひどいんだ……」絞り出すようにそう言うリチャードの目から涙がはらはらとこぼれていた。私はびっくりした。私は泣けなかった。なのに、なぜ赤の他人のリチャードが泣いているのか。

「棒で殴り殺した……。兵隊が……。奴らはみんなそうだ。人間の命なんてなんとも思ってないんだ……」リチャードはそこだけ白い手のひらで目じりをぬぐった。そのとき、やっと私にも理由がわかった。

——そうか、リチャードには見えるのか……。

私が泣けなかったのは後輩たちに面識があるとかないとか以前に、事件が想像を絶していて現実感がなかったからだ。場面が見えないのだ。でもリチャードには十分に現実感があった。数ヶ月前に見た無数の死体、そして今、自分がいつそうなってもおかしくない状況。

「そうだ」と現在ツアー会社の社長となったリチャードは両手を組んだまま、上品にうなずいた。

「僕には見えたよ。見えたというより、痛みを感じた。僕が自分で殴り殺されるような気がしたんだ」

私は今回、ケープタウンのガイドを探して欲しいという依頼が来て初めて思い出した。アマゾンの事件を忘れたことはないが、その知らせを受けたときリチャードがそばにいたことを、これまたリチャード本人に会うまで完全に忘れていた。

顔を見たとき、電撃的にそれを思い出したのだ。

私たちは沈黙した。いろんな思いが胸をよぎっていた。いったいなんの因縁なんだろう、私たちは。

そのときである。

「ヘーイ」と背後から声がした。見ると、ごつい顔の黒人がのっそり立っていた。いったいなんだと身構えたら、彼は床を指して言った。

いた。

「その財布、あんたのじゃないか？」

現金とクレジットカードの入った茶色い財布が、持ち主によく似ただらしなさで転がっていた。

「あ、ありがとう！」あわてて礼を言って財布を拾った。黒人は軽く手を振って店を出て行った。

「ふふふ、タカノ、気をつけなきゃ。彼がいい人でよかったな」

「そうだな」私も苦笑した。ここで財布を持っていかれたら、今度はリチャードに警察に同行してもらう羽目になっていただろう。互いに、不幸の証人になるのはもうこりごりである。

日は西に傾き、テーブルマウンテンのほうから吹き下ろす風が涼しくなってきた。

「オーケー、そろそろ行こうか」リチャードは言った。「みんなが待ってる」

今日はルシフェル一家も交えて、コンゴ人コミュニティの大パーティがあるのだ。私が招いたのだ。また「おー、ジャパン！　カラテ！　テクノロジー！　ナガサキ！　ヒロシマ！　ジャッキー・チェン！」と喚く人たちとやり合うのは想像するだけで疲れたが、しかたない。

この世はオセロ。自分の色が並んでいるときには楽しまねば。

マイ・メモリークエストの夜は賑やかに更けていこうとしていた。

11年振りに再会した
リシャール・ムカバ

ユーゴ内戦《ないせん》に消《き》えた友《とも》

メモリークエスト 第5話

FILE：005

Title.	ユーゴスラヴィア紛争に 巻き込まれたかもしれないボブ
Client.	茅原佳乃さん
Date.	1989年
Place.	旧ユーゴスラヴィア　ベオグラード
Item.	ボジドール・マリッジ（通称ボブ）
hint.	当時の写真と手紙

依頼人からの手紙

一九八八年から八九年の約一年間、アメリカのカンザス州でともにＡＦＳ（American Field Service）の留学生として一緒に苦楽を過ごした、旧ユーゴスラヴィアから来ていた男性を探してください。

名前はBozidar Maric、通称、Ｂｏｂです。

彼と私はカンザス州とミズーリ州の州境にあるカンザスシティの郊外にホームステイしており、彼はBlue Valley North High School、私はBlue Valley High Schoolに通っていました。

違う高校でしたが、同じ年に世界各国からカンザスシティ周辺に留学していたＡＦＳ七十名の中では仲がよく、パーティに一緒に行ったりしていました。

彼はＵ２のファンで当時よく「I still haven't found what I'm looking for」を聴い

ていて、「U2 is my dream. My dream is going to U2's concert.」と言っていたのを覚えています。

帰国後もハガキのやりとりをしていましたが、留学が終わるころから始まったユーゴスラヴィアの紛争によって、一九九一年ごろに投函したハガキが戻ってきたのを最後に、連絡がつかなくなってしまいました。

このハガキを出してからしばらくして、彼の夢を見たのですが、夢の中で彼は「Good bye.」と言って私に背を向け、私は泣いていました。その夢のあと、出したハガキが戻ってきたので、何かの悪いしるしではないかと思ってしまうほどでした。

ちょうどユーゴスラヴィアの紛争は当時のテレビでも取り上げられていて、「民族浄化」のもと、隣近所同士でレイプや殺戮《さつりく》が繰り返されているといった内容のものだけが目に耳に入り、彼は殺されているのか、はたまた人を殺してはいないか……とその後、ずっと気になっていました。

ＡＦＳカンザスシティにはもう一人、ユーゴスラヴィアから来ているＭｉｌｌｊａｎという名の学生がいましたが、ＭｉｌｌｊａｎとＢｏｂは見た目がまったく違い（Ｍｉｌｌｊａｎはスラブ系のようなダーク色の髪と目の色で、Ｂｏｂはどちらかというと色白、明るい髪と目の色の容姿）、もし二人の民族が違っているのなら、二人は敵対しているのかなぁ……などと思うこともあります。

ＡＦＳカンザスシティのメンバーは二〇〇二年、ポルトガルのリスボンで同窓会を開きました。フランス、ブラジル、オーストラリア、スイス、デンマークなどから八八―八九年ＡＦＳカンザスシティ生が集まりましたが、Ｂｏｂの姿はなく、出席者の誰もＢｏｂのその後を知らないとのことでした。

Ｂｏｂが生きて元気に暮らしているのか、それだけでも知りたいと思っています。

彼の八九年当時の母国での住所はVisokog Stevana No.25, 11100 Belgrade, YUGOSLAVIA。誕生日は一九七〇年七月二十六日です。

一九八九年当時の写真もあります。

二十年近く時間が経った今でも、ふとした瞬間に彼のことが頭をよぎります。

何卒よろしくお願い致します。

1――謎の国セルビア

　ベオグラード・ニコラ・テスラ空港はえらくこぢんまりとしていた。空港というより駅だ。駅前にはタクシーが数台とバスが一台止まっていた。これがインフォメーションで聞いたシャトルバスだろう。

「これ、市内へ行く？」サングラスをかけタバコをくゆらしている運転手らしき男に訊くと、男はうなずいた。

「荷物はどこに載せるの？」また訊くと、男は黙ってバスの横に開いたトランクスペースに向けて顎をしゃくった。英語を話せないのか、喋るのが面倒なのか、あるいはその両方なのか。

　私がザックをトランクに放り込むと、サングラスの運転手はくわえタバコのまま、黒い革靴の先でガツガツとザックを奥へ蹴り込んだ。

　いくら私のザックがきれいでないとはいえ、客の荷物を靴で蹴るのはあんまりだろう。ムッとしたが、運転手の投げやりな態度があまりに自然なので何も言う気が起きず、そのままバスに乗った。

バスは新しくて、フロント全面がガラスになっていた。私は景色がよく見えるいちばん前の座席に腰を下ろした。私の他に二人乗客が乗ったところで、運転手はタバコをくわえたまま、運転席に落ち着き、バスをゆっくりとスタートさせた。

空港の敷地を出ようとしたとき、青い制服を着た警官らしき男が帽子をバタバタ振って「止まれ」と合図しているのが見えた。バスはやや方向を変え、その警官めがけてすーっと突っ込んで行った。

警官の顔がどんどん大きくなる。若くてやせていて、大きいとび色の瞳とタバコをくわえた口が驚いたように大きく開いた。でも、まだバスは止まらない。

――あっ、ぶつかる！

と声が出そうになったとき、ブレーキがぐいっとかかりバスは止まった。警官の顔からたった三十センチくらいだ。

若い警官はにっと笑った。そして、火のついたままのタバコをピンと指で弾き飛ばすと、ぴょんとバスに飛び乗った。

運転手がニヤリと笑い、警官は大声で何か言いながらパンと音をさせて握手する。二人は友だちらしい。きっとこの「もう少しでひき殺すぞゴッコ」は二人の定番の遊びなんだろう。

運転手はもう一本、タバコをパッケージから引き抜いて火をつけると、アクセルを踏み込んだ。若い警官はべらべらと喋り続けている。二人の頭には客のことも車内禁煙のマークもないらしい。

バスはぐーんとカーブを曲がって、空港の外へ出た。運転席の窓から紫煙まじりの風が吹き込み、私の横の窓から抜けていく。

まるでヨーロッパ映画の一シーンみたいだと私は思った。ヨーロッパ、それも東欧の映画で、もっと言ってしまえば、「パパは、出張中！」と「アンダーグラウンド」で二回、カンヌ映画祭パルムドール賞を受賞したエミール・クストリッツァ監督の映画そのままだった。クストリッツァがカンヌを制したとき、彼はユーゴスラヴィア人だった。今その国はなく、六つの独立国に分裂した。今さらにもう一つの国が独立する、いや独立させないと紛争が続いている。

国家がめちゃくちゃになっても、人間の仕草や雰囲気というものは存外変わらないらしい。それが旧ユーゴスラヴィアの首都であり、現セルビア共和国の首都ベオグラードで得た最初の感想だった……。

と、つい「冷静で知的な旅人」を演じてしまった私だが、ここに至るまでは落ち着かざること猿のごとし、という状態だった。

なにしろセルビアという国が現在どういう状態なのか、さっぱりわからない。知っているのは「コソヴォ紛争」が今でもくすぶり続けているということくらいだ。ガイドブックや外務省のホームページを見ても、「南部のコソヴォには近づいてはいけない」と例によってネガティヴ情報ばかり目立っている。

南アフリカからセルビアというルートも意表を突いていた。アテネ経由ベオグラード行きのチケットを買った旅行代理店の女性は「珍しいところへ行くのね」と不思議そうな顔をしていたし、ヨハネスブルクの空港ではオリンピック航空のチェックインカウンター前で列からはずされ、一時間近くも待たされた。

「十日以内なら日本人はセルビアのビザは不要」とガイドブックに書かれているから私は持っていない。それを航空会社のスタッフがチェックインカウンターで確認する。もし行き先の国が入国を拒否したら、その人間を連れてきた航空会社が責任もって連れて帰らなければいけないからだ。それはどこでも行うことだが、結果が全然出ない。乗客全員がチェックインを済ませ誰もいなくなったとき、やっと担当者が帰ってきた。で、こう言った。

「セルビアで日本人がビザなしで入国できるかどうか、われわれはついに確認できなかった。もし入国できなかったらそれはあなたの責任だ。われわれは関知しない。じゃあ、よい旅を」

何が「よい旅を」だ。だいたい、その国に入国するのにどの国の人間はビザが必要かということは、ちゃんとネット上でリストができているのだ。「わからない」なんていうのは初めてだ。そんなにセルビアは情報がないのか？　それとも情報が錯綜していたり、情勢がころころ変わっているのか？

ただでさえセルビア行きに不安を抱いているのに、それを増幅させやがって。

文句を言いつつオリンピック航空に乗り、十時間後アテネに着いた。アテネで飛行機乗り換えだが、手荷物検査を受けてベオグラード行きの出発ロビーに入ってから、私は現金が残り少ないことに気づいて青くなった。

これまではどこでも街中にはATMがあったので、クレジットカードで現地通貨を引き出していた。だが、セルビアにATMはあるんだろうか。度重なる内戦で国際的に孤立していると聞くし、内戦でボロボロになった隣のボスニア・ヘルツェゴビナより復興が遅れていると新聞か何かで読んだ記憶がある。

ATMなんかないかもしれない。カードも使えないかもしれない。そのときは現金だ。でも私の現金はもう五〇〇ユーロしか残っていなかった。

「いかん！」

私は空港職員にわけを話し、出発ロビーを飛び出して、ATMを探した。やっと見つけた

ＡＴＭはしかし、私のカードを受け付けない。どうも不具合が生じているらしい。他にＡＴＭがないかぐるぐる走り回った。もう飛行機が出てしまうという時間になり、絶望的な気持ちで最初のＡＴＭにもう一度カードを突っ込んでみたら、なんとちゃんと作動した！

汗びっしょりになり、やっとこもう五〇〇ユーロを入手した私は、小型のプロペラ機に乗り込んだ。ぶーんぶん、ぶーんぶんとまるで手回しのような頼りないエンジン音を響かせたプロペラ機は、よたよたと野を越え山を越えといった調子で（低空飛行なのでほんとうにそう見える）ベオグラードに到着したのだ。

入国の際も心配だった。私は入国で捕まったり拒否されたりしたことが何度もあるので、ただでさえ緊張する。しかも周りを見渡しても単なる観光客とおぼしき人は見当たらない。いないよなあ、こんな国に遊びに来る人は。ましてや私は日本人。ましてや私は南アフリカから来ている。ふつうではない。係官はきっと「ジャーナリストじゃないか」と疑うだろう。私はジャーナリストではない。でも「メモリークエスト」を説明して、理解してくれるとも思えない。それにこの旅もやっぱり「観光」じゃないし……。

さんざん迷った末、入国カードの職業欄に「会社員」と書き込んだ。だが私は会社勤めをしたことがない。ただでさえ会社員に引け目を感じているのに、こんなところで偽称していいのかという、全く別の葛藤にもさいなまれ、「こんな自分が会社員だなんてすぐ見破られるんじゃないか」と心配が増した。

「何をしに来たのか」という質問にもちゃんと答えられるようにしなければと、機内から用意してきたことを英語で再確認した。

「私は昔の友人を探しに来ました。名前をボジドール・マリックと言います。彼とは昔、アメリカで知り合いました。とても仲良くしていましたが、その後の内戦で行方がわからなくなりました。たまたま休暇がとれたので、十九年ぶりに彼に会いたいと思い、セルビアにやってきたのです」

おお、まさに依頼者である茅原佳乃《ちはらよしの》さんが乗り移ったかのような口上だ。私の前世は恐山のイタコだったかもしれない。これだけ言えば完璧だと納得し、やっと次が自分の順番になるというとき、「どうして昔の友人を探しに休暇をとってやってきた日本の会社員が南アフリカから来るのか？」という致命的な欠陥に気づいた。

「いかん！」と思ったが、あとの祭り。係官の手招きに逆らえずパスポートを差し出すと、係官は入国カードなどろくに見もしないでポンとスタンプを押して、こちらにホイッと放った。

ふーっと息をついてしまった。こんなもんだ。自分ではなんとも思っていないときには捕まるし、ガチガチに緊張しているときには何事もないのだ。

そしてクストリッツァ映画のバスに乗ったわけである。

市内への道はのどかだった。片側一車線の細い道路の両脇には石造りで赤い屋根の民家がつづく。やがて町に入った。

マクドナルドの看板が目に入った。マクドナルド？　と驚いていたら、信号で止まったバスのすぐ前をぴちぴちのホットパンツにタンクトップという派手な格好の女の子が二人、アイスクリームを舐《な》めながら腰を振って右から左へと歩いていった。運転手と警官の目が彼女たちと糸でつながっているように、一緒につーっと右から左へ動く。

「右側の子、いいケツしてたなあ」

「いや、俺は断然左の子だよ。胸はあっちのほうがでかい」

運転手と警官はうれしそうに言い合っている。セルビア語はわからないが、そう言っているにちがいない。

これまたクストリッツァ映画のようだ。そう言う私の顔ももちろん右から左につーっと動いていたのだが、女の子の品定めより、その露出度と楽しそうな様子に目を奪われた。

東南アジアではわりと女性が解放されているタイのバンコクでも、まだここまで露出度は高くない。保守的な島セーシェルでは当然見られない。そして南アのストリートをこんな格好で歩いていたらあっという間に大変な目にあうだろう。

今までとは全くちがう土地にやってきたのだ。

鉄道の中央駅前でバスを降りた。ガイドブックにも空港でもらった地図にも載っているアストリアホテルを探すが、なかなか見つからない。旅行者狙いの変な奴はいないし、人はみんな親切だ。英語がわかる人も意外に多い。ただしその親切な人の言うことはいい加減で、あっちへこっちへ行ったり来たりする。

まだ五月末というのに真夏のように暑く、私は汗みどろになるが、爽快な気分でもあった。ザックをかついでうろうろできるなんて久しぶりだからだ。セーシェルでは合法ぼったくり制度のためそんなことは許されなかったし、南アでは治安上、不可能だった。

セルビア、いいところではないか。

しかし爽快な気分も三十分もさまよっているうちにかげってきた。駅前でいちばんわかりやすいから選んだホテルがどうしても見つからないのだ。しまいに、プードルを散歩させていた老婦人（犬の散歩も今回の旅で初めて見た）に訊いて、アストリアホテルにチェックインできたのだが、部屋に落ち着くとぐったりした。疲れただけでなく、先が思いやられた。

駅前のホテルもなかなか見つけられないのに、十七年前に行方を絶った人間を見つけられるのか？　最初のバンコクの空港でタクシーを探したときから、いつも何か見つからないと、次のミッションの困難さを連想してしまう。

私はシャワーを浴びて汗を流すと、白いシーツのかかったベッドにごろんと横になった。ここ二日、ほとんど寝ていなかったので少し寝ようとしたが、頭がぐるぐる回って目が冴えるいっぽうだ。

この旅を始めていちばんのプレッシャーを感じていた。たしかに今までの成績はいい。三勝一敗だ。運がよすぎた感もある。日本に報告するたびに編集者の二人は「また見つかったんですか！　すごい！」とめちゃくちゃ興奮した返事をかえしてくる。

そういう反応がくることが最大の報酬《ほうしゅう》なのだが、「その調子でユーゴのボブも見つけてください！」と言われると胸が苦しくなってくる。

なんといっても「ユーゴのボブ」は今回の依頼の中では「横綱」だ。今までの依頼は依頼者自身が「見つかったらうれしい」という程度のものである。見つからなくても「あ、そうですか」で終わってしまう話だし、探す相手を案じる気持ちも薄い。唯一例外は南アのリチャードだが、あれは私の個人的なメモリークエストだった。

その点、「ユーゴのボブ」は依頼者が心からその身を案じており、「高野さん、ぜひとも見つけてください」と本人から真剣にお願いされている。

ボブは内戦のとき、兵隊にちょうどの年齢だ。死んでいるかもしれないし、生きていても精神や肉体に障害を負っていたり、戦争犯罪者になっているかもしれない。深刻度は桁ちがいだ。メーサロンのアナン君のように、「まあ、どこかでなんとか生きてるんだろ」で終えるわけにはいかない。

しかもしかも。もう一つ、今回の依頼にはプレッシャーの種があった。依頼者の茅原佳乃さんは、なんと担当編集者の一人、茅原秀行君の奥さんなのだ。

正直なところ、私はかなりあとになるまでそれを知らなかった。ウェブに依頼を投稿したとき、茅原夫人は仮名を使っていたからだ。

それを見て私は、「すごいもんが来た。横綱だ。これは絶対行かなきゃならんだろう」と思い、その後の打ち合わせで編集者二人にもそう言ったところ、「実はあれ、うちの奥さんなんです」と聞き、びっくりしたのだ。

依頼者との面談は、だから奇妙な感じだった。茅原夫妻には数ヶ月前に第一子が誕生したばかり。赤ちゃんから手が離せない奥さんの佳乃さんに会いに、私は茅原君の自宅に行ったのだ。取材で担当編集者の家を訪ねたなんて初めてである（茅原君も「取材で担当作家がうちに来たのも初めて」と言っていた）。

佳乃さんから話をうかがっている間は、茅原君は赤ん坊を抱いて「あー、よちよち」とあやしていた（もう一人の担当である有馬君が一緒にメモをとったり、ボブの写真などをコピーしてもらう段取りをつけていた）。

そんなわけで、茅原君から「高野さん、すごい！　次のボブもぜひ見つけてください。妻も期待してます！」なんてメールが来ると、水子の霊が乗っているみたいに肩がずっしり重くなるような気がした。ボブを見つけそこなったら、今までの三勝がふいになるみたいな気がした。

サッカーでいえばワールドカップの決勝トーナメント進出をかけた一戦に挑むような、就職活動なら第一希望の会社の最終面接に出かけるような、トランプの家作りなら最後の一枚をおそるおそるのせるような、となぜか最後だけスケールが突然小さくなったが、まあ、そんな気持ちになったのである。

2――「日本」といえば「ナゴヤ」

丸二日、寝ていなかったのでひじょうに疲れていたが、やはり気持ちが高揚してとても眠れない。階下に下りた。

レセプションの反対側に簡易なビジネスルームがあり、パソコンが置いてあった。インターネットで日本語が使えるかと係の若い女の子に訊いたら「よくわからないから自分でやってね」とのことなので、しばらくいじくっていた。

金髪に染めた髪を長く伸ばした女の子は、「テクノロジーの国から来た人はどうパソコンを扱うのか」みたいな興味津々な目でじっと見つめている。だが私は自他ともに認めるパソコン音痴。気詰まりになり、話題を他にずらそうとした。

「イビチャ・オシムって知ってる？」

南アでは各民族の言語が現地の人と仲良くなるきっかけ作りだと気づいたが、ここ、セルビアでは迷うことはなかった。

脳梗塞《のうこうそく》で倒れる前までサッカーの日本代表を率いていたオシム監督は、旧ユーゴスラヴィア最後の代表監督だった。そして国はバラバラになっても、どこの国の人もオシムだけは「素晴らしい」と認めているという。

私はサッカー音痴でもあり、中田英寿の何がすごいのか見ていてもさっぱりわからないうちに彼は引退してしまったくらいだが、オシム監督は「オシム語録」と呼ばれる発言が素敵だ。これなら十分話題作りになるだろうと思っていたのだ。すると金髪の女の子は、

「オシム……？」としばし考えてから、「あー、わかった。サッカーの監督ね」とほほえんだ。

「今、彼は日本にいるんだ。日本代表の監督でね、今は病気になって……」と私が言いかけると、彼女は甲高い声で遮った。

「うん、知ってる知ってる。それより日本に今ストイコビッチがいるでしょ！」

ストイコビッチ？　あー、そういう選手がいたっけ。ドラガン・ストイコビッチ、通称「ピクシー（妖精）」。たしか、今年からＪリーグのどこかのチームの監督になったような気がするが、どこだっけ？

答えは彼女が知っていた。

「ナゴヤ！　そうでしょ？」

あ、そうか。名古屋グランパスか。

「彼は素晴らしいわ。私たちのヒーローよ」と女の子はにこにこした。

結局、日本語フォントは見つからず（というより何をどうすればいいのかわからなかった）、サッカーについてもストイコビッチの顔すら知らない私は何も話すことがなく、女の子を二重にがっかりさせただけに終わった。

まあ、いい。それより、ボブだ。彼を探すのだ。パソコンもサッカーもわからないが、私は探索に関してはプロなのだ。今回はとっかかりをあれこれ考える必要はない。まずはボブの昔の家を訪ねてみることから始めるしかない。

佳乃さんが会ったとき、ボブは「ユーゴスラヴィア人」だった。だからもともとどこの民族なのかわからない。今はセルビア、クロアチア、ボスニア・ヘルツェゴビナ、マケドニア、モンテネグロ、スロベニアに分かれている。ここベオグラードはユーゴの首都だ。当時はいろいろな民族が集まっていたにちがいない。

もし彼がストイコビッチのように生粋《きっすい》のセルビア人ならもしかするとそのまま住んでいる可能性だってある（郵便は内戦のどさくさで配達されなかっただけかもしれない）し、家は変わってもこの町にいる可能性は低くない。いっぽう、彼がもし他の民族ならこの国に留《とど》まっている確率は低い。ボブの家がどこにあるか、そしてボブが何人《なにじん》なのか突き止めることが先決だ。

レセプションに行き、ロシア人の格闘家エメリヤーエンコ・ヒョードルを柔和にしたような、短髪でがっしりした受付係の若者に、佳乃さんにコピーさせてもらったAFSの冊子を見せた。留学仲間の記念アルバムみたいなもので、十八歳のときのボブの写真、住所、電話番号が載っている。

「この人を探しているんだけど……」と私は入国の際に用意してきた、イタコ口上をしてみた。すると、ヒョードル君は「オーケー」とうなずくと、ごく気さくに受話器を取り上げて電話をかけた。一ヵ所でなく、三ヵ所もかけている。

なんだ、なんだ？　また、南アみたいにあっという間に見つかったりするのか？

急激に期待が膨らんだが、そんなに世の中は甘くなかった。

「この電話番号は今は使われていませんよ」とヒョードル君はボブの昔の電話番号を指差した。

「電話局に問い合わせたら、ボジドール・マリッジという人はこの住所にはいないみたいですね。マリッジという姓の家は同じヴィソコグ・ステヴァナ通りなら二五番地じゃなくて九一番地にひとつあるそうです」

なるほど。ボブの本名はボジドール・マリッジというのか。姓はてっきりマリックだと思っていた。佳乃さんも読み方は知らなかったのだ。

そして彼は、やはり昔の住所にはいないらしい。ちなみに、ボブの名前はセルビア人の名前か？　と訊くと、ヒョードル君はしばし考えながら「そう思う」と自信なさげに言った。名前では民族や国のちがいははっきりしないのかもしれない。すると、捜索範囲は広大になり、かなり厄介だった。

ボブの旧宅の場所を訊いてみると、旧市街の中だった。ここからそれほど遠くないという。とっかかりはその旧宅しかないので出かけてみることにした。

セルビア語がわからないし、面倒なので、タクシーを一日チャーターしようと思ったが、ヒョードル君は「値段はわからないけど、きっと高い。二〇〇ユーロくらいするんじゃないか。やめたほうがいいですよ。それよりまずはふつうに行ってみたほうがいい」としきりに私の懐具合を心配してくれ、その心配はもっともだったので、アドバイスに従うことにした。

出る前にボブの名前をキリル文字で書いてくれと頼んだ。セルビアではふつうのアルファベット表記もときどき見かけるが、基本的にはロシアと同じ文字を使用している。人に訊ねるにはちゃんとしたキリル文字での表記を見せたほうがいいと思ったのだ。するとヒョードル君は「いや、これで誰でもわかる。僕たちは両方使っているんです。ヒラガナとカタカナみたいなもんです」と言い、にっと笑った。

日本語を習ったこともないというのに、なぜかそういう知識はあるという。よくわからないが、とりあえずボブの旧宅行きが先決だ。礼を言ってホテルを出た。

通りがかったタクシーを止めた。運転手は顔も体も逆三角形で平べったくて、別のロシア人の格闘家ヴォルク・ハンによく似ていた。

助手席に乗り込んで住所を見せると、ヴォルク・ハンはうなずいた。英語はできないみたいだが、走り出すと「チャイナ？　ジャパン？」と訊いてくる。

「ジャパン」

「ナゴヤ？」

ジャパンといえばナゴヤ。このあとタクシーに乗ったり、店員と話したりするたびに、このやりとりが繰り返されることになる。もちろん、すべて英雄ストイコビッチがいるからだが、それにしても日本の首都が名古屋になったような錯覚に陥る。東京と大阪・京都に複雑なコンプレックスを持っているという名古屋人がセルビアに来たら、さぞかし愉快なことだろう。

古い石畳の道を路面電車をかわしながら、タクシーはガタガタと旧市街に入っていく。想像していたよりベオグラードはずっと洗練された都市だが、旧市街はやはり道が細く家がごちゃごちゃと密集している。

「これはいけるかも」と私は生唾を飲み込んだ。

旧市街とはふつう下町であり、下町といえばふつう人間関係が密だ。ボブ一家のことを知っている人がいても不思議はない。いや、絶対にいるはずだ。

と思っていたら、急に巨大な団地が出現した。十階建てくらいの高層マンションがどかどか建っている。雰囲気は日本の県営住宅に似ているが、さらに大規模で、もっと垢抜けた感じがする。

「この辺だ」ヴォルク・ハンがジェスチャーでそう言うので私は愕然とした。

こりゃダメだ！　全然下町じゃないぞ。というより、ここは高級マンション街じゃないか。同じ古い町でも市谷とか麻布みたいなところなのだ。

いくら私が愕然としていても、無情にもタクシーは一つのマンションの前に止まった。ここらしい。さらにショックだったのは、ボブの旧住所がマンションの番号までしかなかったことだ（だから一軒家だと思い込んでいた）。もし元の部屋番号がわかれば、今の持ち主に訊くことも可能だが、これではどうしようもない。

それでも行ってみるしかない。タクシーを降りて、芝生や植え込みの間に作られた小道を歩いていく。入口はオートロックなので中に入ることはできない。しばらく待っていると、三十代くらいの女性が一人出てきた。

声をかけたら幸いにも流暢な英語で答えた。

「この人を知りませんか？」私はＡＦＳのコピーを見せた。ボブの写真が二十年前のものだとも説明した。

「知らない」女性は首を振った。

「マリッジという家も知りませんか？」

「ここにはマリッジという家はないわ」女性は即答した。

何十軒も家が入っているのにどうして全部わかるのかと思ったら、エントランスに全部の家庭の一覧が記されていた。なるほど、これなら一目瞭然だ。

一瞬にして最大の手がかりは消えた。

女性は五年前に入居したので、二十年前のことなど見当もつかないと言った。他の部屋にどんな家族が住んでいるのかも知らないようだった。よその世帯への無関心ぶりは東京のマンションと変わりなさそうだ。

二十年も経てば内戦などなくても人は当たり前に引っ越すし、引っ越した人の行き先なんて誰も知らないだろう。

しかたなく、ホテルのヒョードル君が電話局より得た「九一番地のマリッジ」を探そうとのろのろと歩き出した。しかしこのマンション街は実に広大で複雑。いくら人に訊いても、さっぱり九一番地にたどり着かない。

さまよっているうちに「これは無意味だ」という気がしてきた。これだけ世帯があれば、あらゆる姓の人がいるだろう。マリッジでもストイコビッチでもなんでもいるだろう。もちろん親戚でもなんでもない人たちだ。

急激に疲れてきた。私は九一番地をあきらめ、団地群を抜け出した。市内の中心部に向かう坂の途中に、「ミュージックスターカフェ」という洒落たカフェを見つけた。若者たちで賑わっている。ノートパソコンでインターネットをやっている人もいる。私は崩れるように、どさっとテラス席に腰を下ろした。

人懐っこそうな店の若者が「ハイ!」と英語で話しかけてきた。さっきからいろんな人と話をしているが、タクシー運転手以外はみんな英語を当たり前のように話す。そしてみんなフレンドリーだ。

彼もまた「ジャパン? ナゴヤ?」とにこにこして訊く。もうナゴヤはいいと思ったが、彼にしてみれば日本人が珍しいのだから「ノー、ぼくはトウキョウだ。ナゴヤにはピクシーがいるね」とちゃんと応対してからグラスワインを頼んだ。

ワインを傾けながら、しばらくぼんやりしていた。すでに集中力はゼロで、脳が溶けていた。これからどうしようという当てもなく、「困った」という認識はあるものの、「困った」という実感はまるでなく、はあはあと欲情して唇をむさぼり合っている隣のカップルや、路肩にぞんざいに駐車してある埃《ほこり》だらけの赤いフィアットを見ながら、「ヨーロッパだなあ」と思った。

もう今日はこれ以上頭も体も働きそうになかったのでホテルに帰って休もうと思ったが、一歩踏み出してからふと思いとどまって、踵《きびす》を返した。

せっかくここまで来たのだから、ボブの旧宅の写真をおさめておこうと思ったのだ。最悪の場合、依頼者の佳乃さんにはそれを見せるしかない。それくらいしか見せるものがない。

二五番地に戻って写真を撮っていたら、中年の男性が玄関から出てきた。もう今さら訊きたいこともなかったが、謎の東洋人がカメラを持って黙って立ちすくんでいるのも不審なので、話しかけてみた。

またしても英語のとても流暢な人で、同じように「知らない」と否定した。彼も十年前に入居したそうだ。予想された答えだったので礼を言って引き上げようとしたら、その人は今ごろになって「もしかして、あなたは日本人？」と訊く。

「そうですが」また例の話かと思ったらちがった。

「そうか」彼はにっこり笑った。「私はときどき日本へ行くんだよ」

「日本へ？」

「そう。今年も二月に行ったばかりだ」

「何しに行くんです？　ビジネスですか？」

「いや、研究のためだよ」彼は名刺を差し出した。

ヴィンチャ核科学研究所主任研究員　ミラン・ラジコヴィッチ博士。

核の専門家？　これはまたすごい。

では日本へは原発の視察か何かで行くのだろうか。六ヶ所村とか敦賀とか。それとも東大か京大などで行う学会に行くのだろうか。

「日本ではどこによく行くんですか？」

するとミラン博士はほほえんだ。

「ナゴヤ」

またか！　会話のパターンは全然ちがうのに、どうしてそうなるのだ。セルビア人はどうかしてるぞ。

しかしミラン博士は私が日本人とわかり、親近感を抱いたようだった。

「君の友だちのことを他の住人に訊いてみるよ。もしかしたら古くから住んでいる人が誰か知っているかもしれない」

「ほんとですか」

「うん、でもわからないよ、訊いてみるだけだから」博士は予防線を張るように言った。

そして「今は急いでいるから」とそそくさと握手をして去って行った。私は少しホッとした。期待したわけではない。形だけでも何か手を打っておくと心が落ち着くというだけだ。

腹も減ったので今度こそ帰ることにした。そして結果から言うと、このマンション群に戻ることは二度となかった。

3――長期戦を覚悟する

タクシーで宿の前まで帰ると、すぐそばの店でチキンやらビーフやらをパンにはさんで食べている人たちが目に入った。メニューはセルビア語のみなのでデタラメに一つ指差し、「これ、ください」と英語で言う。

「ハンバーガー？」というので、少しガッカリしながらもうなずいた。本当はもっと地元っぽいものが食べたかったのだがしかたない。

このハンバーガーがなかなか出てこない。五分、十分と経つ。ファストフードにしては遅すぎる。言葉が通じていないのか、それともアジア系ガイジンだからてきとうにあしらわれているのか。

疑心にかられて厨房をのぞきに行くと、どかんと肥えたコックがグローブみたいな手で挽《ひき》肉《にく》をぐいぐいこねていた。

え、ファストフードじゃない？

冷静になって周囲を見ると、私より前に来ていた人もまだ待っている。タバコをくゆらせながら遠い目をしてぼーっと待っている。

——どうもいかんな。

我に返る思いだった。私はちょっと急ぎすぎなのだ。外国は日本のようなペースで動いていない。いつもはわかっていることなのに、今回はどこへ行っても妙に展開が速いので、セルビアに来てからも浮ついているのだ。

ボブにしても、そんなに一発で見つかるわけがない。初めからわかっていたことだ。今までがラッキーすぎるだけで、こっちがふつうだ。

手がかりだってなくなったわけではない。ミラン博士が期待できなくても、まだ他の住人をあたるという手もあるし、もう一人、佳乃さんとアメリカ・カンザスシティで一緒だったミルジャンという旧ユーゴ人もいる。

ボブとミルジャンはカンザスシティでは特に付き合いはなかったようだというが、それでもたった二人きりのユーゴからの留学生なわけだし、両方ともベオグラード出身だ。こちらに帰ってから連絡を取り合っているかもしれない。ミルジャンが今どこにいるのか探さねばならず雲をつかむような話ではあるが、一つ一つ粘り強くやっていくしかない。

あれこれ考えているうちにハンバーガーが来た。

仰天したのはその大きさだ。とにかく巨大。口を最大限に開けないと噛み付くこともできないのだ。だがめったやたらに美味い。分厚い肉は本物のハンバーグステーキだ。パン生地もしっかりして歯応えがある。

あとでわかったことだが、これはセルビア名物のスロウフード・ハンバーガー「プレスカビッツァ」だった。

早食いの私が十分もかけて食べ終わると、顎がギシギシ軋み、腹はパンパンに膨れた。これで一五〇ディナール（約三百円）は安い。「これさえあれば生きていける」というものを見つけると、その国の滞在も旅もすごく楽になる。

いったん宿に帰って少し横になってうとうとしてから、ミラン博士に電話をする。「あー、まだやってない。明日やるよ」とのことだった。

街をちゃんと覚えようと、地図を持って歩き出した。ヨーロッパの他の町と同様、通りにはみな名前があり、街角にはそれが紺色のプレートで記されているのだが、いかんせんキリル文字のセルビア語なので読めない。地理を覚えるついでにキリル文字も覚えようと思った。先は長いのだ。

ベオグラードの街は栄えていた。数年前に訪れたポルトガルやスペイン、ギリシアの都市と遜色ない。

大きなアベニューにはパリのようにカフェが立ち並び、頭のてっぺんから爪先まで隙のないファッションに身を固め、サングラスをかけた「ザ・美人」がキャットウォークで闊歩《かっぽ》している。その長い脚、むき出しの背中を、昼間からビール片手にわいわいやっている男たちが横目で追う。

かと思えば、家族が大きなシェパードをリードもつけずに連れて散歩していたり、誰も連れていないラブラドールが路上にごろりと寝そべっていたりする。犬がのんびりしているのは社会の緊張度が低い証拠だ。しかもこの犬たちはカメラを向けても反応をしない。

タイやベトナムなど東南アジアでも路上の犬はのんびり寝そべっているが、カメラを向けると「異変」を感じて熟睡中なのに跳ね起きたり、唸ったりするのがふつうだ。セルビアはタイよりもさらに緊張度が低いのだろうか。コソヴォ紛争はどこに行ったのか。

でも私もその犬たちと同じ気持ちだった。ベオグラードに来てから、不思議なくらい気持ちが楽だ。アジア系は珍しいはずなのに誰も注目しない。団地群を歩いていたときもそうだった。誰も見ないし、後ろから視線を感じることもない。稀に黒人や中国人らしき人を見るが、彼らを注目する人もやはりいない。

てっきり孤立しているものと思っていたら、セルビアの首都が今回の旅でいちばん開かれた国際都市のようだ。

とはいうものの、中心地のテラージュ広場に向かって歩いていたら、突然破壊されたビルが出現して驚いた。どうやらこれが一九九九年、米軍主導のＮＡＴＯ軍に空爆された政府の建物らしい。

原爆ドームを連想させるが人々はすでに見慣れているのだろう、破壊されたビルには目もくれず、皮肉にもそのまん前にあるハリウッド映画「インディ・ジョーンズ」最新作の広告に見入っていた。

書店があったので中に入ると、思いがけず、本も雑誌も九割方がキリル文字でなくラテン文字だった。どうやらこの国もかつての敵EUを向いて驀進《ばくしん》しているようだ。

広場を過ぎて河の見える丘に立ち、いちゃいちゃするカップルたちの横で夕焼けがじわじわ広がっていくのを眺めていた。やりたいこともなく、かといって嫌なことも何もない不思議な気分で、たまに故郷の八王子に帰ったときに感じるものに似ていた。

なんとなくセルビア語が習いたくなり、ホテルに帰ったらレセプションのヒョードル君に少し訊いてみようと思ったが、いざホテルに帰ると、ヒョードル君のほうから「この人からあなたに電話が来ましたよ」とメモをすっとカウンターの上に滑らせた。

私はちらっと見て、そのまま固まった。

「ボジドール・マリッジ　0636647881」

ボジドール……マリッジ……。て、これ、ボブじゃないか！　どうしてボブが私に電話をくれるのだ？　いったい全体、どういうことだ？　本物なのか？　何か罠にかかったような気もして、私はしばらく言葉が出なかった。

「もう一人、この人からも」ヒョードル君は私が驚いているのを楽しむような調子で、もう一枚メモを見せた。それはミラン博士の名前が書いてあった。

これはミラン博士がボブを探し当てたということだろうか。つい三時間前、彼は明日探してみるとのんびり言っていたのに。核科学者だから、何か私には想像もつかないスーパーテクノロジーだか超能力だかを使ったのだろうか。でも超能力よりも「人違い」というほうが可能性は高いんじゃないか。ボジドール・マリッジは日本の「山本大輔」みたいに、よくある名前かもしれない。

「電話を貸してくれ！」と上ずった声で言うと、ヒョードル君がなぜか顔をしかめる。

「ここから携帯電話にかけると高いですよ。郵便局に行ったほうがいい」

このあまりに良心的なレセプショニストに私はキレそうになった。

「そんなことはどうでもいいよ、とにかく電話！」

いきなりボブに電話をするのは結果が当たりでもハズレでも心臓に悪いので、まずミラン博士にかけたが、出なかった。ならば、しかたない。次はこっちしかない。

ボブに電話をかける。佳乃さんが約二十年前に別れ、十七年前に消息を絶ってそれっきりだった男に、今私が直接電話をかけている。

電話は冥界《めいかい》につながっているのか。それとも単に別人が出るのか。

三回呼び出し音が鳴ったあと、「ハロー」とくぐもった低い声がした。

「ミスタ・ボジドール・マリッジ?」私の声は少し震えていた。

「イエス」

「私は日本人でタカノと言います。あなたが高校時代、アメリカで知り合ったヨシノの友だちですが……、あなたはヨシノを覚えてますか?」

一瞬の沈黙のあと、低い声はこう言った。

「ヨシノ?……ヨシノ・ウエダ?」

その瞬間、「ビンゴ!」と私は心の中で叫んだ。佳乃さんの旧姓は上田だった。私でさえ忘れていた事実を知っている。間違いない、ボブだ。

彼は私の興奮に気づいたのか気づかないのか、「今は仕事中だから、九時にそっちに行く」と早口で言い、電話は切れた。人違いでもなければ、冥界の住人でもなかった。ボブはここベオグラードに実在した。

「やった、これで日本に帰れる」——というのが正直な感想だった。ボブを見つけられなかったら、どんな顔をして日本に帰ったらいいのかと思っていたからだ。

感激はなかった。それよりとにかくホッとした。国民の期待を担った日本のスポーツ選手は期待どおり活躍して勝利を収めると、第一声はたいてい「ホッとしました」と言う。国民の期待など全く背負ってない、というか誰もこんなバカな旅など知りもしないのだが、私も同じ気持ちだったのだ。

私は夜が更けるまで、部屋で一人、ビールとワインで祝杯をあげた。私の活躍を称えるように、窓の外では、音楽好きの人たちがチューバやトロンボーンを賑やかに吹き鳴らしていた。

覚悟した途端、長期戦がなくなるのだからなんとも不思議なことである。

4――ボブ、怒濤の攻撃

約束より二十分ほど遅れて、「ホテルに着いた」とボブから内線電話がかかってきた。

階下に下りた私はその人を見て目を疑った。

巨漢だった。身長は百八十センチくらいだろうが、体重は百キロ、いや百二十キロは優にありそうだ。さっきはハンバーガーというからマクドナルドのそれを想像していたら巨大なハンバーガーステーキサンドが出てきたが、それを上回る驚きだ。

これがあのやせて、繊細そうな、芸術家肌のボブ？　よく見ると細くて高い鼻梁《びりょう》と切れ長の目元に面影は残ってなくもなかったが、まるっきり別人である。

私と会っても目を見つめてギュッと手を握る。にこりともしない。

「外へ行って飲もう」と短く告げると、先に立ってずんずん歩き出した。髪が短く刈り込まれ、真っ黒のシャツとズボンを着用しているせいもあって、「街の顔役」という雰囲気だ。

ホテル脇に止めてあった黒光りする車に乗り込む。ホンダ・アコードの新車だ。シートは総革張り。こんな高級そうな日本車は初めて見た。

「いい車だねえ」と感嘆したら、ビッグ・ボブは「日本の車だよ」と肩をすくめた。

なんだか取り付く島がない。

「セルビアがこんなに発展してるとは思わなかったよ」と言うと、「当たり前だ。ここはヨーロッパなんだから」とあっさり。さらに咳《せ》き込むような早口で喋る。

「シリコンバレーと呼ばれる一角があるんだ。モダンなバーやレストランだらけだぞ。そうだ、あんたは肉を食ったか？　セルビアの肉にはケミカルなものは一切入っていない。世界一だ」

「セルビア人は肉が好きなんだね？」かろうじて口をはさむと、

「そうだ。肉、肉、肉。だから俺たちは根性がある。セルビア人は世界でいちばん根性があるんだ。……お、あれを見ろ、すごい美人だろ？　素晴らしい脚だ。セルビアの女も世界でいちばん美しい。ほんとだ。どこの国の人間もそう言ってる……」

ひたすらセルビア賛歌である。初対面で自国のことをこんなに自慢する人は初めて見た。これはほんとうにあのボブなんだろうか。「皮肉屋」と聞いていたが、皮肉どころか直球ど真ん中しか投げてこない。

ベオグラードは夜も栄えていて、駐車する場所がなかなか見つからない。ボブはだんだん苛ついてきて、私が何か言うと「話しかけないでくれ。気が散る」と一言。

やっと車を停めて降りたら、またボブが喋り出した。

「この街はクネズ・ミハイロヴァ通りというメインストリートだ。今日は例外的に空いている。いつもは人が多すぎて肩をぶつけずには歩けない」

「へえ」

「俺は日本に行ってみたい」ボブはすぐ勝手に話題を変える。

「ここの方がきれいだよ」お世辞を言ってみても無駄だった。

「もちろん。俺はただ他の文化が見たいだけだ」

また話題を変え、「あんたはベオグラードの何を知ってる？」と私の目をじっとのぞき込

む。なんだか試されているようだ。困った私が「うーんと人口百二十万くらいで……」と言うと、

「それは統計だろ！」

「だって、今朝着いたばかりなんだよ」私もさすがにムッとすると、「ふん」と鼻を鳴らしただけだった。

「国際的な街だね。いろんな顔がいる。アジア系もいるし、中東系もいるし」佳乃さんの代理なので私はあくまで低姿勢で頑張るが、その努力もボブの「そんなことはない。ここはヨーロッパだ」という一言で粉砕された。

うーん、なんて自己中心的な奴なんだろう。アグレッシブで居丈高だ。

しばらく通りを行ったり来たりしたあと、一軒のカフェに腰を下ろした。

ビールを飲み出すと、私は気を取り直してきた。後生大事に持っているAFSメモリアルのコピーをデイパックから取り出して見せたが、「俺もこれは持ってる」とそっけない。

この辺で私も遅まきながら「彼は俺のことを信用してないんじゃないか」と思いはじめた。なにしろ、最後に会ったのが約二十年前で、音信が途絶えたのが十七年前だ。そんな昔の友人の、そのまた友人を名乗る男が突然現れたら心が許せるわけがない。

「実はこれはメモリークエストという新しい試みで……」と私はこれまでの経緯を話し出し

た。ボブはふんふんとうなずいていたが、急に話を遮って「ヨシノは素晴らしい。他の連中とはちがった」と言い出した。

全然こっちの言うことを聞いていない。まあ、でも佳乃さんの話題はいい。

「彼女が言ってたけど、君はアメリカ人があまり好きじゃなかったんだってね」

「そりゃそうだ」と彼は珍しく私にうなずいたが、そのあとは「アメリカ人は教育程度が低い。何も知らない。ヒロシマ、ナガサキだって知らない。フレンドリーだけど、それだけ。ヨーロッパ人の俺たちからすると呆れちまうよ。その点ヨシノは日本で高い教育を受けている。アメリカのハイスクールなんかヨーロッパや日本の中学程度だ」とボロクソである。

うーん、昔からボブはアメリカ人をバカにしていたというが、それだけではないような気がする。この二十年でボブは変わったのだろう。それは激しく長く続いた内戦のせいではなかろうか。

「ヨシノさんは心配してたんだよ。生きているのかって」

「俺は生きている。当たり前だろ」本人はあっさり言った。

「だって、連絡がとれなくなっちゃったんだよ」

「それは引っ越して郵便局が新しいところに転送してくれなかったからだ。よくあることだ」

こいつは佳乃さんがどういう気持ちでいたか全然わかっていない。私は彼女の思いを伝えようと例の「不吉な夢」を話してみた。しばらく聞いていてボブは「それはなんだ、いったい？」と言う。

「だから彼女が夢を見たんだよ」

「なんだ、夢の話か」

まるで夢オチの小話でもしたかのようで、私がバカみたいだ。

「それより」とボブは巨体を前に乗り出した。圧迫感に襲われる。「ヨシノは今、どうしてる？　元気なんだろ？」

「元気だし、このときよりきれいになったよ」私は彼女の十八歳の時の写真を指差して言った。

「写真はないのか？」

「…………」そんなものは持っていない。

「あ、そうそう」と私は話をそらした。「彼女は子供が生まれたばっかりなんだ」

「お、そうか！　いつ？　男の子？　女の子？　名前は？」

いかん。詳しいことは一切おぼえていない。

「ええと、男の子」確率二分の一に私は賭けた。まだ赤ちゃんだというのはわかっても生まれたのが一年前か二ヶ月前かも憶えていない。そもそも聞いていないのかもしれない。

「去年の十二月だ」真ん中をとって半年くらい前にしておいた。さすがに名前はでっち上げるわけにはいかなかったが、幸い、ボブは質問の返事を三つもおとなしく待っているような人物ではなかった。

「いつ結婚したんだ？」と次の質問が飛ぶ。

私はここに至り、両者のおそるべきギャップに気づいた。

私はボブの情報はたくさん持っている。だからボブについてはいくらでも語れるのだが、依頼者である佳乃さんのことはまるで知らないのだ。なにしろ会ったのは一度だけだし、そのときもボブの話しかしていない。

しかるに、ボブは自分の話なんか興味がない。なにしろ本人なのだ。彼が聞きたいのは佳乃さんの話。でも、その「友人」としてはるばるやってきた男は佳乃さんのことを何一つ知らない……。

今まではタイでもセーシェルでも見つけた人は依頼者をろくに憶えていなかったし、南アのリチャードは私の友人だから二人で語り合えば話は済んだ。しかし今回はそれでは「子供の使い」でしかない。

私はだんだん冷や汗が出てきた。なんだかわからないが「偽者」になった気分だ。

「結婚は……えーと三年前かな」でたらめに答えた。

「夫はどんな人だ？」

おお、こっちはよく知っているぞ。なにしろ担当編集者だ。何度も飯を食ったり酒を飲んだりしている。

「彼は有名な出版社の編集者だ。すごく優秀な人だよ」

「ほう、どんなふうに？」

どんなふうにと言われてもなあ。だいたい日本の作家の名前も知らないだろう。そう思って私はいちばんわかりやすい人名を挙げることにした。

「彼は映画監督の北野武の本を作っているんだ」

「誰だ、それは？」

「世界的に有名な日本人の映画監督だ」

「クロサワ？」

「いや、もうその人は亡くなった」というか、名前が全然ちがうだろう。

「映画監督といえば、クストリッツァだ。彼はカンヌ映画祭では『神』だよ！」ボブは両手を広げた。クストリッツァもセルビア人なのだろうか（実はあとでボスニア人とわかったが)。それからボブは世界のキタノを知らないらしい。

「それからヨシノのダンナは音楽家の坂本龍一とも一緒に仕事をしている」

別の著名人を出した。

「誰だ、それは?」

「世界的な音楽家だよ。映画『ラストエンペラー』の音楽でアカデミー賞を受賞した……」

「ラストエンペラー?」

ダメだ。ボブは映画も音楽も詳しくないらしい。

「君は家族は? 子供がいるんだろう?」逆に取材態勢に入るが、

「子供は二人いる。まあ、詳しいことはヨシノに直接話すよ」で終わってしまった。

「それよりヨシノの話をしよう。彼女は出身地はどこだっけ?」

私はもはや完全に追い詰められていた。化けの皮をはがされそうだ。インドや中国の公安に捕まって尋問を受けたときを思い出してしまう。返答に詰まっていると、街の顔役が迫ってくる。

「ヨシノの大学は? 何を専攻した?」

追い詰められて私も開き直った。

「どこだか忘れたが、いい大学だ。専攻はどこだか忘れたが、たぶん英文学」と言い放ったあと、「君はどんな大学へ行ったのか？　そのあと何をしてたんだ？　戦争に行ってたのか」と逆襲した。すると、ボブは早口で「戦争には行ってないよ。内戦のときはロシアにいた」と言ったが、それ以上詳しく訊こうとすると、

「まあ、過去の話はいいじゃないか。それより未来に目を向けよう。乾杯！」とグラスを差し出して、カラカラとわざとらしく笑った。ごくっとビールを飲むと、「で、ヨシノは今何の仕事をしている？」

かくして私は佳乃さんの話を避けようと躍起《やっき》になり、ボブは自分の話をしまいと頑張る。まるで無意味な綱引きをやっているようだ。

幸か不幸か、閉店の時間になった。ボブは明日の早朝から家族で地方に出かけるという。明日は土曜日。ボブは月曜日に帰るという。

彼は私をホテルまで送ってくれ、「月曜日にまた会おう」と言って去って行った。

私は一人、暗いホテルのエントランスに立ちすくんでいた。

メモリークエストは探索者を見つけるまでが仕事と思っていたが、甘かった。相手のメモリークエストにも応える義務があったのだ。

プロの探索者への道は遠い。

5――コソヴォはセルビアの聖地

ボブを発見したというニュースは幸いなことに佳乃さんを喜ばせた。翌日の午後にはこんなメールがかえってきた。


こんばんは。茅原佳乃です。

昨日、主人からボブが見つかったとの連絡あり、いまだに興奮しています！

ほんとうにありがとうございました。そしてお疲れ様です。

なんだかあっという間に見つかってびっくりですが、ボブの「おじさんっぷり」にいまだびっくりしています。

「愛想なし」なのは予想どおりでしたが、あんなに太っているとは……。会わない月日の長さを感じさせられました。

取り急ぎ、興奮しながらもボブにメールしてみました。

家事の合間合間に書いたものなので、今読み返してみると……かなり散漫で乱文ですが……、高野さんにもそのまま送ります。

依頼者からこんなに感謝されたのは初めてで、たった一日ながらも努力が報われた気がする。

佳乃さんがボブにあてた達者な英文の手紙には、彼女の経歴や現在のことなどが手際よくまとめられていた。

大学を出てからファッション雑誌の編集者を八年もやっていたとは初耳だった。

驚いたのは、結婚が三年前、生まれたのが息子で、誕生は昨年十二月ということだった。私がでたらめに喋ったことは全部ドンピシャだった。やはり前世はイタコだったのだろう。

佳乃さんは最後に「高野さんにこれまでのことを話してください」と書いてくれていた。

「うーむ」と考え込んだ。不沈艦のようなボブの圧迫を思い出すと、また顔を合わせるのがどうにも気が進まない。

無事に発見したんだし、もう任務は終了してもいいんじゃないかと思っていたのだが、これではなんだか帰れない。それに佳乃さんはボブが昔ながらの「愛想なし」と思っているようだが、そんなもんじゃない。何か本質的に変わっている。それが何なのか突き止めたくなった。

ボブが家族と田舎に出かけている週末の三日間、私は毎日、ミュージックスターカフェに

〝出勤〟し、ネットを駆使して旧ユーゴの歴史と内戦について調べた。私はユーゴ内戦についてろくに知らない。以前、ユーゴ内戦時の熾烈《しれつ》な情報戦を暴いた高木徹の『ドキュメント戦争広告代理店』と、分裂していくユーゴ最後の代表監督オシム氏の苦悩を描いた木村元彦の『オシムの言葉』の二冊を深い感銘とともに読んだからそのときは多少わかっていたはずだが、今は忘却の彼方だ。

多少は基本知識がなければまたボブに軽くあしらわれるだけだし、もし真剣に話されてもついていけないにちがいない。どっちにしても怒られそうだ。

ネットの情報では、立場がセルビア側か他の側かによって解釈や事実の有無（テロや虐殺など）もまるで異なることもあったが、いろいろな角度で検索して読み込んでいくと、どの立場でも共通したものが浮かび上がってきた。

ユーゴの歴史、ひいてはバルカン半島の歴史は、日本で言うなら戦国時代が延々と千数百年も続いているようなものだから厳密に考えるとキリがない。歴史を思いきり引きずっているユーゴ内戦にしても同じことだ。ここはあくまでキモだと思われる部分だけ押さえることにした。

まず、いわゆる「ユーゴ内戦」は大きく二つあると考えることにした。一つはボスニア紛争、もう一つは現在も続くコソヴォ紛争である。

ソ連が崩壊し冷戦が終結すると、ユーゴの各民族（と民族名を冠した共和国）はそれぞれ独立を目指した。旧ユーゴはセルビア人が三六パーセントといちばん多く、権勢も強かった。二番目に多いクロアチア人ですらたった一八パーセントでセルビア人の半分。他の民族はもっと弱小である。セルビア人はユーゴスラヴィアの盟主だったのだ。

その結果、ユーゴ内戦とは「ユーゴは統一すべき」というセルビア人と「各民族（共和国）は独立すべき」という非セルビア人とのせめぎ合いで起きた。だから現在のセルビア共和国内では戦争はなく、他の共和国内でもっぱら起きていたのだ。

スロベニア共和国はわりとあっさり独立してしまった。クロアチアはもっと戦闘と混乱があったが、圧倒的に悲惨だったのはボスニアだ。ここだけは突出して有力な民族がない。モスレム人がいちばん多くて約四〇パーセント、セルビア人が約三一パーセント、クロアチア人が約一七パーセントという構成だ。この三者が三つ巴《どもえ》の争いを展開した。

ところでこの三つの民族だが、実はみな、同じ言語を話し、人種的にもちがいはないらしい。では何がちがうのかというと宗教がちがう。セルビア人はセルビア正教、クロアチア人はカトリック、モスレム人はイスラムをそれぞれ信仰している（「モスレム」はイスラム教徒の「ムスリム」と同じ言葉である）。

これには驚いた。世界的に「民族」とは話す言語によって規定するのが一般的だ。例えば、日本にもカトリックの信者がいるが、「あれは日本人ではない」とは誰も言わないだろう。ところが、セルビア・クロアチア・モスレムは「宗教＝民族」なのである。

理由は歴史的なものだ。セルビアはビザンチン帝国の影響を深く受けたから正教徒。クロアチアはイタリアやハプスブルク家（ドイツ・オーストリア・ハンガリー）の影響下に長くあったからカトリック。そしてモスレムはオスマントルコ帝国の支配下でイスラムに改宗した人々である。

モスレム人（というのも変な言い方だが）は弱小のボスニアを独立させるために、超大国アメリカを動かした。アメリカの政治家やマスコミにうまく取り入って「ボスニアは被害者、セルビアは加害者」という構図を作ってしまった。

東西冷戦が終わってから、今度はキリスト教対イスラムという新たな東西文明の衝突が叫ばれて久しいが、ユーゴではアメリカは同じクリスチャンのセルビアを敵にまわし、ムスリムであるボスニア側についたのだ。

九〇―九三年のいわゆる「ユーゴ内戦」は被害者や難民の数から言って、八、九割はボスニア紛争が占める。

この紛争の結果、セルビア（当時は「新ユーゴスラヴィア」）は国連から制裁を受けたうえ、昔の日本みたいに国連を除名された。多大の犠牲者と難民を出しながらもボスニアは独立し、ひとまずここでの紛争はおさまった。

ところが、セルビアはボスニアとは直接関係のない、もう一つの厄介な揉め事を抱えていた。それがコソヴォだ。

コソヴォはセルビアの南西部にある地域だ。住民の八割はアルバニア語を話すアルバニア人である。彼らは「ここは俺たちが先祖代々住んでいる土地だから、独立して一つの国になりたい」と主張している。

それだけ聞くともっともで、そこを手放さないセルビアが横車を押しているようだが、そう簡単な話でもない。というのは、コソヴォはセルビア人にとって聖地だからだ。

セルビア人が初めて自分たちの国、中世セルビア王国を作ったのは十二世紀。その中心地がコソヴォなのである。セルビア正教が成立したのもコソヴォだ。以後、十四世紀半ばまでセルビア王国は栄華を誇った。セルビアの金貨がヨーロッパで最も信頼度の高い通貨として流通したという逸話からもその繁栄ぶりが想像できる。

だがトルコからオスマン帝国軍が侵攻、一三八九年、セルビアとコソヴォで壮絶な戦闘を展開した。セルビアはオスマンのスルタン（皇帝）を戦死させたが、結局は全面的に敗れ、以後五百年間、オスマン帝国の支配に甘んずることになる。

これがバルカン史に残る「コソヴォの戦い」で、セルビア人にとって「コソヴォ」と「一三八九年」は特別なものになった。

さらに、オスマン帝国に追われる形でセルビア人が北に移住してから、イスラムに改宗したアルバニア人が他の土地からコソヴォの地に大量に入ってきた（アルバニア人はセルビア人より古いコソヴォの先住民だが人口は少なかったらしい）。まさにエルサレムの帰属をめぐるイスラエルとパレスチナの争いのようだ。これだけでも問題の根深さがわかる。

今のコソヴォ問題もそう。東西冷戦終了後、九〇年代の前半、コソヴォはあくまでも非暴力主義で独立しようとしたが、セルビア側はクロアチアやボスニアなど北部での戦闘で忙しいこともあってこれを無視したばかりか、北部のセルビア難民をコソヴォに殖民させたりした。その結果、アルバニア人の多くが武力闘争に傾き、セルビア住民を殺したりレイプするなどテロ行為を繰り返すようになった。

セルビアも黙ってはいない。軍がコソヴォに侵攻、アルバニア住民を大量に虐殺したという（虐殺の真偽や規模については、「南京大虐殺」と同じくらい幅広い異論がある）。

この「虐殺」が引き金となり、アメリカとEUは再びキリスト教徒のセルビア人を敵とし、ムスリムのアルバニア人側についた。アルバニア人の武装組織がアルカイダや西欧の麻薬組織と深いつながりがあるという噂（真偽は不明）にもかかわらず。この辺、「アメリカ＝反イスラム」という常識がひっくり返っている。

一九九九年三月から七十八日間にわたって、アメリカ主導のNATO軍が首都ベオグラードを空爆した。

当時、名古屋グランパスでプレーしていたストイコビッチは三月二十七日のヴィッセル神戸との試合後、ユニフォームをめくった。下に着たTシャツには「NATO STOP STRIKE（NATOは空爆をやめろ）」と書かれていたという……。

全く解決の糸口さえ見つからないではないか。私はため息をついた。

ちなみに、日本もコソヴォをこの三月に独立国として承認していた。

その他にも血なまぐさい話はいくらでもある。第二次大戦時、ナチスドイツ支配下で、傀《かい》儡《らい》政権「クロアチア独立国」ができ、クロアチア人のテロ組織がセルビア人、モスレム人を殺害、追放、改宗などで大弾圧を加えたとか、ボスニア内戦時には、各民族がそれぞれ「強制収容所」を設け、レイプした女性たちを閉じ込めて強制出産させたなどという話もあり（事実関係は諸説紛々である）、記述を読むだけで気分が悪くなってくる。

「ユーゴ内戦はどうだった？」と気軽に訊いてボブが嫌がるわけだ。

胸が苦しくなり、私はパソコンを閉じて丘の上のカレメグダン公園に歩いていった。さきほどまでの血みどろの歴史がウソのような、ベオグラードきっての観光名所だ。

遺跡なのにテニスやバスケットボールのコートがあり、熱心にプレーしている人たちがいる。幼稚園の遠足がやってくる。動物園には真っ白な孔雀がおり、家族連れがビデオカメラを回す。

公園のてっぺんからはドナウ川がゆったり流れるのが見える。川は二つに分かれている。右はドイツから流れてくるドナウ本流。左はオーストリア・イタリアからクロアチアを経由して流れ込むサヴァ川。

川岸にはボートハウスが無数に並ぶ。レストランやバーらしい。向こう岸はどちらも鬱蒼《うっそう》とした森。

高層ビルを横に倒したような巨大な豪華客船が音もなくすーっと滑り、青く澄んだ空には観光用か広告用とおぼしき黄色いセスナがぶーんと飛んでいる。

平和は素晴らしいと言わざるをえない。

初日にボブに連れてきてもらった、目抜き通りのクネズ・ミハイロヴァ通りは、昼も賑やかである。老いも若きも、男も女も、風通しのいいカフェの下でビールやアイスクリームを堪能している。

しかし、ここでもセルビアがややこしい紛争を抱えた国であることを思い出させるものがあった。

ＣＤショップへ行き、「何かセルビアらしい音楽が聴きたいんだけど」と若い店員に言うと、十枚近いＣＤを取り出して試聴させてくれた。古いビザンチン帝国時代の民謡、ジプシーミュージック、ブルガリアンヴォイス風の教会音楽、トルコの軍楽隊風の吹奏楽曲……と、この国が歩んできた歴史が音楽の中に凝縮されているようだ。

「そしてこれがセルビアの最も伝統的な民族音楽です」と店員が差し出したのは、コソヴォの民謡だった。

彼は純粋に音楽が大好きらしく、すごく楽しげに私に説明を続けていて、「コソヴォ」と言ったときにも何も特別な感情の揺れはなかった。「浅草はいちばん江戸情緒が残っているところです」と日本人が言うときみたいにごく自然な口調だった。

私はそれらのＣＤを全部買い込んだ。

外に出ていくらも歩かないうちに、今度はもっと奇妙なものに出くわした。地下道の入口に広告のようなものが掲げられている。

「コソヴォ・メトヒヤは昔も今も、そして未来もセルビアのもの」

「なんじゃ、こりゃあ!?」と思わず立ち止まった。

コソヴォという土地は、厳密には東部がコソヴォ、西部がメトヒヤという地名なので、こういう言い方をすることもあるとはすでに学習済みだった。要するに、コソヴォの独立は絶対に認めないというセルビア人の強い意志を表している。

意志を表明しているのは誰かはっきりしないが、「1389 org. yu」と最後に記されている。1389とは例の「コソヴォの戦い」の年だから、セルビア民族主義の団体なのだろう。yuはユーゴスラヴィアのドメイン名で、セルビアは今もこれを使っている。

というように内容については別に疑問もなく、セルビア人のある典型的な感情を確認しただけだが、驚いたのはその言葉が日本語で書かれていたからだ。

たしかにセルビア人にとって、日本は今ストイコビッチもいるし、テクノロジーも発達しているし、親しみのわく国ではあるだろう。ホテルのヒョードル君も「ひらがなとカタカナ」を知っていた。でもベオグラードの街中で日本語を見ることなど、これ以外は皆無だ。だいたい、誰一人読めない外国語でスローガンをぶち上げてどうしようというのだ。日本で、「北方領土を返還せよ!」とアラビア語で書くようなものである。

うーん、セルビア人、いったい何を考えているのかさっぱりわからん。

この週末、もう一つ驚いたことがあった。ボブを発見してくれたミラン博士である。

やはりネットで調べたのだが、ヴィンチャ核科学研究所は旧ユーゴスラヴィアの原子力研究の中心地であり、今でも研究スタッフ四百名、従業員八百名を抱える巨大研究施設だった。その研究主任というのだから相当すごい人にちがいない。

さらにミラン博士がナゴヤに何をしに行ったのかも判明した。正確には岐阜県土岐市にある核融合科学研究所に招かれていた。官学産が一体となって核研究を進める、これまた日本の核研究の最先端施設らしい。そこで彼は「核融合と宇宙プラズマ」について共同研究を行っていた。

核融合と宇宙プラズマの関係については、読んでも何一つわからなかったので割愛する。ただ私の頭の中には、宇宙空間にビッグバンのような大爆発が起き、ものすごい稲妻と稲妻が交錯した瞬間、ボブのでかい顔がビカッと現れたというシュールな映像が浮かんだ。

ミラン博士がそんなふうにボブを発見していたらさぞかし面白いが、それは「ボブ発見」というより「ボブ誕生」であろう。まだ核科学もそこまで発達してはいまい。

ではミラン博士はいったいどうやってボブを見つけたのか。

ボブも博士と電話で話したわけではない。なんでも、家族で買い物に出かけようとしたとき、いったん駐車場に行ったのだが、奥さんが忘れ物を思い出して家に戻った。そのときたまたま電話が鳴り、出てみたらミラン博士だったという。だからボブも博士がどうやってボブの居場所を探し出したのか聞いたわけではない。

彼は「亡くなった俺の父親は経済界ではちょっと知られた人物だったし、あのマンションでの世話役だったから、古い住人に訊けばわかったんだろう」と推測していた。

ところが実際にミラン博士に電話して直接聞いたら全然ちがった。

「他の住民に訊いてもわからなかったんだ。だから私は電話局に問い合わせた」

「電話局？」

「そう。電話番号サービスだよ。ベオグラードに住むボジドール・マリッジという人の番号を全部訊いたら、五つあった。それを一つずつ、私は電話していったんだ。そしたら、三番目が君の友人の家だった」

えー！　ミラン博士、そんなアナクロな探し方をしたのか。だいたいその方法なら、私だって、ホテルのフロントのヒョードル君に頼めば自分でできた。だが、思いつかなかった。日本のような国ではすでに自宅の電話を電話帳に載せない人が多い（つまり104で訊いてもわからない）し、逆にアジアやアフリカの国ではそこまで情報網が発達していないところが多い。そこそこ情報網が発達し、でも個人情報保護にまだ神経質になっていないセルビアだからこその技だ。

そういえばヒョードル君は「同じヴィソコグ・ステヴァナ通りの九一番地にはマリッジという家がある」と電話局に聞いていた。その時点でセルビアの電話局の情報収集力に気づくべきだった。きっと社会主義時代の名残りなのだろう。

いずれにしても、ミラン博士にはいくらお礼を言っても足りないくらいだ。

最後に「ナゴヤではストイコビッチに会ったことはあります？」と訊くと、

「いや、まだない。でも次回は必ず会うつもりだよ」とまじめな口調で答えた。

近いうちにナゴヤでストイコビッチVSミラン博士というビッグな対談が行われ、きっとその席上でボブと風変わりな日本人の話題が出るかもしれない。そう思うと少し楽しい。

6――最後のミッション

月曜の夜、ボブと再会した。

この日は前回とは別人のようにボブはご機嫌だった。もううれしくて楽しくてたまらんという感じで、コワモテの顔を崩してにっこにっこにっこしている。孫でもできたのかと思ったくらいだ。

「ヨシノからメールが来たよ。家族の写真も見た。素晴らしい。ほんとに素晴らしい」ボブは繰り返した。やっと私を佳乃さんの使いと認めてくれたようだ。

スカトリヤという、由緒あるレストラン街に連れて行ってくれた。家の窓の造りや石畳の石の磨《す》り減り方でその古さがわかる。

周囲には小さいが値段の張るホテルや、「カファーナ」（セルビア語でカフェを意味する）というレストランとバーを兼ねた、古いタイプのカフェが軒を連ね、金管楽器やバイオリンやアコーディオンの生演奏がそこら中で繰り広げられている。とても月曜の夜とは思えない賑やかさだ。

二階にテラス席のあるカファーナに入ると、ボブはワインと料理を注文した。出てきたのは前にボブが言ったように、「肉、肉、肉」。

牛肉、鶏肉、豚肉、ラム肉、ハンバーグ……。すべてグリル、すべて塩、胡椒のみの味付け。肉そのものの味を大切にしろということらしい。

だが私はその肉をゆっくり味わっている余裕はなかった。ボブが機関銃のように喋るからだ。前回は避けまくっていた内戦時の話である。私を認めてくれたわけではなく、「ヨシノにメールで書きたいんだけど、何をどうやって書いたらいいかわからないんだ。ここで君に話すから、あとでヨシノにまとめて喋ってくれ」ということだった。

佳乃さんからは前日、「ボブから写真とメールが来ましたが、ほんの二行だけでした」と連絡があった。この短気な男はメールにちまちまと、しかも外国語で文章を書くなんてまどろっこしくてしかたないのだろう。

だからボブは本気で私に伝達係を頼んでいるのだった。メモリークエストはまだ終わっていなかった。これが最後のミッションだ。

「どこから話せばいいかな……、オーケー、俺は高校を卒業したあと、兵役に就いたんだ」

ボブは例によってこちらのことなどお構いなく、思いつくままにどんどん喋り出した。

兵役に就いたのは「ユーゴスラヴィア陸軍」である。各民族間のテンションは高かったが、まだ独立闘争も内戦も始まっていなかった。

内戦が始まったのは彼が兵役を終えてベオグラードの大学に進学してからだった。一年経ったところで内戦は激しくなった。戦いは主にボスニアとクロアチアで行われ、セルビアは平穏だったが、周囲の雰囲気は厳しかった。

「若い人間は全部兵士として参加しろって感じだった。俺は戦争なんて嫌だから叔父のいるモスクワに行ったんだ」

叔父はモスクワで建設会社を営んでいたので、そこで一年働いた。そのあとは、ニューヨークの大学に入学することが決まっていた。経済界の大物であるお父さんのコネで、あるアメリカ＝ユーゴ合弁企業がスポンサーになってくれたのだ。卒業後はその会社に最低五年間勤めることが条件だった。

ところが。一九九二年、全ての準備が整い、家族、親戚、友人たちに別れを告げ、いざ出発の四日前、国連がセルビア（当時は「ユーゴスラヴィア」）への経済制裁を発表した。この制裁により、スポンサーの企業が銀行預金を一切動かすことができなくなってしまい、ボブの留学はチャラになってしまった。

「あれが運命の分かれ目だったな。国連の制裁がなかったら、いや五日遅いだけでも俺はニューヨークに行っていたんだから」とボブは遠い目をする。

そのときボブはビザ取得の関係でルーマニアのブカレストにいた。スポンサーの会社の関連会社があったからだ。結局セルビアに帰るに帰れず（「だってもうお別れパーティだって終わってるんだぞ」）、ブカレストにとどまり五年働いた。ボブのメンツを抜きにしても、セルビアは帰る状況になかったらしい。

「経済制裁が行われるとどうなるか知ってるか？　表の経済がストップするから、みんな闇経済になる。怪しい連中が世界中からどっと入って来るんだ。国連の連中はそういうことを知らない。いや、知ってるんだろう。アメリカとEUの陰謀なんだ」とボブは言う。

ボスニア内戦が終結したあとの一九九七年、ボブはセルビアに戻り、自分の会社を設立した。順調に業績を伸ばし、いくつかの大企業から投資を受けることが決まったが、それも一九九九年のNATO空爆で白紙になった。

二〇〇〇年、ボブはフランス系セルビア人で経済アナリストの女性と結婚。不屈の男はまた新しい会社を設立した。今度は姉の協力を得た。彼の姉は若いころからイタリアでモデルをしており、その後イタリアでファッションデザインを学んだ。現在は有名なブランド「MANGO」のシニアマネージャーであるが、当時はNATO空爆によるPTSDのようになり、外での仕事ができなくなっていた。

そこで彼は姉と一緒におしゃれな子供服のブランドを作り、また急成長するが、二〇〇三年、セルビアの首相暗殺事件で国内の政治経済がめちゃくちゃになり、彼のビジネスはまた大打撃を受けた。

「俺は悩んだよ。一九九二年の経済制裁以来、違法行為でビジネスをする連中ばかりになったが、俺は一度もそういうことをしていない。危険だからだ。そのとき力を持っている奴に頼ると、そいつが力を失ったときにヤバイことになる」

街の顔役みたいだが、意外にボブは堅実なのである。おそらく「育ちのよさ」なのだろう。

彼は悩んだ末、会社をたたみ、友人の会社に誘われて入った。サウジアラビアにある世界最大のプラスチック会社「サビック」の営業エージェント企業だ。セルビアでは大手に類するらしい。現在はフィナンシャル・マネージャーという肩書きだが、ちゃんと業績を上げていれば会社にいようがいまいが関係ないという立場だという。

「それでも俺は涙を呑んだんだ。家族のためにな。俺は他人の会社で仕事をしたくないんだ。今だっていつも自分の会社を興すことを考えているよ」

そう話すと、ボブはガツガツと肉を食った。

そうだったのか――。

なんだか最初のイメージでは、いい車に乗り、いい仕事に就き、家族に恵まれ、動乱の波をサーファーよろしく、うまく乗りこなしてきたみたいに見えたが、そんなにも苦労してきたのか。そういえば、彼の強引な話しっぷりや態度は、日本の叩き上げの社長にも似ている。

ここにいるのは佳乃さんが知っている繊細で皮肉屋の若者ではない。何度倒されても立ち上がってくる不屈の男だ。

象徴的なのが一九九九年のNATO空爆だ。

「俺たちは毎日カフェに出かけて行ったよ。爆撃はすごかった。ズーン、ズーンと体の芯《しん》に響く。その中でコーヒーやビールを飲むんだ。何千、何万という人間が集まってな。それが俺たちの『抵抗』だったわけだ」

ボスニアやクロアチアの内戦も酷《ひど》かったが、NATO空爆は意味が全然ちがったと彼は言う。

「だって全世界が俺たちの敵になったんだぞ。あの三ヶ月のことは絶対に忘れられない」

もちろん日本もベオグラード空爆に賛成したのだ。私たちも彼の敵になっていたのである。

ボブの話は優雅なんだか困難なんだかよくわからないものが多い。彼があくまで上流階級の人間であり、苦労のしかたもアッパーだからだ。

例えば、奥さんの実家がフランスのニースにあるので、子供は二人ともフランスで出産してフランス国籍を取得させている。今も彼らはフランスのセルビア人学校で教育を受けている。

それだけ聞くと、「いいご身分ですなあ」と思うが、現実には「今後もセルビアでは何があるかわからない。いざとなったらEUに脱出させるようにしておく」という考えがあってのことなのだ。

今も、ニースに別荘を持ち、六月から九月までは家族みんなでそこで過ごすとけっこう得意気に言うが、「その間、仕事はどうしてるの？　会社はベオグラードだろう？」と訊くと、「おいおい、それは訊かないでくれよ」と笑った。

なんでも、ボブは平日はちゃんとここで会社に出勤しているという。そして週末になると、飛行機は高いから、ベオグラードからニースまで車で高速道路をぶっ飛ばして家族に会いに行くんだそうだ。距離的には東京—鹿児島（？）くらいあるから、全くご苦労なことだ。

私が感じ入っていると、「ほら、どんどん食え！」と肉を指差す。グリルなのになぜか油でギトギトの肉にかぶりつくと、今度は「ほら、あれを見ろ！」とつっつく。

後ろで、楽隊に合わせて、びっくりするほど美しい女性が歌いながらくるくると回って踊っている。てっきりプロだと思ったら、その女性が踊り終わってテーブルに着いたので二度驚いた。

「あれ、お客だったのか」ボブに言うと、彼はもう私の話なんか聞いていないで、「あれはどこの国の人間だろう？」と、大声で合唱している十数名の団体客を見ている。私から見ればセルビア人と同じ風貌だが外国人らしい。

「わかった！　チェコ人だ！」ボブは大声でひとり納得している。「昔のチェコの軍歌だ、あれは」

「チェコの軍歌なんかよく知ってるね」

またそれを無視して彼は続ける。

「昔は彼らはここに来ると目を丸くしたもんだ。あいつらは閉じた社会主義国に住んでただろ。ベオグラードに来て初めて世界がどうなってるか見えたんだ」

かつて第三世界の雄として君臨したユーゴ人としてのプライド、全世界を敵に回したときの孤独と反骨の精神が彼を支配している。だがもう一つ、気づくことがあった。

彼は独壇場のように喋っているが、話の中身に関係なくときどき無意識的に周囲をちら、ちらと見やっている。私のルワンダやミャンマーの友人にもそういう人がいるのだが、内戦や虐殺などを経験した人に共通した癖なのかもしれない。

セルビアは実際、コソヴォの問題が絶対に平和裏に片付かないから、将来何が起きるかわからない。今回、私を通して佳乃さんと再会できた喜びには、やはり今後もしものとき頼れる貴重な友人を再発見したという、現実的な思いもあるのかもしれない。

音楽はまだそこかしこで鳴り響いているが、もう別れの時間が来た。

ボブは私をホテルまで送ってくれると、トランクから大きいビニール袋を取り出した。

「ほら、これを君にあげよう」とくれたのは、レッドスター・ベオグラードのキャップだった。かつてドラガン・ストイコビッチが在籍した名門サッカーチームだ。

ボブも熱狂的なレッドスター・ベオグラードのファンだという。私には青、茅原君には赤のキャップを、そして茅原家の幼子には「ママもレッドスターを応援してるのよ！」と記された涎《よだれ》掛け。ちなみに佳乃さんへは真っ赤な鰐《わに》皮《がわ》の財布だった。

「次は東京で会おう」とボブは言った。

「東京でもいいし、名古屋でもいい」と私が言うと彼は破顔した。

「そうだ、ピクシーのチームを一緒に見に行こう！」

駅のほうでは、素人のブラスバンドがまだガンガン演奏していた。クストリッツァの「アンダーグラウンド」のテーマ。ユーゴ内戦の圧倒的な不条理と幾ばくかの希望をユーモアで描いた映画のメロディは今でもここの人々に愛されている。

ミッションは終わった。トロンボーンの雄叫びが夜のしじまに消えていった。

ボジドール・マリッジ
と著者

おわりに

タイ、セーシェル、南アフリカ、セルビアというとりとめのない旅を終え、日本に戻ったのは六月の半ばだった。出発からほぼ一ヶ月である。

日本を出る前、「いつ、どうやってこの探索行を終わりにするのか」と心配していたが、杞憂《きゆう》だった。セルビアでボブを発見し、私はパッタリ力尽きてしまった。完全燃焼と言ってもいい。実際にはもう一つ、「ペルーで失《な》くしたセーターを探して欲しい」というほほえましくもトンマな依頼があったのだが、南アのリチャード、セルビアのボブのあとでは蛇足にしか思えなかった。

それにしても。「きっと面白いだろう」と思っていたが、これほど面白い旅になるとは思わなかった。最初にバンコクの空港に着いたときからハイテンションだったのだが、完全に「ギアが入ってしまった」のは「元スーパー小学生」の探索である。目標に頭からダイブするような猛烈なスピード感、思いもよらぬ展開の連発、そして「対象物、発見!」の感動。

しかしなによりも興奮させられたのは他人の記憶が私の中にぐおーんと立ち上がってく

る異様な感触だった。初めて見るのにどこかで見たような既視感を覚えた。依頼人ですら見ていない、裏の絵までがバリバリと現実の壁を破って私の眼前に現れた。

その晩から私はナチュラルハイに陥り、さっぱり眠れなくなった。酒を飲んでもあまり酔わない。やっと眠っても半分は起きている。文字どおり、目が血走ったまま、「早く次へ、早く次へ」とそればかり考えていた。「急性探し物中毒」とでもいうのだろうか。

寝不足で朦朧としているのに、頭は太平洋の冬の空のように冴え渡っていた。

どこへ行っても新鮮だった。私はこれまで自分の常識を引っくり返したい一心で「辺境」の地をめぐっていたのだが、自分の好みに応じているとかえって驚きがなくなる。その点、今回は「依頼先にありき」であるから、放っておいたら一生行かないという国にも足を運ぶことになった。

超高級リゾートのセーシェルや超格差社会の南アフリカがそうだ。

馴染みの「辺境」とはちがう風景、ちがうシステム、ちがう人間に戸惑ったが、それこそが私にとって「新しい世界」だった。春画おやぢがまさか生きているとは思わなかったが、それ以上にセーシェルで江戸時代にトリップしてしまうとは予想もできなかった。

だが、最終的には自分で選んだとはいえ、他人の依頼で動くのはひじょうに不思議な感覚だ。体が自分であって自分でないような気がする。今まで体験したことのない疲労を感じた。

他人に体を操られているような疲れ方とでもいうのだろうか。

セルビアに滞在していたとき、「元スーパー小学生」の依頼者である西田純子さんからメールをもらった。私はすでに元スーパー君発見の報告をしてあった。彼女はメールでこう書いている。

「面白いですね。高野さんは他人の夢の中を旅しているみたいですね……」

そう、まさにそうなのだ。

セルビアの章で「前世はイタコだったのか」と冗談で書いたが、冗談ではなく何か他のものに半分支配されているような、つまりとり憑《つ》かれたような状態なのだ。イタコというのか巫女《みこ》というのか。思い返せば、あの異常な興奮の持続も、憑依《ひょうい》現象に近いものだったかもしれない。

私でなく依頼人の強い意志が五戦して四勝一敗という驚異的な成績を生んだのだろう（唯一見つからなかったアナン君は、依頼者の「見つけて欲しい」という意志が希薄だったのがその証拠だ）。

最後にそれぞれの「その後」を簡単に記したい。

まず、「元スーパー小学生」だが、写真を送ると、依頼者の西田さんは「え、これが！」と私と同じように驚いていた。面影ゼロらしい。ちなみに私がアドレスを教えたので、西田さんは彼に直接メールしてみたが、返事はなかったという。きっと英語が苦手なのだろう。あの様子なら無理もない。

次に失敗に終わった「メーサロンのアナン君」。名須川さんに「残念ながら見つかりませんでした」と報告したら、「え、セーシェルじゃなくてあっちもほんとうに行ったんですか！」と驚いていた。何を考えているんだろう。頼まれたから行ったのだ。しかも、だ。なぜ、あの写真にアナン君と一緒に写っていた二人が、見ず知らずのアナン君を家に泊めたのかという謎も判明した。

「アナンから逃れようと私は知り合いになった言語学者にあの村を紹介してもらい、一人で出かけたのです。すると、あとからアナンが追いかけてきて、一緒に泊まってしまったんですよ」

なんてこった。名須川さんが自分で訪ねた村だったのだ。あの二人がアナンを知らないわけだ。日本を出る前に名須川さんにこれを一言聞いておけば、こんなバカげた探索をせずに済んだものを。もっとも二人のおっさんの写真を見せると、「わー、懐かしい！　おっちゃんたち、まだ元気なんだ！」と彼女は感激していたから、まあ完全に無意味でもなかったということにしたい。

引き続き名須川さんの依頼だが、「セーシェルの春画おやぢ」の方は、彼がセーシェル観光を立ち上げた偉人だと教えると、彼女は仰天していた。ただし、「(名須川さんが)勝手に春画ばかり持ってくるので困ってしまった」というカンティラルじいさんの発言には激怒。「あのおやぢ、やっぱ、許せん!」と憤激していたが、私がおやぢから預かった名須川さんへのおみやげ(魚の絵がプリントされた布)を渡すと態度は急変、「やっぱり、いい人かも」とにこにこしていた。やはり、この人とじいさんの間に何があったのかわからない。

南アフリカのリチャードは、帰国後メールが届いた。「外国人排斥運動は一段落したから一安心」という。さらに「今年中にリザと結婚するかもしれない。僕たちは子供が欲しいんだ。二人でカナダに移住して、カナダのパスポートを取ることも考えている」と書いていた。これまでさんざんノーパスポートで旅をしてきた男もやっと合法的な出入国を考えるようになったらしい。だがこの世界はオセロ。まだまだ先はわからない。リザとうまくいくことを願うのみだ。

「セルビアのボブ」は依頼人の茅原佳乃さんにあれっきりメールを書いてこないという。何かあったのではなく面倒くさいだけのようだ。

私は帰国後、一ヶ月ほどしてから茅原家を訪れた。「すぐ見つかっちゃって呆気なかったんじゃないですか」と佳乃さんに訊くと、「いえ、私にとっては十七年かけてやっと見つかったという感じです」とほほえんだ。

息子の希介《きすけ》君（そういう名前だったのだ）は前回見たときはただ泣くだけの赤ん坊だったのに、今は何かぶつぶつ喋りながらせっせと動き回り、完全に独自の生命体へと進化していた。たった半年でこんなに変わるものか。

依頼募集を開始したのが二〇〇七年四月。あれから一年三ヶ月。私はこんな突拍子もない企画に夢中になっている間も、世界は着実に回っていたのだなと感心した。そして思うのだ。「今この瞬間にも、地球のあちこちでとてつもない『記憶』が生まれているにちがいない。それを探しに行きたい！」

私の探し物中毒は慢性なのである。

メモリークエストはまだ始まったばかりだ。

「メモリークエスト」全依頼

応募期間：2007年3月1日～2008年3月1日

No.001
なぜか音信不通になってしまったドイツ人のAnne
【探して欲しい記憶の時間】
1997年8月
【国名】 アメリカ
【都市名】 ウィスコンシン州
【探して欲しい記憶の人名、物】
Anne Zawadke

No.002
カングランデに残してきた懸垂下降用のスリング
【探して欲しい記憶の時間】
1991年2月
【国名】 サントメ・プリンシペ
【都市名】 カングランデ
【探して欲しい記憶の人名、物】
スリング

No.003
イラン人のハディさん家族
【探して欲しい記憶の時間】
1990年3月
【国名】 イラン
【都市名】 不明
【探して欲しい記憶の人名、物】
ハディ

No.004
バンビエンのパンさん
【探して欲しい記憶の時間】
2006年8月
【国名】 ラオス
【都市名】 バンビエン
【探して欲しい記憶の人名、物】
パン

No.005
乳房の形をしたアフリカの食べ物
【探して欲しい記憶の時間】
2000年6月
【国名】 ベルギー
【都市名】 ブリュッセル
【探して欲しい記憶の人名、物】
アフリカ料理の一種

No.006
ロンドンで喧嘩別れしたロシア人
【探して欲しい記憶の時間】
1992年9月
【国名】 ロシア
【都市名】 不明
【探して欲しい記憶の人名、物】
アルフレッド

No.007
マハラジャの息子だと言っていた留学生
【探して欲しい記憶の時間】
1992年11月
【国名】 日本
【都市名】 埼玉県川越市
【探して欲しい記憶の人名、物】
サイエド・カラマン

No.012
小学生の頃に母と二人で爆笑した本
【探して欲しい記憶の時間】
1980年1月
【国名】日本
【探して欲しい記憶の人名、物】
本

No.013
エジプトで出会った（ちょっと怪しげな）アッリ
【探して欲しい記憶の時間】
2005年11月
【国名】エジプト
【都市名】カイロ
【探して欲しい記憶の人名、物】
アッリ

No.014
タイで出会ったスーパー小学生
【探して欲しい記憶の時間】
2003年9月
【国名】タイ
【都市名】バンコクから2時間の山奥の村
【探して欲しい記憶の人名、物】
名前不明

No.015
牛が主役（!?）の小説
【探して欲しい記憶の時間】
1985年頃
【国名】日本
【都市名】大阪府枚方市
【探して欲しい記憶の人名、物】
本

No.008
喜望峰ツアーのガイド
【探して欲しい記憶の時間】
2000年6月
【国名】南アフリカ
【都市名】ケープタウン
【探して欲しい記憶の人名、物】
名前不明

No.009
オーストラリアをバイクで一周していた二位さん
【探して欲しい記憶の時間】
1984年7月
【国名】ニュージーランド
【都市名】南島
【探して欲しい記憶の人名、物】
二位さん

No.010
ユーゴスラヴィア紛争に巻き込まれたかもしれないボブ
【探して欲しい記憶の時間】
1989年
【国名】旧ユーゴスラヴィア
【都市名】ベオグラード
【探して欲しい記憶の人名、物】
Bozidar Maric

No.011
盛岡バスセンターで出会ったおばあちゃん
【探して欲しい記憶の時間】
1999年5月
【国名】日本
【都市名】岩手県盛岡市
【探して欲しい記憶の人名、物】
名前不明

No.020
香港で出会った佐藤先生
【探して欲しい記憶の時間】
1988年1月
【国名】 香港特別行政区
【都市名】 香港
【探して欲しい記憶の人名、物】
佐藤先生

No.021
インドで一週間を共に過ごしたハウスボートの一家
【探して欲しい記憶の時間】
1995年9月頃
【国名】 インド
【都市名】 シュリナガル
【探して欲しい記憶の人名、物】
ハウスボートの一家

No.022
タイの次期国王になる予定(!!)の占い師
【探して欲しい記憶の時間】
2006年5月
【国名】 タイ
【都市名】 バンコク
【探して欲しい記憶の人名、物】
PRATYA KIRANNOKKUM

No.023
腹が立ちすぎてヘッドロックをかましたアフリカ人
【探して欲しい記憶の時間】
1997年4月
【国名】 マリ
【都市名】 バンジャガラ
【探して欲しい記憶の人名、物】
名前不明

No.016
バリで私を激怒させた男
【探して欲しい記憶の時間】
2004年3月
【国名】 インドネシア
【都市名】 バリ
【探して欲しい記憶の人名、物】
名前不明

No.017
日本へ行ったときの身元保証人を必死で探していたアナン
【探して欲しい記憶の時間】
1995年2月
【国名】 タイ
【都市名】 ドイ・メーサロン（サンティキリー村）
【探して欲しい記憶の人名、物】
アナン

No.018
古今東西のエロ画をコレクションしていたインド系おやぢ
【探して欲しい記憶の時間】
1992年頃
【国名】 セーシェル
【都市名】 ヴィクトリア
【探して欲しい記憶の人名、物】
名前不明

No.019
感激するほど親切な中国人
【探して欲しい記憶の時間】
1991年8月
【国名】 中国
【都市名】 ハルビン
【探して欲しい記憶の人名、物】
李美玉

No.026
ペルーで忘れたセーター
【探して欲しい記憶の時間】
2005年3月
【国名】 ペルー
【都市名】 クスコ
【探して欲しい記憶の人名、物】
セーター

※詳細は「Webマガジン幻冬舎」（http://webmagazine.gentosha.co.jp/）をご覧ください。

No.024
異常に親切な社長と八兵衛
【探して欲しい記憶の時間】
2000年6月頃
【国名】 韓国
【都市名】 ソウル
【探して欲しい記憶の人名、物】
名前不明

No.025
ラオスで出会ったさすらいのシンガー
【探して欲しい記憶の時間】
2005年11月
【国名】 ラオス
【都市名】 ムアンゴイ
【探して欲しい記憶の人名、物】
名前不明

□ 探索依頼年分布図

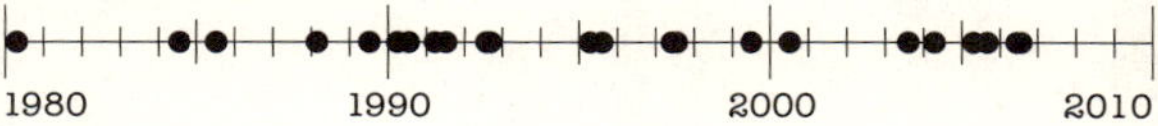

□ 探索依頼地分布図

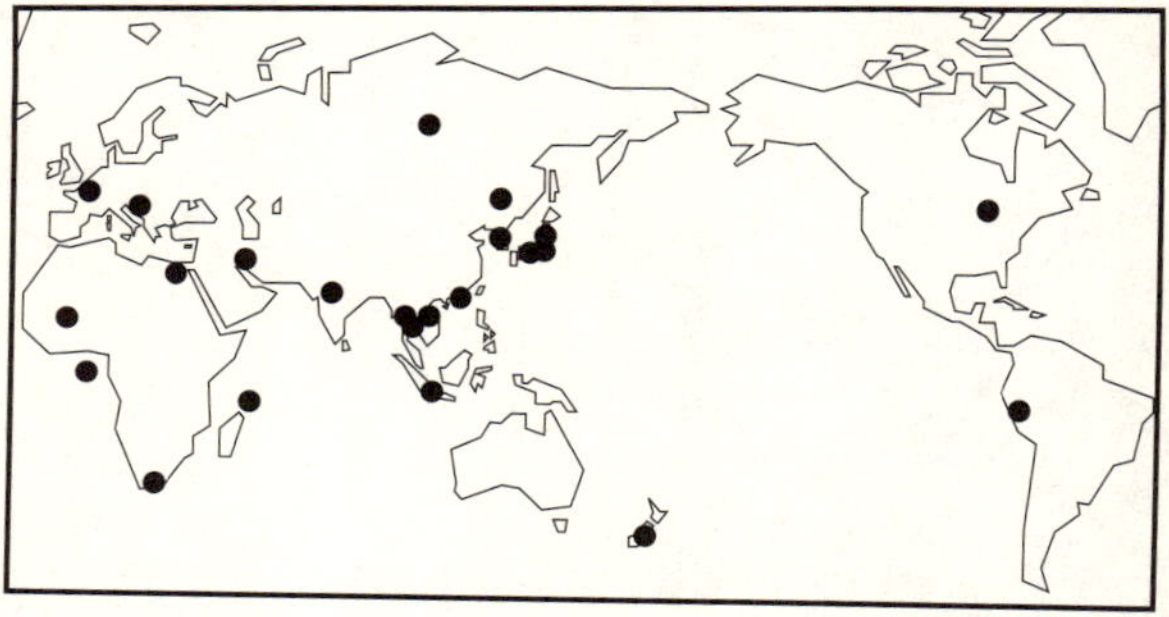

解説

中島京子

とりあえず、私と高野さんのメモリークエストから始めてみます。

高野さんと初めてお会いしたのは二年かそこら前のことです。共通の担当編集者を介して荒木町の居酒屋さんに行ったのですが、なんとなくごっつい人を想像していた私の前に座っていたのは、どちらかといえば華奢《きゃしゃ》な感じの方でした。アフリカ、サハラ砂漠でマラソンに参加してきた後とかで、もちろんお話が抜群に面白いわけですが、それ以上に瞠目《どうもく》だったのは、高野さんが無類の聞き上手だと発見したことです。

私は元来人見知りするタイプなので、滅多なことでは初対面の人に気を許したりしません。ぽっちゃりしていて見た目に当りが柔らかいし、基本的に食べることが好きだから、物を口にしているときはとても穏やかだけど、リラックスしているかどうかは別の話です。ところが高野さんの前で私はあのとき、知り合いになったミャンマー人（おじさん。とってもいい人。娘は大学生）に「あなたはボクのお姉さんみたいだ」と言われて不覚にもキレてしまった話とか、吉増剛造好きのアメリカ人のおばさんに「ゴーゾーの詩における作風の変化について」質問攻めに遭って困った話なんかをペラペラしていた。

それだけなら、辺境作家向けに私なりの外国体験を語ったとも言えるのですが、気がついたら、自分の女子高時代の授業がどんなにとんでもなかったかなんてことまで、クラスメイトや英語の先生のモノマネつきで披露していたのです（K先生。「前置詞を入れよ」式の穴埋め問題をみんなにやらせて、「最初がa」とか「最後がt」とかって、得意げにヒントを出してたのはあなたですよ。おかげでいまだに私は絶望的な英語コンプレックスに悩まされている）。

高野さんのすこぶるおかしいエンタメ・ノンフィクションを読むたびに、「どうして高野さんはこんなにおかしい人にばかり会うんだろう」と思っていたけれど、その理由がちょっとわかった気がしました。おかしい人に会うというより、おかしい面を引き出してしまうに違いないと。あの日、髪の毛に指を一本ひっかけてくるくる回しながら、「え〜？　わかんな〜い。それ、ヒントぉ？　わかった、atだ！」とうれしげに言う級友のMちゃんと、「残念！　はずれ。答えはaboutでした！」とこれまたうれしそうに答える英語教師K先生を声色で演じ分けていた私は、作家・高野秀行の目にどのように映っていたのでしょう。高野さんの筆にかかったら、かなりおかしな人に描かれうるのではないでしょうか。

　高野さんの書くおかしな面々が、たしかにおかしいけど嫌味がないのは、そこに必要以上の脚色や装飾が施されていないからではないかとも思うのです。たぶん、そんなことをしなくても、高野さんが聞いて高野さんが書けば、おもしろくなってしまう。もしかしたら高野さんは和食における出汁《だし》成分みたいに、対象に音もなくひたひたと入っていって、その人の旨《うま》みとか面白みを引っ張り出してしまうのではないかと思います。だって本当に、会ったばかりの人の前で二十ウン年も前の話をモノマネつきでやるなんていうのは、私には珍しい出来事なのです。

　名インタビュアーが、話を引き出すのが上手いのは当然のことですが、名ライターの場合、これに加えて、聞いた話を上手くまとめなくてはなりません。上手く書けばおもしろい話を、うんとつまらなく書く人は、ここだけの話たくさんいます。その点、高野さんは、ものすごく文章が上手いんだと思う。それがなんであれ、書く対象（しばしば高野さん自身も含む）との絶妙な距離の取り方が、文章に独特の膨らみを持たせていて、読み手をするすると世界に引っ張り込んでいってしまう。職人芸だと、私は思います。

そして、ご本人にそれをお伝えしたときの、高野さんの照れるまいことか。私ごときとほんのちょっと酒を呑《の》んだ程度では微塵《みじん》も変わらなかった顔色がみるみる変化していき、私は初めて人の顔が、首のほうからだんだん赤くなって額からばあっと耳まで染まるのを目撃しました。

「文章がどうとか、言われたことないから」

もごもごと、照れた高野さんは言いました。

「ゴリラ食ってすごいですねとか、そういうことしか言われたことないから」

いや、やっぱり、ゴリラ食ってすごいですよ、そりゃ。

そこは、外せないでしょう、高野ワールドを堪能するにおいては。

本書、『メモリークエスト』は、ウェブマガジン上で募集した「旅先に残してきた記憶」を、本人に代わって探しに行くという、聞くだけでワクワクする企画です。でも、これは考えてみればけっこう、こわい企画でもあると思います。なぜなら、時間というものは人を変えてしまうし、人のいたはずの環境も変えてしまう。ことによると、その人の存在そのものも、時が消し去っているかもしれない。書き手の事情を忖度《そんたく》するなら、行ってみてクエストがあまりにつまらなかったらとか、捜索しても見つからなかったらとか、考えると二の足を踏みそうです。しかし、そこはご本人が書かれている通り、この道二十年の探索の「プロ」、そして「肝心の探し物はめったに見つかったことがない」、つまり、見つかろうが見つかるまいが読ませるものを書いてしまう道二十年の「プロ」でなければ、おいそれと引き受けられない企画だと言えるでしょう。

そして読者のほうも、探索する対象が見つかろうと見つかるまいと、高野さんが書いてるんだからと、大船に乗ったつもりで読みはじめるはずで、そしてまた、ほんとうにおもしろいんだから、「プロ」の仕事だよな〜と感嘆した次第です。

依頼は全部で五件。①女子大生がタイの山奥で出会ったカッコイイ小学生・記憶の時間は五年前。②ミャンマーとの国境に近いタイで、日本への密入国を企てていたミャンマー人ガイド・記憶の時間は十三年前。③インド洋に浮かぶ楽園セーシェル諸島で春画のコレクションをしていたインド人・記憶の時間は十六年前。④南アフリカ・ケープタウンの喜望峰ツアーのガイド・記憶の時間は八年前。⑤旧ユーゴスラヴィア出身の、アメリカ留学時代の友達ボブ・記憶の時間は十七年前。

このすべての依頼に応えるための、タイ→セーシェル→南アフリカ→セルビアという旅を、わずか一カ月でこなしてしまうというのもすごい。どんなクエストだったかは、それがすべての肝であるし、読めばわかるので読んでくださいという話なんですが、これが、読み終わるとしばらくぼけっとしてしまうほどの、密度の濃い一カ月なのでした。

鑑賞ポイントは多々あるのですが、全部読み終わった後で、私が「ほおー」と蒙《もう》を啓《ひら》かれた点の一つは、探索が成功するのには必ず理由があるってところです。理由と言うか、道筋とでも言いましょうか。本文を読まずにこの解説を読んでいる方もいると思うので、ネタバレしない範囲で書くと、成功する探索の背景には、その国の特殊事情が絡むということ。その社会体制ならではの特徴とか、その国だからこそ強い絆ができたコミュニティの存在とか。そういうのを、「探索のプロ」は、しかし、狙って出かけるわけではなくて、巻き込まれつつ、右往左往しながら対象を探し、探し当てた地点から眺めると、見つかった理由というか道筋がすーっと見えてくる。そんなふうに書いてあります。だから、読者はその右往左往から発見（対象の発見だけではなく、その道筋の発見、ひいては国情だとか、現代史の局面だとか）までを、著者と一緒に呼吸するがごとく体感することができるのです。

流れ去った時間というものは、ときに過酷な現実とともにあります。とくに、南アのツアーガイド・リチャードとセルビアのボブに流れた時間は、「探索のプロ」にけっして軽々しくは語れない記憶をつきつけてきます。私は『メモリークエスト』を読み返すたびに（こうして解説を書くということになれば、とうぜん何回か読むわけですが）リチャードがアマゾンで亡くなった早稲田の探検部員のために泣くシーンで泣いてしまいます。このとき私の目から流れる涙は、リチャードが探検部員のために泣く↓リチャードが泣く理由に「探索のプロ」が気づく↓リチャードと探検部員のために私が泣く、という経緯をたどります。それは、「探索のプロ」が自ら体験した「他人の記憶が私の中にぐおおーんと立ち上がってくる異様な感触」に近いものだったかもしれません。とはいえ『メモリークエスト』全体のトーンは、もちろん重苦しいものではありません。時間、記憶、人生といったものを人が書こうとするとき、必然的につきまとってしまう重みに必要以上に足をとられることなく飛翔する軽みを、高野さんの強靭な文体が常に保証するからです。

何回目にお会いしたときだったか忘れましたが、高野さんは言いました。日本の物書きの世界では、深刻な書き方をしたほうが高尚で、笑えるものは格下のような扱いを受けるけれども、こういう偏見とは戦っていきましょうね——。ちょっと言葉は違ってたかもしれませんが、そういう意味のことを言って、私たちは共闘を誓って別れたのでした。

そして私は『メモリークエスト』でもまた、高野さんの抱腹絶倒の戦いぶりと出会うことができたのを、たいへんうれしく思っております。

——作家

この作品は二〇〇九年四月小社より刊行されたものです。

WANTED
YOUR MEMORY

二十数年に及ぶ私の旅歴の中でもひときわ異彩を放つ『メモリークエスト』。

異彩を放ちすぎて読者の目が眩み、伝説の彼方に消えてしまったかとも思ったが、なんと第二弾が行われることとなりました。

楽しみというしかありません。

前回も十分興奮したし、発見の感激も味わいましたが、心の底では「まだまだこんなものではないはず」とも思っていました。

前回はこの企画も私自身も知名度が低く、応募数は二十六件しかありませんでした。それであんなに奇想天外な旅になったのだから驚くべきですが、逆にいえば、依頼が二百六十件あれば、その十倍すごいことになるかもしれない。

人でもモノでもいい。海外でも日本でもいい。探索依頼を募集しますので、どんどんご応募ください。「こんなもの、どうせ見つからないだろう」とか「こんなくだらんことを頼んだら失礼だろう」とか考えないように。

ほんとうに面白いことは常識では判断できないのですから。

今度こそこの企画が日本の文芸界いや世界の文学史に名を残すような伝説になりますように、みなさんの熱く、破天荒な依頼を期待しています。

私と一緒に非常識な夢を見ましょう!!

高野秀行

幻冬舎文庫

●好評既刊
つまさきだちの日々
甲斐みのり

綺麗なワンピース、映画の少女、あの人との恋。少女の頃の憧れは、大人になっても時々そっと元気をくれる。〈いつでもなにかに恋をして、あこがれ尽きない女の人たち〉へ贈るメッセージ。

●好評既刊
空とセイとぼくと
久保寺健彦

犬のセイと二人きりでホームレス生活をしながら生きようとした少年・零。その数奇な運命と、犬との絆を守りながら成長する姿を、ユーモアとリアリティ溢れる筆致で描いた傑作青春小説。

●好評既刊
携帯の無い青春
酒井順子

ユーミン、竹の子族、カフェバー、ぶりっ子……。「バブル」を体験した世代の青春時代のキーワードから「あの頃」と「今」を比較分析。「バブル」世代の懐かしくもイタい日々が蘇るエッセイ。

●好評既刊
21 twenty one
小路幸也

二十一世紀に、二十一歳になる二十一人。中学の時、先生が発見した偶然は、僕たちに強烈な連帯感をもたらした。だが、一人が自殺した。なぜ彼は死んだのか。〝生きていく意味〟を問う感動作。

●好評既刊
俺ひとり
ひと足早い遺書
白川 道

生粋の無頼派作家は、今の世をどう見るのか？ 勘違いした成金達をバッサリ斬り捨て、携帯電話とインターネットを「最悪の発明」と断ずる——痛快すぎて拍手喝采の名エッセイ！

幻冬舎文庫

●好評既刊
聖殺人者
新堂冬樹

新宿でクラブを営むシチリアマフィアの冷獣・ガルシアは、シチリアの王・マイケルから最強の殺戮者を放たれ、暴力団も交えた壮絶な闘争に巻き込まれた……。傑作ノンストップ・ミステリー!

●好評既刊
キャッチャー・イン・ザ・オクタゴン
須藤元気

無名の格闘家である「僕」は、大志(と性欲)を胸に秘めていた。努力の果てに摑んだ飛躍の時。「僕」を待つのは、歓喜か挫折か? 奇才・須藤元気が、哲学を随所にちりばめて描く傑作小説!

●好評既刊
株式会社ネバーラ北関東支社
瀧羽麻子

東京でバリバリ働いていた弥生が、田舎の納豆メーカーに転職。人生の一回休みのつもりで来たはずが、いつしかかけがえのない仲間との大切な場所に。書き下ろし「はるのうららの」も収録。

●好評既刊
告白　仮面警官III
弐藤水流

恋人の復讐のため殺人を犯した南條達也は、刑事研修後、王子署生活安全課に配属された。内部情報を漏洩している現職警察官の存在が明らかになるが、その人物は研修中世話になった上司だった。

●好評既刊
悪党たちは千里を走る
貫井徳郎

しょぼい騙しを繰り返し、糊口を凌ぐ詐欺師コンビの高杉と園部。美人同業者と手を組み、犬の誘拐を企むが、計画はどんどん軌道をはずれ思わぬ事態へと向かう――。ユーモアミステリの傑作。

メモリークエスト

高《たか》野《の》秀行《ひでゆき》

平成23年7月10日　初版発行
令和5年7月30日　2版発行

発行人――石原正康
編集人――高部真人
発行所――株式会社幻冬舎
〒151-0051東京都渋谷区千駄ヶ谷4-9-7
電話　03(5411)6222(営業)
　　　03(5411)6211(編集)
公式HP　https://www.gentosha.co.jp/
印刷・製本―株式会社　光邦
装丁者――高橋雅之

幻冬舎文庫

ISBN978-4-344-41703-8　C0195　た-48-1